OLGA
TOKARCZUK

GESANG DER FLEDERMÄUSE

ROMAN

Aus dem Polnischen von
Doreen Daume

K
A
M
P
A

Die polnische Originalausgabe erschien 2009 unter dem Titel
Prowadź swój pług przez kości umarłych
im Verlag Wydawnictwo Literackie, Krakau.
Die deutsche Erstausgabe erschien 2011 im Verlag
Schöffling & Co., Frankfurt a. M.

KAMPA TV
Videoporträt von Olga Tokarczuk auf
www.kampaverlag.ch/kampa-tv

KAMPA POCKET
DIE ERSTE KLIMANEUTRALE TASCHENBUCHREIHE
Gedruckt auf säurefreiem und chlorfrei gebleichtem Papier aus verantwortungsvollen Quellen, zertifiziert durch das Forest Stewardship Council. Der Umschlag enthält kein Plastik. Kampa Pockets werden klimaneutral gedruckt, kampaverlag.ch/nachhaltig informiert über das unterstützte CO_2-Kompensationsprojekt.

Veröffentlicht im Februar 2025 als Kampa Pocket

Die Übersetzung wurde gefördert von
© POLAND Translation Program.

GPSR-Kontakt: Schöffling & Co. Verlagsbuchhandlung GmbH,
Kaiserstraße 79, D-60329 Frankfurt am Main, info@schoeffling.de

Covergestaltung: Herr K | Jan Kermes, Leipzig
Covermotiv: eva_musk/shutterstock; Kamil Kuzin und
Hannah Kolling, Büro für Gestaltung, Hamburg
Satz: Pagina GmbH, Tübingen
Gesetzt aus der Stempel Garamond LT / 10. Auflage 2025
Druck und Bindung: GGP Media GmbH, Pößneck
Auch als E-Book erhältlich
ISBN 978 3 311 15003 9

www.kampaverlag.ch

Für Zbyszek und Agata

I

Und jetzt aufgepasst!

»Einst, fromm und auf gefährlichem Pfad,
Hielt der Gerechte fest an seinem Weg
Durch das Tal des Todes.«

Mein Alter und auch mein Zustand erfordern es mittlerweile, dass ich mir vor dem Zubettgehen ordentlich die Füße wasche, für den Fall, dass ich in der Nacht von einem Krankenwagen abgeholt werden muss.

Wenn ich an jenem Abend in den *Ephemeriden* nachgesehen hätte, was am Himmel passiert, dann hätte ich mich überhaupt nicht schlafen gelegt. Doch so hatte ich noch mit einem Tässchen Hopfentee und zwei Baldrian-Dragees nachgeholfen und war fest eingeschlafen. Deshalb konnte ich auch zunächst nicht richtig zu mir kommen, als mich mitten in der Nacht ein rücksichtsloses, heftiges und unheilverkündendes Hämmern an meiner Tür weckte. Ich rappelte mich auf und stand schwankend neben dem Bett – mein verschlafener, zitternder Körper schaffte den Sprung vom unschuldigen Schlaf ins plötzliche Wachsein nicht auf Anhieb. Schwäche überkam mich, und ich taumelte, wie kurz vor einer Ohnmacht. Das war in letzter Zeit häufiger vorgekommen, es hat mit meinem Leiden zu tun. Ich musste mich setzen und mir einige Male sagen: Ich bin zu Hause, und es ist Nacht, jemand hämmert an meine Tür. Erst dann bekam ich meine Nerven wieder in den Griff. Während ich im Dunkeln meine Pantoffeln suchte, hörte ich, wie derjenige, der gehämmert hatte, jetzt vor sich hinmurmelnd ums Haus ging. Unten, im Elektrozählerkasten habe ich eine Dose Pfefferspray, das ich einmal von Dionizy wegen der Wilderer bekommen habe, es fiel mir jetzt wieder ein. Ich tastete nach der vertrauten, kühlen Form der Spraydose, und so bewaffnet knipste ich das Außenlicht an. Durch das Seitenfenster sah ich auf die Veranda. Der Schnee knirschte, und vor mir tauchte mein Nachbar Matoga auf. Um seine Hüften hielt er einen alten Pelz zusammen, worin ich ihn schon einige Male gesehen hatte, wenn er beim Haus arbeitete. Unter diesem Pelz schauten seine Beine hervor, sie steckten in einem gestreiften Pyjama und Bergschuhen.

»Mach auf!«, sagte er.

Mit unverhohlener Verwunderung musterte er meinen leinenen Sommeranzug (ich schlafe meistens in den Sachen, die Herr und Frau Professor im Sommer wegwerfen wollen und die mich an die Mode und die Jahre meiner Jugend erinnern – so verbinde ich das Nützliche mit dem Sentimentalen), und ohne sich zu entschuldigen trat er ein.

»Zieh dich bitte an, Bigfoot ist tot.«

Vor Schreck konnte ich nichts sagen, wortlos zog ich die hohen Schneestiefel an, nahm die erstbeste Fleecejacke vom Bügel und warf sie mir über. Draußen, im Lichtflecken der Flurlampe verwandelte sich das Schneien in ein langsames verschlafenes Tröpfeln. Matoga stand schweigend neben mir, groß und schlank, knochig wie eine flüchtig skizzierte Bleistiftfigur. Bei jeder Bewegung rieselte Schnee von ihm herab wie Puderzucker von den Fastnachtskrapfen.

»Was heißt *ist tot*?«, fragte ich endlich, während ich mit zugeschnürter Kehle die Tür öffnete, doch Matoga gab keine Antwort.

Er spricht auch sonst nicht viel. Ich glaube, sein Merkur steht in einem Zeichen des Schweigens, vielleicht im Steinbock, oder in der Konjunktion, im Quadrat, oder vielleicht in Opposition zum Saturn. Vielleicht war der Merkur auch gerade rückläufig unterwegs gewesen, das hat immer Verschlossenheit zur Folge.

Wir verließen das Haus, und sofort umfing uns die wohlbekannte kalte und feuchte Luft, die uns jeden Winter wieder daran erinnert, dass die Welt nicht für den Menschen geschaffen ist und uns jetzt mindestens ein halbes Jahr lang zeigen wird, wie unfreundlich sie uns gesonnen ist. Der Frost schlug brutal an unsere Wangen, und aus dem Mund stiegen uns weiße Dampfwölkchen. Das Licht im Flur erlosch automatisch, und wir stapften in völliger Dunkelheit durch den knirschenden Schnee. Nur Matogas Stirnlampe durchlöcherte mit einem vorwärts hüpfenden Fleck die Dunkelheit vor ihm. Ich tappte hinter ihm her.

»Hast du keine Taschenlampe?«, fragte er.

Natürlich hatte ich eine, aber wo? Das würde ich erst am nächsten Morgen sagen können. So ist es mit Taschenlampen: Am besten man sucht sie, wenn es hell ist.

Das Haus von Bigfoot stand etwas abseits, höher als die anderen Häuser in der Umgebung. Er war einer der drei ganzjährigen Bewohner. Nur er, Matoga und ich wohnten immer hier, wir fürchteten den Winter nicht. Die übrigen Bewohner dichteten ihre Türen schon im Oktober ab, ließen das Wasser aus den Leitungen und zogen in die Stadt.

Wir gingen auf dem verschneiten Weg, der durch unsere Siedlung führte und von dem aus einzelne Pfade zu den Häusern hin abbogen. Zu Bigfoot führte nur ein Trampelpfad im tiefen Schnee, er war so schmal, dass man die Füße einen hinter den anderen setzen und immer auf das Gleichgewicht achten musste.

»Es wird kein schöner Anblick.« Matoga wandte sich zu mir um, und seine Lampe blendete mich.

Ich hatte nichts anderes erwartet. Nach kurzem Schweigen sagte er, wie um sich zu entschuldigen: »Das Licht in seiner Küche war irgendwie unheimlich. Und seine Hündin hat so verzweifelt gebellt. Hast du nichts gehört?«

Nein, ich hatte nichts gehört. Ich hatte geschlafen, betäubt vom Hopfen und vom Baldrian.

»Wo ist sie jetzt, die Hündin?«

»Ich habe sie zu mir mitgenommen und habe sie gefüttert. Sie hat sich, glaube ich, inzwischen beruhigt.«

Wieder schwiegen wir.

»Er ist immer früh schlafen gegangen und hat das Licht ausgemacht, um zu sparen, aber diesmal hat das Licht gebrannt und gebrannt. Ein heller Streifen im Schnee. Den konnte ich von meinem Schlafzimmerfenster aus sehen. Also bin ich hingegangen, ich dachte, er ist vielleicht betrunken, oder vielleicht hat er dem Hund was getan, dass der so winselt.«

Wir gingen an einer verfallenen Scheune vorbei, und das Licht von Matogas Stirnlampe fiel auf zwei grünliche, im Dunkeln fluoreszierende Augenpaare.

»Schau, Rehe«, flüsterte ich aufgeregt und packte Matoga am Ärmel. »So nah am Haus. Die müssten doch Angst kriegen.«

Die Rehe standen fast bis zum Bauch im Schnee. Sie sahen uns ruhig an, als hätten wir sie bei der Ausübung eines Rituals angetroffen, dessen Sinn sich uns nicht erschließen konnte. In der Dunkelheit konnte ich nicht erkennen, ob es die Weibchen waren, die im Herbst aus Tschechien herübergekommen waren. Vielleicht waren sie neu dazugekommen? Und warum nur zwei? Die aus Tschechien waren zu viert gewesen.

»Geht heim«, sagte ich und machte eine Handbewegung. Sie zuckten zusammen, bewegten sich aber nicht von der Stelle. Mit ihren Blicken begleiteten sie uns bis zur Tür. Ich schauderte.

Matoga stampfte mit den Füßen, um den Schnee von den Schuhen abzuklopfen. Wir standen vor der Tür des verwahrlosten Hauses, dessen kleine Fenster mit Folie und Papier abgedichtet waren. Die Holztüren waren mit schwarzer Teerpappe beschlagen.

Vor den Wänden des Flurs lag unordentlich geschichtetes Brennholz. Es war ungemütlich hier, man konnte es kaum anders bezeichnen. Schmutzig und heruntergekommen. Überall roch es nach Feuchtigkeit, nach nassem Holz und gefräßiger Erde. Der Rauchgestank vieler Jahre klebte wie eine fettige Schicht an den Wänden.

Die Küchentür war angelehnt, und ich sah sofort den auf der Erde liegenden Körper von Bigfoot. Mein Blick prallte zurück. Es dauerte einen Moment, bis ich wieder hinsehen konnte. Der Anblick war grauenhaft.

Er lag seltsam verdreht da, mit den Händen am Hals,

als wolle er einen drückenden Kragen wegreißen. Langsam, wie hypnotisiert, ging ich näher. Ich sah seine offenen Augen, die irgendwohin unter den Tisch starrten. Das schmutzige Unterhemd war um den Hals herum ausgerissen. Es sah aus, als hätte der Körper mit sich selbst gerungen und sich schließlich geschlagen gegeben. Mir wurde kalt vor Entsetzen, mein Blut stockte in den Adern, oder es war gänzlich aus meinen Extremitäten gewichen. Noch gestern hatte ich diesen Körper lebendig gesehen.

»Mein Gott«, stammelte ich. »Was ist da passiert?«

Matoga zuckte die Achseln.

»Ich konnte telefonisch nicht zur Polizei durchkommen, wir sind wieder im tschechischen Netz.«

Ich zog mein Handy aus der Tasche und tippte die Nummer, die ich aus dem Fernsehen kannte – 997, und nach einer Weile meldete sich ein tschechischer Anrufbeantworter. So ist das hier. Die Reichweite verlagert sich ständig, sie hält sich nicht an Staatsgrenzen. Manchmal verläuft die Grenze zwischen den Anbietern durch meine Küche, sie kann aber auch plötzlich vor Matogas Haus stehen oder auf der Veranda, man kann ihre Launen kaum vorhersehen.

»Wir müssen höher hinauf, auf den Berg.« Doch wir wussten beide, wir durften keine Zeit verlieren.

»Bevor irgendwer kommt, wird er schon steif sein.« Matoga hatte einen Ton angeschlagen, den ich gerade bei ihm nicht ausstehen konnte. Als hätte er die Weisheit mit Löffeln gefressen. Er zog seinen Pelz aus und hängte ihn über eine Stuhllehne. »Wir können ihn hier nicht so liegen lassen. Es sieht furchtbar aus. Schließlich war er unser Nachbar.«

Ich betrachtete den armen, verkrümmten Körper von Bigfoot, und ich konnte kaum glauben, dass ich mich noch gestern vor diesem Menschen gefürchtet hatte. Ich hatte ihn nie gemocht. Nein, das war zu wenig gesagt. Vielmehr hatte ich ihn abstoßend gefunden, widerlich. Eigentlich hatte ich ihm alle menschlichen Eigenschaften abgesprochen. Jetzt lag er da auf dem fleckigen Fußboden, in schmutziger Wäsche, klein und mager, kraftlos und harmlos. Er war ein Stück Materie, die sich infolge schwer vorstellbarer Einwirkungen in ein von allem abgeschnittenes, vergängliches Wesen verwandelt hatte. Das berührte mich schmerzhaft, denn auch ein abscheulicher Mensch wie dieser verdiente den Tod nicht. Doch wer verdiente ihn schon? Auch mich wird dieses Schicksal einmal treffen, ebenso wie Matoga und die beiden Rehe da draußen. Irgendwann einmal werden wir alle nichts anderes sein als totes Fleisch.

Ich sah Matoga trostsuchend an, doch er war schon dabei, das zerwühlte Schlaflager auf der desolaten Couch herzurichten, und so versuchte ich mich gedanklich selbst zu trösten. Es könnte sein, dass der Tod von Bigfoot in gewissem Sinne sein Gutes hatte. Sein Tod hatte ihn von dem Chaos befreit, aus dem sein Leben bestanden hatte. Und er hatte andere Lebewesen von ihm befreit. Ja, plötzlich wurde mir die Güte und Gerechtigkeit des Todes klar. Er ist wie ein Desinfektionsmittel, wie ein Staubsauger. Ich gestehe, dass ich wirklich so etwas dachte und eigentlich noch immer denke.

Bigfoot war mein Nachbar gewesen. Zwischen unseren Häusern lag kaum ein halber Kilometer, aber ich hatte selten etwas mit ihm zu tun gehabt. Zum Glück. Ich sah ihn meistens von Weitem – seine winzige, sehnige Gestalt, die sich, immer etwas schwankend, vor dem Hintergrund der Landschaft vorwärtsbewegte. Beim Gehen brabbelte er vor sich hin, und manchmal hinterbrachte mir die winddurchwehte Akustik des Hochplateaus Fetzen dieses simplen, wenig abwechslungsreichen Monologs. Sein Wortschatz bestand vorwiegend aus Flüchen, an die er lediglich Eigennamen hängte.

Er kannte im Wald jedes Stückchen Erde, offenbar war er hier geboren worden und nie weiter als bis nach Glatz gekommen. Er wusste, womit man hier gut verdiente, was man wem verkaufen könnte. Pilze, Beeren, gestohlenes Holz, Unterzündholz, Drahtschlingen, die jährliche Rallye mit Geländewagen, die Jagd. Der Wald ernährte diesen Gnom. Er hätte also den Wald respektieren sollen, doch das tat er nicht. Einmal, in einem August, als die Landschaft von der Sonne ausgedorrt war, hatte er ein ganzes Blaubeergebiet angezündet. Ich hatte die Feuerwehr gerufen, aber es konnte nicht viel gerettet werden. Was ihn dazu bewogen hatte, habe ich nie erfahren. Im Sommer wanderte er immer mit einer Säge durch die Gegend und legte Bäume um, die in vollem Saft standen. Einmal hatte ich ihn höflich darauf aufmerksam gemacht, mit mühsam zurückgehaltenem Zorn, und er zischte mir darauf nur so etwas wie »hau ab, Alte« entgegen, allerdings etwas drastischer ausgedrückt. Bigfoot verdiente dazu, indem er hier und da etwas klaute, ein Ding drehte oder irgendetwas organisierte. Wenn die Sommergäste draußen eine Laterne oder eine Heckenschere liegen ließen – Bigfoot packte sofort die Gelegenheit beim Schopf und sackte sie ein, denn solche Dinge konnte er später in der Stadt zu Geld machen. Wenn es nach mir gegangen wäre, hätte er schon oft bestraft werden oder sogar ins

Gefängnis wandern müssen. Ich weiß nicht, wie es kam, dass er immer irgendwie davonkam. Vielleicht beschützte ihn irgendein Engel. Es soll ja vorkommen, dass die auf der falschen Seite stehen.

Ich wusste auch, dass er auf alle möglichen Arten wilderte. Den Wald behandelte er wie sein Eigentum – alles darin gehörte ihm, und er plünderte ihn nach Bedarf.

Viele Nächte hatte ich seinetwegen nicht geschlafen. Doch ich war machtlos. Einige Male hatte ich die Polizei angerufen. Wenn dort überhaupt jemand abhob, nahm er meine Beschwerde zwar höflich entgegen, doch dann passierte nichts. Bigfoot drehte weiterhin seine Runden, mit einem Bündel Drahtschlingen über der Schulter, lautstark Verwünschungen ausstoßend. Eine kleine, boshafte Gottheit. Böswillig und unberechenbar. Ständig war er leicht betrunken, und wahrscheinlich war er deswegen immer so schlecht gelaunt. Er schimpfte vor sich hin und hieb mit einem Stock auf die Baumstümpfe ein, als wolle er sie von seinem Weg vertreiben. Vielleicht war er schon leicht benebelt auf die Welt gekommen. Oft folgte ich ihm auf seinen Pfaden und sammelte die primitiven Drahtfallen wieder ein, die er auslegte. Es waren Drahtschlingen, die an jungen hinuntergebogenen Bäumen fixiert waren, sodass das Tier, wenn es hineingeriet, mit dem Hochschnellen des Baumes in die Luft geschleudert wurde und dort baumelte. Manchmal fand ich derart getötete Tiere – Hasen, Dachse und Rehe.

»Wir müssen ihn auf die Liege betten«, sagte Matoga. Dieser Gedanke gefiel mir nicht. Es gefiel mir nicht, ihn anfassen zu müssen.

»Ich glaube, wir müssen auf die Polizei warten«, erwiderte ich. Aber Matoga hatte den Platz auf der Couch schon vorbereitet und krempelte die Ärmel hoch. Er blickte mich aus seinen hellen Augen durchdringend an.

»Du würdest auch nicht wollen, dass man dich so findet. In einem solchen Zustand. Das ist unmenschlich.«

Ja, tatsächlich, ein menschlicher Körper ist unmenschlich. Besonders ein toter.

Ist es denn kein finsteres Paradoxon, dass wir uns jetzt mit dem Körper von Bigfoot abgeben müssen, dass er uns seinen Körper als letzte Sorge überlassen hatte? Ausgerechnet uns, den Nachbarn, die er nicht respektiert, nicht gemocht hatte, die ihm ganz egal gewesen waren?

Wenn es nach mir ginge, dann käme es nach dem Tod zur Annihilation der Materie. Das wäre die passendste Art, mit ihr umzugehen. Die annihilierten Leichen würden auf diese Weise direkt in die schwarzen Löcher zurückkehren, aus denen sie gekommen wären. Und die Seelen würden mit Lichtgeschwindigkeit zum Licht sausen. Wenn es so etwas wie eine Seele überhaupt gibt.

Ich überwand meinen ungeheuren Widerstand und tat, was Matoga von mir verlangte. Wir packten den Leichnam an Händen und Füßen und zogen ihn auf die Couch. Überrascht stellte ich fest, wie schwer er war. Er war überhaupt nicht kraftlos, sondern eher bockig, steif und sperrig wie gestärkte, eben aus der Mangel gezogene Bettwäsche. Ich sah die Socken, oder eher das, was anstelle von Socken an seinen Füßen war – schmutziggraue, fleckige Fußlappen aus in Streifen gerissenen Bettlaken. Ich weiß nicht, warum der Anblick dieser Fußlappen mich wie ein Schlag traf, auf die Brust, auf mein Zwerchfell, auf meinen ganzen Körper, sodass ich unwillkürlich aufschluchzte. Matoga sah mich kühl und flüchtig an, in seinem Blick lag eine deutliche Rüge.

»Wir müssen ihn anziehen, bevor sie kommen«, sagte er, und ich sah, wie auch sein Kinn beim Anblick dieses menschlichen Elends zitterte, auch wenn er das aus welchen Gründen auch immer nie zugegeben hätte.

Also versuchten wir zunächst, ihm das schmutzige, stinkende Unterhemd auszuziehen, doch es war ein Ding der Unmöglichkeit, es ihm über den Kopf zu ziehen. Matoga holte aus seiner Tasche ein kompliziertes Taschenmesser und schnitt den Stoff über der Brust auf. Bigfoot lag jetzt halbnackt vor uns auf der Couch, haarig wie ein Troll, die Brust und die Hände vernarbt, mit unleserlichen Tätowierungen, in denen ich nichts Sinnvolles erkennen konnte. Seine Augen waren ironisch zusammengekniffen, während wir in seinem desolaten Schrank etwas Anständiges zum Anziehen für ihn suchten, bevor sein Körper für immer erstarren und wieder zu dem werden würde, was er seinem Wesen nach immer gewesen war: ein Klümpchen Materie. Seine zerrissene Unterhose guckte unter der fast neuen, silbrigen Trainingshose hervor.

Vorsichtig nahm ich ihm die ekelhaften Fußlappen ab und sah mit Staunen seine Füße. Ich war immer der Meinung, dass die Füße unsere intimsten und persönlichsten Körperteile sind, ganz und gar nicht die Genitalien, auch nicht das Herz oder gar das Gehirn. Das sind nur Organe, ohne Bedeutung. Auch wenn diese Bedeutung immer überschätzt wird. Doch es sind die Füße, in denen das ganze Wissen zum Thema Mensch liegt. Der wichtigste Sinn dessen, was uns wirklich ausmacht, fließt aus dem Körper in die Füße. Wie wir uns der Erde gegenüber verhalten. In der Berührung mit der Erde, dort wo die Erde auf den Körper trifft, steckt das ganze Geheimnis: dass wir aus den Grundelementen der Materie gebaut und gleichzeitig dieser Erde fremd sind, losgelöst von ihr. Die Füße – das sind unsere Kontaktstecker. Und jetzt waren diese nackten Füße für mich der Beweis, dass Bigfoot woandersher stammen musste. Er konnte kein Mensch sein. Es musste sich um eine namenlose Form handeln, eine von denen, die – wie unser Blake sagt – Metalle in der Unendlichkeit auflöst, ihre Ordnung in Chaos verwandelt. Vielleicht war er so etwas wie ein Dämon. Dämonische Wesen kann man immer an den Füßen erkennen, sie haben eine andere Art, wie sie der Erde ihren Stempel aufdrücken.

Diese Füße, lang und schmal, mit ihren schlanken Zehen, mit ihren schwarz umrandeten, eingewachsenen Nägeln, schienen Greiforgane zu sein. Die große Zehe stand etwas von den anderen ab, wie ein Daumen. Sie waren dicht und schwarz behaart. Hat irgendwer so etwas schon gesehen? Matoga und ich wechselten einen Blick.

Im fast leeren Schrank fanden wir einen kaffeebraunen Anzug, er hatte ein paar Flecken, schien aber sonst kaum getragen. Ich hatte Bigfoot nie darin gesehen. Er lief immer in Filzstiefeln und verschlissenen Hosen herum, dazu ein kariertes Hemd und eine Steppweste, egal zu welcher Jahreszeit.

Das Ankleiden des Verstorbenen erinnerte mich an Liebkosungen. Ich glaube nicht, dass Bigfoot zu Lebzeiten je irgendwelche Zärtlichkeiten erfahren hatte. Wir hoben ihn vorsichtig an den Schultern hoch, um ihn anzuziehen. Sein Gewicht drückte auf meine Brust, und eine Welle natürlichen Ekels überlief mich. Mir wurde übel. Doch dann kam es mir plötzlich in den Sinn, diesen Körper an meinen zu drücken, ihm auf den Rücken zu klopfen und etwas Beruhigendes zu sagen: Mach dir nichts draus, wird schon wieder. Ich tat es nicht, mit Rücksicht auf Matoga. Es wäre ihm wahrscheinlich irgendwie pervers vorgekommen.

Die nicht ausgeführte Geste verwandelte sich in einen Gedanken. Bigfoot tat mir leid. Vielleicht hatte ihn seine Mutter ausgesetzt, und er war sein ganzes trauriges Leben lang unglücklich gewesen. Langjähriges Unglücklichsein zerstört einen Menschen mehr als eine tödliche Krankheit. Ich hatte bei ihm nie Gäste gesehen, weder Familienmitglieder noch Freunde kamen zu ihm. Nicht einmal die Pilzsammler blieben bei seinem Haus stehen, um ein wenig zu plaudern. Die Leute hatten Angst vor ihm, keiner mochte ihn. Offenbar unterhielt er nur mit den Jägern ein wenig Kontakt, wenn auch selten. Ich glaube, er war um die fünfzig, ich hätte viel gegeben, um sein achtes Haus zu sehen, ob es da bei ihm nicht zufällig irgendwelche miteinander vermischten Aspekte von Neptun und Pluto und Mars im Aszendenten gab. Mit der Kettensäge in seinen Händen hatte er immer an ein Raubtier erinnert, das nur lebt, um den Tod zu säen und Leiden zuzufügen.

Um ihm die Jacke anzuziehen, hievte ihn Matoga in die Sitzposition, und da sahen wir seine große geschwollene Zunge und dass er noch etwas anderes im Mund hatte. Ich zögerte. Doch dann biss ich die Zähne zusammen und griff, vor Ekel schaudernd, vorsichtig nach der Spitze dieses Etwas, wobei meine Hand immer wieder zurückzuckte. Endlich hielt ich zwischen den Fingern einen kleinen Knochen, lang und dünn, spitz wie ein Stilett. Den leblosen Lippen entfuhr ein kehliges Glucksen und etwas Luft, ein leises Pfeifen, fast wie ein Seufzer. Wir schreckten beide vom Toten zurück, und sicher fühlte Matoga dasselbe wie ich: nacktes Entsetzen. Besonders, als kurz darauf aus seinem Mundwinkel ein wenig dunkelrotes, fast schwarzes Blut quoll. Es war etwas Unheilvolles, das aus ihm heraussickerte.

Wir erstarrten wie im Schock.

»Also das war es.« Matogas Stimme zitterte. »Er ist erstickt. An einem Knochen erstickt. Der Knochen ist ihm im Hals stecken geblieben. Er hat ihn nicht rausgekriegt, und er ist daran erstickt.« Nervös wiederholte er den gleichen Satz ein ums andere Mal. Und dann, als wolle er sich selbst beruhigen: »An die Arbeit. Es ist nicht angenehm, aber die Pflicht gegenüber dem Nächsten ist nun einmal selten angenehm.«

Er hatte sich zum Befehlshaber dieser Nachtschicht ernannt, und ich fügte mich.

Wir konzentrierten uns nun auf die undankbare Aufgabe, Bigfoot in den kaffeebraunen Anzug zu stecken und ihn in eine würdige Position zu lagern. Ich hatte lange keinen fremden Körper berührt, schon gar keinen Toten. Ich spürte, wie die Starre ihn mehr und mehr durchdrang, wie sein Körper von Minute zu Minute versteinerte. Wir beeilten uns. Und als Bigfoot bereits im Sonntagsanzug vor uns lag, verlor sein Gesicht endgültig seinen menschlichen Ausdruck: Nun war er ein Leichnam, daran bestand kein Zweifel mehr. Allein der rechte Zeigefinger wollte nicht gehorchen und in der traditionellen Position brav gefalteter Hände bleiben. Er ragte nach oben, als wolle er damit unsere Aufmerksamkeit erregen, als wolle er unsere nervösen, hastigen Anstrengungen unterbrechen. »Und jetzt aufgepasst!«, sagte der

Finger. »Jetzt passt mal auf, denn hier ist etwas, was ihr nicht seht, es ist der wesentliche Ausgangspunkt eines Prozesses, der euch verborgen ist, und er ist höchst bemerkenswert. Ihm ist es zu verdanken, dass wir uns alle an diesem Ort eingefunden haben, zu dieser Zeit, in diesem kleinen Haus auf dem Hochplateau, tief im Schnee, tief in der Nacht. Ich als toter Körper, und ihr, zwei ältliche Menschenwesen, die keinerlei Bedeutung haben. Doch das ist erst der Anfang. Erst jetzt geht alles richtig los.«

Matoga und ich standen in der feuchtkalten Kammer, in dieser frostigen Einöde, in dieser grauen Stunde, und ich dachte, dass dieses Etwas, das aus einem toten Körper ausfährt, ein Stück Welt mit sich fortnimmt. Ganz egal, ob böse oder gut, schuldbeladen oder makellos, was zurückbleibt, ist ein großes Nichts.

Ich blickte durchs Fenster. Der Morgen graute, und langsam füllte sich dieses Nichts mit behäbigen Schneeflocken. Sie fielen gemächlich, sie drehten sich in der Luft um die eigene Achse wie Federn.

Bigfoot war von uns gegangen, also konnte man ihm gegenüber schwerlich Wut oder Groll hegen. Nur sein Körper war geblieben, tot, in einen Anzug gesteckt. Er schien jetzt ruhig und zufrieden zu sein, als freute sich sein Geist über die Befreiung von der Materie und als freute sich die Materie über die Befreiung von seinem Geist. In kurzer Zeit hatte sich eine metaphysische Scheidung vollzogen. Schluss.

Wir setzten uns in die Küche, und Matoga nahm eine halbvolle Wodkaflasche vom Tisch. Er fand zwei saubere Gläser und schenkte ein, erst mir, dann sich selbst.

Durch das zugeschneite Fenster sickerte langsam das Morgengrauen, milchig wie Krankenhauslicht, und in diesem Licht sah ich, dass Matoga unrasiert war und seine Bartstoppeln genauso grau waren wie mein Haar, ich sah seinen verwaschenen, blauweiß gestreiften, schlabberigen Pyjama unter seinem Schaffellmantel, und ich sah alle möglichen Flecken auf dem Mantel.

Ich trank ein großes Glas Wodka, und mein Inneres erwärmte sich.

»Ich glaube, wir haben ihm gegenüber unsere Pflicht getan. Wer sonst hätte es tun sollen?« Matoga sprach mehr zu sich selbst als zu mir. »Er war ein armer kleiner Dreckskerl, aber was soll's?«

Er schenkte sich noch ein Glas ein, kippte es hinunter und schüttelte sich angewidert. Er hatte sichtlich keine Übung darin.

»Ich gehe telefonieren.« Er ging hinaus, vielleicht war ihm schlecht geworden.

Ich stand auf und inspizierte das entsetzliche Durcheinander in der Hoffnung, irgendwo Bigfoots Personalausweis mit seinem Geburtsdatum zu finden. Das wollte ich wissen, ich wollte seine Rechnungen überprüfen.

Auf dem mit verschlissenem Wachstuch bedeckten Tisch stand eine Pfanne mit den gebratenen Stücken eines Tieres, und im Kochtopf daneben schlummerte unter einer weißen Fettschicht eine Rote-Bete-Suppe. Eine abgeschnittene Brotscheibe, Butter in goldener Folie. Auf dem mit abgetretenem Linoleum ausgelegten Boden lagen noch weitere Tierreste, die mit dem Teller auf den Boden gefallen waren, auch Gläser und Kekskrümel. Alles war auf dem schmutzigen Boden zertrampelt und verschmiert.

Plötzlich fiel mein Blick auf etwas, das mein Gehirn erst nach längerem Hinsehen erkannte, weil es sich dagegen wehrte: Auf einem Blechtablett auf der Fensterbank lag ein sorgfältig abgetrennter Rehschädel. Daneben vier Rehbeine. Die halb offenen Augen hatten unser Hantieren die ganze Zeit aufmerksam verfolgt.

Es war eines dieser ausgehungerten Rehe, die sich im Winter naiv in eine Falle mit angefrorenen Äpfeln locken lassen und die dann, von der Schlinge erfasst, qualvoll vom Draht erwürgt werden.

Als mir langsam bewusst wurde, was hier geschehen war, packte mich das Grauen. Er hatte das Reh mit einer Drahtschlinge gefangen, es umgebracht, sein Fleisch zerstückelt, gebraten und gegessen. Ein Lebewesen hatte ein anderes aufgegessen, schweigend, in aller Stille, in der Nacht. Niemand hatte protestiert, kein Blitz war hineingefahren. Doch der Dämon war seiner Strafe nicht entgangen, obwohl keine Menschenhand seinen Tod herbeigeführt hatte.

Rasch, mit zitternden Händen schob ich die Überreste, alle kleineren Knochen, zu einem Haufen zusammen, um sie später zu begraben. Ich stopfte alles in eine alte Plastiktüte, die herumlag, jeden einzelnen der kleinen Knochen packte ich in dieses Leichentuch aus Plastik. Auch den Schädel steckte ich in die Tüte.

Ich wollte den Geburtstag von Bigfoot erfahren, der Wunsch war so dringend, dass ich im Geschirrschrank, unter vielen anderen Papieren, Kalenderblättern und Zeitungen nervös seinen Ausweis suchte und die Schubladen durchwühlte, wo man in Landhäusern die Dokumente aufbewahrte. Dort fand ich ihn auch, in einer kaputten grünen Hülle, sicher war er schon abgelaufen. Auf dem

Bild war Bigfoot etwas über zwanzig Jahre alt. Ein längliches, asymmetrisches Gesicht mit irgendwie verkniffenen Augen. Nicht schön, nicht einmal damals. Mit einem Bleistiftstummel notierte ich mir Datum und Ort seiner Geburt. Bigfoot war am 21. Dezember 1950 geboren. Hier.

Ich sollte sagen, dass in der Schublade noch etwas war: ein Stapel Fotos, ziemlich neu, in Farbe. Ich blätterte sie rasch durch, wie immer, und eines machte mich stutzig. Ich sah es genauer an und wollte es schon zurücklegen. Lange konnte ich nicht verstehen, was ich sah. Es war plötzlich ganz still um mich, und in der Stille war nur ich. Ich sah das Foto an. Mein Körper spannte sich, ich war kampfbereit. Mir wurde schwindlig, und in meinen Ohren rauschte es dumpf, ein Summen, ein Dröhnen, als stürmte vom Horizont eine vieltausendköpfige Armee herbei, ich hörte Stimmen, Eisengeklirr, kreischende Räder, alles aus weiter Ferne. Der Zorn macht den Geist klar und scharf, auch die Sicht wird geschärft. Der Zorn nimmt alle anderen Emotionen in sich auf und beherrscht den Körper. Es besteht kein Zweifel, dass alle Weisheit aus dem Zorn entsteht, denn er ist imstande, alle Grenzen zu sprengen.

Meine Hände zitterten, als ich die Fotos in meine Tasche steckte, und gleich darauf hörte ich, wie sich alles weiter vorwärtsbewegte, wie die Motoren der Welt ansprangen und ihre Maschinerie wieder in Gang kam – eine Tür knarrte, eine Gabel fiel zu Boden. Aus meinen Augen tropften Tränen.

Matoga stand in der Tür.

»Er war es nicht wert, dass du weinst.«

Mit zusammengepressten Lippen wählte er eine Nummer.

»Noch immer der tschechische Anbieter. Wir müssen auf den Hügel, kommst du mit?«

Leise schlossen wir die Tür hinter uns und kämpften uns durch den Schnee. Auf dem Hügel drehte sich Matoga mit zwei Mobiltelefonen in den ausgestreckten Händen um die eigene Achse, um Empfang zu bekommen. Vor uns lag der ganze Glatzer Kessel, in silbrigen, fahlgrauen Morgendämmer getaucht.

Matoga rief seinen Sohn an: »Hallo, habe ich dich auch nicht geweckt?« Eine unverständliche Stimme antwortete krächzend.

»Unser Nachbar ist tot. Ich glaube, an einem Knochen erstickt.

Heute Nacht.«

Wieder das Krächzen am anderen Ende der Leitung.

»Noch nicht. Ich rufe gleich an. Ich bin nicht durchgekommen. Wir haben ihn angezogen. Mit Frau Duszejko, du kennst sie, meine Nachbarin.« Er sah mich flüchtig an. »Damit er nicht starr wird, und ...«

Die krächzende Stimme klang genervt.

»Immerhin trägt er jetzt einen Anzug ...«

Die Stimme sprach jetzt schnell und viel, Matoga hielt das Telefon vom Ohr weg und schaute es missbilligend an.

Dann riefen wir die Polizei.

2

Testosteron-Autismus

»Ein Hund, der hungert vor dem Haus,
Sagt den Ruin des Staats voraus.«

Ich war ihm sehr dankbar, dass er mich zu sich auf ein heißes Getränk einlud. Ich fühlte mich total zerschlagen, und der Gedanke, dass ich in mein kaltes, leeres Haus zurückkehren sollte, deprimierte mich.

Bigfoots Hündin, die seit einigen Stunden bei Matoga residierte, sprang mir zur Begrüßung entgegen. Sie erkannte mich und freute sich offenbar, mich zu sehen. Sie wedelte mit dem Schwanz und dachte ganz bestimmt nicht mehr daran, dass sie einmal vor mir davongelaufen war. Hunde sind manchmal ziemlich dumm, ähnlich wie Menschen, und diese Hündin war sicher eine von der dummen Sorte. Wir setzten uns in die Küche an den Holztisch, der so sauber war, dass man seine Wange darauf legen konnte. Das tat ich auch.

»Du bist wohl sehr müde«, meinte Matoga.

Alles hier war sauber und hell, warm und gemütlich. Was für ein Glück ist es im Leben, eine saubere und warme Küche sein Eigen zu nennen. Dies war mir versagt geblieben. Bei mir war es unmöglich, Ordnung zu halten. Aber ich habe mich schon damit abgefunden. Pech.

Bevor ich mich noch umsehen konnte, stand schon ein Glas Tee vor mir. Es war in einem hübschen Metallkörbchen mit Henkel, auf einem Untersetzer. In der Zuckerdose war Würfelzucker – das erinnerte mich an die süße Zeit meiner Kindheit, und es hob tatsächlich meine jammervolle Laune.

»Vielleicht hätten wir ihn wirklich nicht bewegen sollen?« Matoga öffnete die Tischschublade, um Löffelchen herauszuholen. Die Hündin strich um seine Beine, als wolle sie ihn nicht aus dem nächsten Umkreis ihres kleinen, mageren Körperchens herauslassen.

»Du wirfst mich noch um«, sagte Matoga mit schroffer Zärtlichkeit. Er hatte sichtlich noch nie einen Hund gehabt und wusste nicht genau, wie man sich verhält.

»Wie wirst du sie nennen?«, fragte ich, als mir vom Tee etwas warm geworden war und sich dieses Knäuel von Emotionen, das mir im Hals steckte, ein wenig löste.

Matoga zuckte die Achseln.

»Ich weiß nicht. Vielleicht Mücke oder Schneeball.«

Ich sagte nichts, aber das gefiel mir nicht. Das waren keine Namen, die zu diesem Tier gepasst hätten, besonders im Hinblick auf seine persönliche Geschichte. Wir würden uns etwas anderes für sie ausdenken müssen.

Offiziell verliehene Namen beschneiden massiv die Kreativität. Man kann sie sich nicht merken, denn sie sind losgelöst von der Persönlichkeit und meist sehr banal. Sie haben überhaupt nichts mit der Person zu tun. Dazu kommt, dass jede Generation ihre Moden hat, und plötzlich heißen alle Magdalena, Patrick oder – du lieber Himmel – Janina. Deshalb bin ich bemüht, keine bestehenden Vor- und Nachnamen zu verwenden, sondern eher Bezeichnungen, die einem spontan einfallen, wenn man jemanden zum ersten

Mal sieht. Ich bin überzeugt, dass dies der einzig richtige Umgang mit Sprache ist und dass man niemandem abgegriffene Worte überstülpen soll. Matoga zum Beispiel heißt Świerszczyński, so steht es an seiner Tür, und vor dem Nachnamen steht ein »Ś.« Gibt es einen Vornamen mit Ś? Er stellt sich immer mit »Świerszczyński« vor, erwartet aber offenbar nicht, dass sich jemand die Zunge verknotet, um das auszusprechen. Ich glaube, jeder von uns sieht die anderen Menschen auf eine eigene Art, also darf er diesen auch Namen geben, die ihm passend erscheinen. Ich habe ebenso viele Vornamen, wie ich Menschen kenne, die mit mir in irgendeiner Beziehung stehen.

Świerszczyński habe ich Matoga genannt und ich finde, dass dieser Name ganz gut zu ihm passt.

Jetzt eben, als ich die Hündin ansah, kam mir prompt ein Menschenname in den Sinn – Marysia. Vielleicht weil sie so ein ausgemergeltes Waisenkind war.

»Heißt sie nicht zufällig Marysia?«, fragte ich.

»Kann sein«, antwortete Matoga. »Ja, ich glaube ja. Sie heißt Marysia.«

In ähnlicher Weise war Bigfoot zu seinem Namen gekommen. Es lag ja ziemlich nahe, wenn man seine Spuren im Schnee sah, da war es einfach sonnenklar. Matoga hatte von ihm immer als »Zottelkopf« gesprochen, dann übernahm er aber automatisch meinen »Bigfoot«. Und das konnte nur heißen, dass ich gut gewählt hatte.

Leider konnte ich für mich selbst keinen vernünftigen Vornamen aussuchen. Was in den Papieren steht, halte ich für skandalös unpassend und kompromittierend – Janina. Ich glaube, dass ich in Wirklichkeit Emilia heiße oder Joanna. Manchmal glaube ich auch, irgendwie so ähnlich wie Irmtrud. Oder Bożygniewa. Oder Nawoja.

Matoga hingegen vermeidet es, wo er nur kann, mich beim Vornamen zu nennen. Das bedeutet sicher etwas. Irgendwie schafft er es immer, mich unmittelbar mit »du« anzureden.

»Wartest du mit mir, bis sie kommen?«, fragte er.

»Na klar.« Gerne war ich dazu bereit, und mir fiel auf, dass ich mich gescheut hätte, ihn noch extra mit seinem Namen »Matoga« anzusprechen. Wenn man so dicht beieinander wohnt, braucht man keine Namen zu nennen, um sich direkt aneinander zu wenden. Wenn ich bei ihm vorbeigehe und sehe, dass er Unkraut jätet, brauche ich seinen Namen nicht, um ihn anzusprechen. Es ist ein besonderer Grad der Vertrautheit.

Unsere Siedlung besteht aus wenigen Häusern, die auf einem Hochplateau stehen, weit ab vom Rest der Welt. Ein Hochplateau ist geologisch gesehen ein entfernter Verwandter des Tafelbergs, so etwas wie dessen Vorbote. Vor dem Krieg nannte sich unsere Kolonie »Luftzug«, heute, im Polnischen, ist – nicht ganz offiziell – »Lufcug« daraus geworden, und offiziell gibt es gar keinen Namen. Auf der Karte sieht man bloß den Weg und einige Häuser, keine Buchstaben. Hier weht immer Wind, enorme Luftmassen strömen durch die Berge von Westen nach Osten, von Tschechien zu uns. Im Winter pfeift der Wind gewaltig, er heult in den Kaminen. Und im Sommer streicht er raschelnd durch die Blätter. Still ist es hier nie. Viele Leute können es sich leisten, ein Haus in der Stadt zu haben, als offizielles, als Ganzjahreshaus, und ein zweites – ein irgendwie verspieltes, ein Kinderhaus – auf dem Land. So sehen die Häuser denn auch aus, kindlich. Klein, geduckt, mit steilen Dächern und winzigen Fenstern. Alle sind vor dem Krieg auf die gleiche Art gebaut worden: mit langen ost- und westseitigen Mauern, eine kurze Mauer Richtung Süden und eine zweite, kurze nordseitige Mauer, an der eine Scheune lehnt. Nur das Haus der Schriftstellerin, mit seinen überall angebauten Terrassen und Balkonen, ist etwas exzentrischer.

Man darf sich nicht über die Leute wundern, die im Winter das Hochplateau verlassen. Von Oktober bis April ist es hart, hier zu wohnen, davon kann ich ein Lied singen. Jedes Jahr fällt hier der große Schnee, und der Wind meißelt mit Akkuratesse seine Verwehungen und Dünen in den Schnee hinein. Die letzten klimatischen Veränderungen haben alles erwärmt, bis auf unser Hochplateau. Hier ist es gerade umgekehrt, im Februar schneit es noch einmal besonders stark, und der Schnee bleibt besonders lange liegen. Die Temperaturen sinken im Winter mehrere Male bis auf minus zwanzig Grad, und bis Ende April ist hier Winter. Der Weg ist schlecht, Frost und Schnee zerstören das, was die Gemeinde mit ihren kümmerlichen Mitteln immer wieder zu reparieren versucht. Bis zum Asphaltweg muss man vier Kilometer auf einem tief zerfurchten Feldweg fahren, und eigentlich gibt es nichts, wofür man sich das antun würde – der Autobus hinunter nach Kudowa fährt morgens ab und kehrt nachmittags zurück. Im Sommer, wenn die wenigen, bleichen Kinder hier Ferien haben, fährt gar kein Bus. Durch die Gegend führt eine Straße, die sich an einem Punkt wie eine Wünschelrute verzweigt und dann unbemerkt in den Vorort des Städtchens verwandelt. Sollte jemand Lust dazu bekommen, so kann er auf dieser Straße weiter nach Wrocław oder Tschechien fahren.

Aber es gibt auch Menschen, denen das gefällt. Man

könnte viele Hypothesen darüber aufstellen, so man Spaß an hypothetischen Ansätzen hat. Psychologie und Soziologie könnten hier auf manche Spur lenken, aber mich lässt so was vollkommen kalt.

Matoga und ich zum Beispiel, wir bieten dem Winter tapfer die Stirn. Übrigens ist die Wendung »die Stirn bieten« ziemlich blödsinnig, denn wir schieben kämpferisch den Unterkiefer vor, wie die Männer auf der kleinen Brücke im Dorf. Wenn man die provoziert oder anpöbelt, dann sagen sie angriffslustig: »Na, und? Na, und?« In gewissem Sinne provozieren wir auch den Winter, aber der ignoriert uns ebenso wie den Rest der Welt. Die alten Exzentriker. Hippies von Gottes Gnaden.

Alles hier ist so schön in weiße Winterwatte gekuschelt. Der Winter kürzt die Tage maximal, sodass man, wenn man unbesonnen etwas zu lang in die Nacht hinein zusammensitzt, erst im Dämmer des nächsten Nachmittags erwacht. Was mir, zugegebenermaßen, seit letztem Jahr immer wieder passiert. Der Himmel hängt hier über uns, tief und dunkel, wie ein schmutziger Bildschirm, auf dem sich übermütige Wolken-Kissenschlachten abspielen. Dafür sind unsere Häuser da – um uns vor diesem Himmel zu schützen, der ohne die Häuser unsere Körper bis ins Innerste durchdringen würde, bis in unsere Seele, die einer kleinen Murmel gleicht. Wenn es so etwas wie die Seele überhaupt gibt.

Ich weiß nicht, was Matoga in diesen dunklen Monaten macht. Wir haben wenig Kontakt zueinander, auch wenn ich – zugegeben – gerne mehr hätte. Wir sehen uns alle paar Tage und wechseln ein paar Worte. Aber wir sind nicht deshalb hierhergezogen, um miteinander Tee zu trinken. Matoga hat sein Haus ein Jahr nach mir gekauft, und es sieht so aus, als hätte er beschlossen, ein neues Leben zu beginnen, wie jeder, dem die Ideen und die Mittel für das alte Leben ausgegangen sind. Angeblich hat er früher im Zirkus gearbeitet, aber ich weiß nicht, ob er dort Buchhalter oder Akrobat war. Lieber wäre mir Akrobat, denn wenn ich ihn humpeln sehe, dann stelle ich mir immer vor, dass vor langer Zeit, in den schönen siebziger Jahren, während einer ganz besonderen Nummer etwas geschehen sein könnte, was bewirkte, dass seine Hand das Trapezholz nicht erreichte, und er von weit oben in die mit Sägespänen bestreute Manege fiel. Je länger ich darüber nachdenke, desto mehr will mir scheinen, dass der Beruf des Buchhalters auch kein schlechter Beruf ist, und die den Buchhaltern eigene Ordnungsliebe weckt meine Bewunderung, Zustimmung und meinen ausnehmenden Respekt. Matogas Ordnungsliebe erkennt man auf seinem kleinen Anwesen auf einen Blick: Das Brennholz schichtet er in kunstvollen, spiralförmigen Klaftern übereinander. Daraus entsteht dann ein hübscher runder, ideal proportionierter Hügel. Matogas Holzklafter könnte man als ein lokales Kunstwerk auffassen. Dem Reiz dieser schönen, spiraligen Ordnung kann ich mich nicht entziehen. Immer wenn ich dort vorbeigehe, bleibe ich einen Moment stehen und bewundere diese beispielhafte Zusammenarbeit von Hand und Kopf, die mit etwas so Banalem wie Brennholz die vollkommenste Bewegung im Universum ausführt.

Der Pfad vor Matogas Haus ist so gleichmäßig mit Kies bestreut, dass man glauben könnte, es sei ein besonderer Kies, aus identischen Steinchen, von Hand ausgesucht, in unterirdischen Felsenhöhlen oder in von Kobolden geführten Kiesfabriken. Vor seinen Fenstern hängen saubere Gardinen, gleichmäßig gefältelt, sicher verwendet er für diesen Effekt eine spezielle Vorrichtung. Seine Blumen im Garten stehen fein säuberlich und ordentlich da, gerade aufgerichtet und schlank, als hätten sie ein Fitnesstraining absolviert.

Als Matoga in der Küche hantierte und uns Tee machte, fiel mir auf, wie akkurat die Tassen in seinem Geschirrschrank standen, was für ein makelloses Deckchen auf der Nähmaschine lag. Er hatte sogar eine Nähmaschine! Beschämt hielt ich meine Hände zwischen die Knie gepresst. Meinen Händen hatte ich lange Zeit kaum Aufmerksamkeit gewidmet. Also, es ließ sich nicht verbergen, dass meine Fingernägel ganz einfach schmutzig waren.

Als er die Teelöffelchen holte, sah ich kurz das Innere der Schublade, und ich konnte meinen Blick nicht davon abwenden. Sie war breit und flach wie ein Tablett. In den mittleren Fächern lagen sorgfältig nebeneinander das Besteck und daneben die anderen Küchenutensilien. Jeder der mir größtenteils unbekannten Gegenstände hatte seinen eigenen Platz. Matogas knochige Finger wählten bedächtig zwei Löffel aus und legten sie auf die zartgrünen Servietten neben unseren Teegläsern. Leider zu spät, denn ich hatte meinen Tee bereits ausgetrunken.

Es war nicht leicht, mit Matoga ein Gespräch in Gang zu halten. Er war sehr wortkarg. Wenn man nicht sprechen kann, muss man schweigen. Mit manchen Personen sind Gespräche fast unmöglich, besonders mit männlichen. Ich habe eine Theorie zu dem Thema. Viele Männer erkranken mit fortschreitendem Alter an Testosteron-Autismus, was mit einem langsamen Schwinden der sozialen Intelligenz und einem zunehmenden Unvermögen, was zwischenmenschliche Kommunikation betrifft, einhergeht und auch das Formulieren von Gedanken beeinträchtigt. Ein von diesem Leiden befallener Mensch wird schweigsam, er scheint immer in Gedanken versunken zu sein. Er ist mehr an Gegenständen und Mechanismen interessiert. Etwa am Zweiten Weltkrieg, den Biografien bekannter Persönlichkeiten, besonders von Politikern und Verbrechern. Er verlernt fast völlig, Romane zu lesen, denn der Testosteron-Autismus behindert das psychologische Verstehen der Figuren. Ich glaube, dass Matoga so ein Fall war.

Doch an diesem Morgen konnte man von niemandem besondere Redseligkeit verlangen. Wir waren einfach nur bedrückt.

Andererseits war ich erleichtert. Manchmal, wenn man sein Denken weiter fasst und die Gewohnheiten des Geistes ebenso mit einbezieht wie die Bilanz der Tätigkeiten, wird einem klar, dass das Leben des einen nicht in jedem Fall gut für die anderen ist. Ich glaube, jeder wird mir Recht geben.

Ich bat um ein weiteres Glas Tee, eigentlich nur, um ihn mit dem hübschen Löffel umzurühren.

»Einmal habe ich mich wegen Bigfoot bei der Polizei beschwert«, sagte ich.

Matoga hielt kurz beim Trockenreiben eines Kuchentellers inne.

»Wegen dem Hund?«, fragte er.

»Ja. Und wegen Wilderei. Ich habe eine Klage verfasst.«

»Und? Was dann?«

»Nichts.«

»Willst du sagen, es ist gut, dass er jetzt tot ist?«

Noch vor letzten Weihnachten war ich zur Gemeinde gegangen, um den Fall persönlich anzuzeigen. Bis dahin hatte ich Briefe geschrieben. Niemand hatte darauf geantwortet, obwohl es eine gesetzliche Verpflichtung dazu gibt. Die Polizeidienststelle war winzig und erinnerte mit ihren überhaupt nicht zusammenpassenden Materialien an ein tristes Einfamilienhaus aus kommunistischen Zeiten. Dementsprechend war auch die Stimmung. Die mit Ölfarbe gestrichenen Wände waren über und über mit Zetteln bedeckt, die allesamt mit »Bekanntmachung« überschrieben waren – übrigens ein fürchterliches Wort. Die Polizei verwendet ziemlich viele ausnehmend abstoßende Worte, etwa »Mordopfer« oder »Lebensgefährte«.

In dieser Stätte Plutos war es zuerst ein junger, hinter einer Holzschranke sitzender Mann, der versuchte, mich abzuwimmeln. Später übernahm sein älterer Vorgesetzter den Job. Ich wollte den Kommissar sprechen und ließ mich nicht abweisen. Ich vertraute darauf, dass letztlich beide die Geduld mit mir verlieren und mich ihm vorführen würden. Man ließ mich lange warten, und ich fürchtete schon, die Geschäfte könnten schließen, denn ich hatte noch Einkäufe zu erledigen. Es dämmerte bereits, also es war etwa sechzehn Uhr, ich hatte zwei Stunden gewartet.

Endlich, kurz vor Ende der Amtszeit, erschien im Flur eine junge Frau. »Bitte, Sie können hineingehen.«

Ich war in Grübeleien versunken, doch was ich jetzt brauchte, war Geistesgegenwart. Als ich der Frau zur Audienz in den ersten Stock folgte, wo der Chef der lokalen Polizei sein Arbeitszimmer hatte, sammelte ich meine Gedanken.

Es war ein beleibter Mann, etwa in meinem Alter, doch

er sprach mich so an, als sei ich seine Mutter oder sogar Großmutter. Er warf mir einen flüchtigen Blick zu und sagte:

»Setzen, bitte.« Als er merkte, dass er mit diesem Infinitiv seine Unbildung verraten hatte, räusperte er sich und korrigierte sich.

»Bitte, nehmen Sie Platz.«

Ich konnte seine Gedanken beinahe hören, bestimmt nannte er mich erst »Frauenzimmer« und, als meine Klagerede nachdrücklicher wurde, »Weib«, und zum Schluss »Besessene« bzw. »Wahnsinnige«. Es war nicht zu übersehen, mit welcher Aversion er meine Bewegungen verfolgte und wie sehr er meinen Geschmack verurteilte. Weder meine Frisur gefiel ihm noch meine Kleidung noch meine mangelnde Unterwürfigkeit. Er musterte mein Gesicht mit wachsendem Widerwillen. Doch auch ich nahm eine Menge wahr – dass er Apoplektiker war, dass er zu viel trank und eine Schwäche für fettes Essen hatte. Während meines Monologs überzog eine leichte Röte seinen großen, kahlen Kopf bis zur Nasenspitze, auf seinen Wangen erschien deutlich ein Geflecht aus erweiterten Adern, wie eine phantastische Kriegstätowierung. Sicher war er es gewohnt, Befehle zu erteilen und von Anderen Gehorsam zu ernten, und sicher kam er leicht in Rage. Eine typische Jupiterpersönlichkeit.

Ich sah auch, dass er nicht alles verstand, was ich sagte, einerseits aus dem offensichtlichen Grund, dass ich mich einer ihm fremden Argumentation bediente, andererseits aber auch, weil sein Wortschatz nicht ausreichte. Er war einer von den Menschen, die all das verachten, was sie nicht verstehen.

»Er ist eine Bedrohung für viele Lebewesen, für

Mensch und Nichtmensch.« Das war der Schluss meiner Anklage gegen Bigfoot, die meine Beobachtungen und meinen Verdacht enthielt.

Er wusste nicht, ob ich mich über ihn lustig machte oder ob er wirklich an eine Wahnsinnige geraten war. Andere Möglichkeiten gab es für ihn keine. Ich sah, wie ihm das Blut ins Gesicht schoss, typisch für diese Art der Pykniker, die irgendwann einen Schlaganfall erleiden.

»Wir haben nicht gewusst, dass er wildert. Wir werden uns darum kümmern.« Er biss die Zähne zusammen. »Bitte gehen Sie jetzt nach Hause und denken Sie nicht mehr daran. Ich kenne ihn bereits.«

»Gut«, sagte ich versöhnlich.

Er stand auf, stützte sich auf die Hände, was ein sichtbares Zeichen dafür war, dass er die Audienz für beendet hielt.

Wenn man etwas in die Jahre gekommen ist, muss man damit rechnen, dass die Menschen ungeduldig mit einem umgehen. Ich wäre früher nicht auf die Idee gekommen, bestimmte Gesten so zu deuten. Ein etwas zu rasches Kopfnicken, dem Blick ausweichen, ständig wie ein Papagei »ja, ja« sagen, verstohlen nach der Uhr schielen, sich an der Nase reiben – heute verstehe ich gut, dass dieses ganze Getue nur eines heißen soll, nämlich »Lass mich doch endlich in Ruhe, du lästige Alte«. Manchmal frage ich mich, ob man einen smarten jungen Mann oder eine gut gebaute Brünette, die das gleiche Anliegen haben wie ich, genauso behandeln würde.

Der Kommissar erwartete offensichtlich, dass ich vom Sitz aufspränge und das Zimmer verlasse. Doch ich hatte ihm noch eine mindestens ebenso wichtige Sache zu kommunizieren.

»Dieser Mensch sperrt seine Hündin den ganzen Tag im Schuppen ein. Das Tier winselt und friert, denn der Schuppen ist nicht isoliert, und dort zieht es. Kann die Polizei da etwas tun, ihm das Aufsichtsrecht über den Hund entziehen, ihn exemplarisch irgendwie bestrafen?«

Er sah mich einen Moment schweigend an, und die Verachtung, die ich von Anfang an bei ihm gespürt hatte, stand ihm jetzt überdeutlich ins Gesicht geschrieben. Seine Mundwinkel waren herabgezogen und die Lippen leicht aufgeworfen. Er versuchte offensichtlich seinen Gesichtsausdruck zu beherrschen. Zu diesem Zweck hatte er ein starres Lächeln aufgesetzt, das seine großen, vom Rauchen gelben Zähne enthüllte. Er sagte: »Liebe Frau, das ist nicht die Sache der Polizei. Ein Hund ist ein Hund. Auf dem Land ist auf dem Land. Was haben Sie denn erwartet? Ein Hund gehört in die Hütte und an die Kette.«

»Wenn etwas Böses passiert, dann melde ich es eben der Polizei. Wohin soll ich mich denn wenden, wenn nicht an die Polizei?« Er lachte heiser. »Wenn es etwas Böses ist, das Sie bemerkt haben, dann wenden Sie sich bitte an den Pfarrer.« Er freute sich über seinen eigenen Humor, bemerkte aber offenbar doch, dass mich sein Scherz nicht sonderlich amüsierte, denn sein Gesicht wurde sofort wieder ernst. »Es gibt sicher irgendwelche Tierschutzvereine oder etwas in der Art. Das finden Sie im Telefonbuch. Die Liga zum Schutz der Tiere – dort können Sie hingehen. Wir sind die Polizei, und die ist zuständig für die Menschen. Bitte, rufen Sie in Wrocław an. Dort gibt es einen Bereitschaftsdienst.«

»In Wrocław!«, rief ich. »Das ist nicht Ihr Ernst. Das hier fällt doch in den Zuständigkeitsbereich der lokalen Polizei, ich kenne das Gesetz.«

»Oho.« Er lachte ironisch. »Dann können Sie mir vielleicht auch gleich verraten, was in meinen Zuständigkeitsbereich fällt und was nicht?«

In meiner Phantasie sah ich unsere Heere, die sich kampfbereit gegenüberstanden.

»Ja, sehr gerne.« Ich holte zu einem längeren Vortrag aus.

Er sah panisch auf seine Uhr, und ich bemerkte, wie er sich anstrengte, um seine Abneigung gegen mich im Zaum zu halten.

»Also gut, wir werden uns die Sache ansehen«, sagte er gleichgültig und begann die Papiere auf seinem Schreibtisch zusammenzupacken und in seine Aktentasche zu stecken. Er wich mir aus.

Ja, ich konnte ihn nicht ausstehen. Mehr noch: Ich spürte, wie mich eine heftige Welle der Abneigung gegen ihn überrollte, beißender als Meerrettich.

Er stand entschlossen hinter seinem Schreibtisch auf, und ich sah seinen mächtigen Bauch, den der Ledergürtel seiner Uniform gar nicht umfassen konnte. Aus Scham versteckte sich dieser Bauch irgendwo dort unten, in den unbequemen, vergessenen genitalen Regionen. Seine Schnürsenkel waren gelöst, sicher hatte er unter dem Tisch die Schuhe ausgezogen. Jetzt musste er sie so schnell wie möglich wieder anziehen.

»Würden Sie mir Ihr Geburtsdatum verraten?«, fragte ich ihn höflich, schon bei der Tür. Er blieb überrascht stehen.

»Wozu brauchen Sie das?«, fragt er argwöhnisch, während er mir die Tür zum Flur aufhielt.

»Um Ihr Horoskop zu berechnen«, antwortete ich. »Möchten Sie? Ich könnte Ihnen Ihr Horoskop erstellen.«

Ein amüsiertes Grinsen verzog sein Gesicht.

»Nein danke. Ich interessiere mich nicht für Astrologie.«

»Sie könnten erfahren, was im Leben noch auf Sie zukommt. Möchten Sie das nicht?«

Er warf dem Polizisten an der Rezeption einen vielsagenden Blick zu, feixte ironisch, als nähme er an einem lustigen Kinderspiel teil, und gab mir alle Daten. Ich notierte sie, dankte ihm, zog mir die Kapuze über den Kopf und wandte mich zum Ausgang. Beim Hinausgehen hörte ich noch, wie beide lachend losprusteten, und ich konnte die Worte verstehen: »Eine Wahnsinnige. Richtig besessen.«

Am selben Abend, als es schon dunkel war, begann die Hündin von Bigfoot wieder zu winseln. Die Luft war blau, scharf wie ein Rasiermesser, und die dumpfe, heisere Hundestimme hatte etwas Beunruhigendes. Der Tod steht vor der Tür, dachte ich. Doch der Tod steht immer vor unserer Tür, zu jeder Tages- und Nachtzeit, sagte ich mir darauf. Am besten ist es, mit sich selbst zu sprechen. Dann kommt es wenigstens nicht zu Missverständnissen. Ich legte mich auf das Küchensofa und war nicht imstande, etwas anderes zu tun, als diesem durchdringenden Gewinsel zuzuhören. Als ich einige Tage zuvor zu Bigfoot gegangen war, um zu intervenieren, hatte er mich nicht einmal in sein Haus gelassen. Er hatte gesagt, ich solle mich nicht in Dinge einmischen, die mich nichts angingen. Dieser Unmensch hatte seine Hündin nur für wenige Stunden nach draußen gelassen und sie dann später doch wieder in das Verließ gesperrt, wo sie die ganze Nacht durch heulte.

Ich lag also auf dem Küchensofa und versuchte vergeblich, an etwas anderes zu denken. Ich spürte, wie eine juckende, vibrierende Energie allmählich meine Muskeln durchdrang. Bald würde sie meine Beine zur Gänze ausfüllen.

Ich stand auf, zog Stiefel und Jacke an, nahm einen Hammer und eine Metallstange und alles Werkzeug, das mir unter die Finger kam. Kurz darauf stand ich atemlos vor dem Schuppen. Bigfoot war nicht zu Hause, es brannte kein Licht, der Kamin rauchte nicht. Er hatte den Hund eingesperrt und war für unbestimmte Zeit verschwunden. Doch auch wenn er zu Hause war, sperrte er den Hund ein. Nach einigen Minuten Arbeit, bei der ich ins Schwitzen kam, gelang es mir, die Holztür aufzubrechen. Die Bretter neben dem Schloss lockerten sich, und ich konnte den Riegel herausschieben. Drinnen war es dunkel und feucht, einige alte, verrostete Fahrräder, Plastikkanister und anderes Gerümpel lagen herum. Die Hündin stand auf einem Bretterstapel, sie trug einen Strick um den Hals, der an der Wand festgebunden war. Es stank nach dem Haufen mit Exkrementen hinter dem Stapel, sie hatte offenbar immer auf die gleiche Stelle gemacht. Unsicher wedelte sie mit dem Schwanz, doch dann blickte sie mir erfreut entgegen. Ich schnitt den Strick durch, packte das eine Ende und ging mit ihr zu mir nach Hause.

Mir war nicht ganz klar, was ich tun sollte. Manchmal, in Momenten des Zorns, scheint alles ganz simpel und selbstverständlich zu sein. Der Zorn bringt Ordnung mit sich, er zeigt die Welt in offensichtlicher Kurzfassung, der Zorn bewirkt auch die Gabe des Hellsehens, was in keinem anderen Gemütszustand möglich ist.

Die Hündin legte sich in meiner Küche auf den Boden, und ich wunderte mich einmal mehr darüber, wie winzig sie war. Ihr dumpfes Winseln klang so, als käme es von einem größeren Hund, wenigstens so groß wie ein Spaniel. Sie war einer dieser lokalen Hunde, die man »Sudetenmonstrum« nennt, weil an ihnen nichts Hübsches ist. Sie haben kurze, dürre, meistens krumme Beinchen, ihr Fell ist stumpf und schmutzigbraun, sie tendieren zum Dickwerden, und vor allem haben sie einen deutlichen Unterbiss. Nun gut, sie würde keinen Schönheitswettbewerb gewinnen, unsere Sängerin der Nacht.

Sie war nervös und zitterte am ganzen Leib. Nachdem sie einen halben Liter warmer Milch getrunken hatte, von der ihr Bauch rund wie ein Ball war, teilte ich auch ein Butterbrot mit ihr. Ich war nicht auf einen Gast vorbereitet, also verströmte mein Eisschrank von innen den Glanz der Leere. Ich sprach beruhigend auf die Hündin ein, erklärte ihr jede meiner Bewegungen, und sie sah mich fragend an, da sie sichtlich nicht verstand, was diese plötzliche Wende in ihren Lebensumständen bedeutete. Ich legte mich auf das Küchensofa und redete ihr zu, sie solle auch für sich ein Plätzchen zum Schlafen suchen. Schließlich kroch sie unter den Heizkörper und schlief ein. Da ich sie über Nacht nicht allein in der Küche lassen wollte, blieb ich einfach auf dem Sofa liegen.

Ich schlief unruhig, irgendwie wurde mein Körper ständig von den erlebten Aufregungen überrollt, die immer wieder die gleichen Träume nach sich zogen, von überheizten, berstenden Öfen, von riesigen, unendlichen Heizräumen mit rot glühenden Wänden. In Öfen eingesperrte Flammen verlangten tosend nach Befreiung, um dann schrecklich explodierend auf die Welt überzuspringen und alles einzuäschern. Diese Träume könnten aber auch die Folge eines nächtlichen Fiebers gewesen sein, das oft mit meinem Leiden einhergeht.

Ich erwachte früh morgens, als es noch dunkel war, mit steifem Hals von der unbequemen Schlafhaltung. Die Hündin stand an meinem Kopfende und sah mich durchdringend an, sie fiepte erbärmlich. Stöhnend stand ich auf, um sie hinauszulassen. Schließlich hatte sie am Vorabend eine große Menge Milch getrunken. Durch die offene Tür drang kalte, feuchte Luft ins Haus. Sie roch nach Erde und Fäulnis – wie ein Grab. Die Hündin sprang hinaus und pinkelte, indem sie ein Hinterbein in die Luft streckte. Das sah komisch aus, als könne sie sich nicht entscheiden, ob sie ein Männchen oder Weibchen sei. Dann sah sie mich traurig an, ich könnte fast sagen, sie blickte mir tief in die Augen – und rannte schnurstracks zum Haus von Bigfoot.

So kehrte sie in ihr Gefängnis zurück.

Sie war verschwunden. Ich rief nach ihr, ich ärgerte mich, dass ich mich so leicht hinters Licht hatte führen lassen, und ich war ratlos angesichts der Mechanismen der Gefangenschaft. Schon wollte ich mir die Schuhe anziehen, um hinauszugehen, doch der schreckliche, graue Morgen ängstigte mich. Manchmal scheint mir, als lebten wir in einer riesigen, geräumigen Gruft für viele Personen. Ich blickte auf die Welt, eingehüllt in den grauen, kühlen, unangenehmen Morgendämmer. Das Gefängnis ist nicht außen, es steckt in jedem von uns. Vielleicht können wir ohne es nicht leben.

Einige Tage später, noch bevor der große Schnee fiel, sah ich den großen Polonez der Polizei vor Bigfoots Haus. Ich muss zugeben, dass mich dieser Anblick freute. Ja, es erfüllte mich mit großer Zufriedenheit, dass die Polizei endlich zu ihm gekommen war. Ich legte mir zwei Patiencen, und sie gingen auf. Ich stellte mir vor, dass sie ihn festnahmen, ihn in Handschellen abführten, seine Drahtvorräte konfiszierten und ihm die Kettensäge abnahmen – für ein solches Utensil sollte man eine ähnliche Genehmigung verlangen wie für eine Waffe, denn sie richtet unter den Pflanzen große Verwüstungen an. Doch das Auto fuhr ohne Bigfoot wieder weg, und dann wurde es schnell dunkel und begann zu schneien. Die zurückgesperrte Hündin winselte den ganzen Abend. Das erste, was ich am darauffolgenden Morgen im makellosen Neuschnee sah, waren die verwackelten Spuren von Bigfoot und gelbe Urinspuren an meiner Silberfichte.

Das alles fiel mir ein, als ich mit Matoga am Tisch saß. Und meine Mädchen.

Matoga, der aufmerksam meinen Erzählungen zugehört hatte, kochte weiche Eier und servierte sie in Porzellanschälchen.

»Ich habe nicht so ein Vertrauen in die Obrigkeit wie du«, sagte er. »Man muss alles selber machen.«

Ich weiß nicht, was er damals meinte.

3
Das Ewige Licht

»Was sterblicher Geburt entspross,
Muss wieder in der Erde Schoß.«

Als ich nach Hause kam, war es schon hell, und ich war nicht ganz bei mir. Wieder schien mir, als hörte ich das Getrappel meiner Mädchen auf dem Boden im Flur, als sähe ich ihre fragenden Blicke, ihre in Falten gelegten Stirnen, ihr Lächeln. Und schon war mein Körper bereit für das zärtliche Begrüßungsritual.

Doch das Haus war ganz leer. Kaltes Weiß fiel durch die Fenster in weichen Wellen nach innen, und das ganze große Hochplateau drängte herein. Ich verwahrte den Rehkopf in der Garage, wo es kalt war, und ich legte Holz nach. So wie ich war, ging ich ins Bett und schlief wie eine Tote.

»Frau Janina.«

Und kurz darauf, lauter: »Frau Janina.«

Eine Stimme im Flur weckte mich. Tief, männlich, schüchtern. Jemand stand im Flur und rief meinen mir verhassten Namen. Das erboste mich doppelt, erstens, weil ich schon wieder am Schlafen gehindert wurde, und zweitens, weil ich meinen Namen weder mochte noch akzeptierte. Er war mir zufällig und gedankenlos verliehen worden. So ist das, wenn der Mensch nicht an die Bedeutung der Worte und noch weniger der Namen denkt, und sie einfach drauflos verwendet. Mich mit »Frau Janina« anzusprechen, konnte ich niemandem gestatten.

Ich stand auf, strich meine Kleidung glatt, die nicht besonders schön aussah, nachdem ich zwei Nächte darin geschlafen hatte, und verließ das Zimmer. Im Flur standen in einer Pfütze aus geschmolzenem Schnee zwei Männer aus dem Dorf. Beide waren groß, breitschultrig und schnurrbärtig. Sie waren einfach eingetreten, weil die Tür nicht abgesperrt gewesen war, und sie sahen mich schuldbewusst an.

»Wir möchten Sie bitten, dorthinzukommen«, sagte der eine mit rauer Stimme. Sie grinsten entschuldigend, und ich sah, dass sie fast identische Zähne hatten. Irgendwoher kannte ich sie, sie arbeiteten als Holzfäller. Ich hatte sie schon einige Male im Dorfladen gesehen.

»Dort komme ich gerade her«, brummte ich.

Sie sagten, die Polizei sei noch nicht da gewesen, und sie warteten auf den Pfarrer. Der Weg sei über Nacht zugeschneit. Sogar der Weg nach Tschechien und nach Wrocław sei nicht befahrbar, und die Lkw steckten in langen Staus. Nur die Nachrichten verbreiteten sich schnell in der Gegend, und einige Bekannte von Bigfoot seien zu Fuß gekommen. Schön zu hören, dass er Bekannte hatte. Die Widrigkeiten des Wetters wirkten sich offenbar positiv auf ihre Laune aus. Sie nahmen es lieber mit dem Schneegestöber auf als mit dem Tod.

Sie pflügten sich durch den flaumigen, frischen weißen Schnee, dem die kalte Wintersonne rote Wangen verlieh, und ich folgte ihnen. Die Männer bahnten mir den Weg. Beide trugen hohe Stiefel aus starkem Gummi mit hohen

Filzschäften, was hier die einzige Wintermode für Männer war. Mit ihren breiten Sohlen traten sie für mich eine kleine Rinne frei.

Vor dem Haus standen einige weitere Männer und rauchten. Sie verbeugten sich unsicher und wichen meinem Blick aus. Der Tod eines gemeinsamen Bekannten raubt jedem die Selbstsicherheit. Sie hatten alle den gleichen Gesichtsausdruck aus feierlichem Ernst und förmlicher Trauer. Sie sprachen mit gedämpften Stimmen. Wer fertig geraucht hatte, ging ins Haus.

Alle, ohne Ausnahme, hatten Schnurrbärte. Sie standen düster um die Couch mit der Leiche herum. In einem fort ging die Tür auf und neue Männer kamen herein, sie brachten Schnee und den metallischen Geruch des Frostes mit. Es waren hauptsächlich ehemalige Arbeiter der staatlichen Landwirtschaftsbetriebe, die jetzt arbeitslos waren und ab und zu beim Abholzen des Waldes halfen. Einige von ihnen fuhren nach England zum Arbeiten, doch irgendwie kamen sie alle schnell wieder zurück, weil das Fremdsein ihnen Angst machte. Oder sie führten hartnäckig ihre kleine unrentable Landwirtschaft weiter, die sie dank EU-Finanzierungen knapp am Leben erhalten konnten. Nur Männer.

Der Raum dampfte von ihrem Atem, es roch leicht nach Alkohol, Tabak und feuchter Kleidung. Sie warfen einen Blick auf die Leiche, verstohlen und schnell. Sie zogen vernehmlich die Nase hoch, doch es war schwer zu sagen, ob das vom Frost kam. Vielleicht waren diesen riesigen Männern doch die Tränen in die Augen gestiegen? Und nachdem diese dort nicht gesehen werden durften, hatten sie sich in der Nase einen unauffälligen

Ausgang gesucht? Weder Matoga noch sonst ein bekanntes Gesicht war unter ihnen.

Einer zog aus der Tasche eine Handvoll Teelichter und reichte sie mir mit einer derart selbstverständlichen Geste, dass ich reflexartig danach griff, ohne zu wissen, was ich damit tun sollte. Erst nach einiger Zeit begriff ich. Aha, ich sollte um Bigfoot herum die Lichter aufstellen und sie anzünden, dann würde es ernst und feierlich werden. Vielleicht könnten die Flammen den Tränen helfen zu fließen und in die langen Schnurrbärte zu sickern. Das würde allen gut tun. Ich hantierte also mit den Kerzen herum, und dabei fürchtete ich, sie könnten mein Engagement falsch verstehen. Sie hielten mich offenbar für die Zeremonienmeisterin, für die Anführerin einer Bestattungsveranstaltung, denn als die Kerzen brannten, wurde es plötzlich still, und alle hefteten ihre traurigen Blicke auf mich.

»Fangen Sie an«, flüsterte der eine, den ich zu kennen glaubte. Ich wusste nicht, was er meinte.

»Fangen Sie an zu singen.«

»Was soll ich denn singen?« Ich wurde ernstlich nervös. »Ich kann nicht singen.«

»Egal was«, sagte er, »am besten die Ewige Ruhe.«

»Warum ich?«, flüsterte ich gereizt.

Und der neben mir stehende Mann sagte entschlossen: »Weil Sie eine Frau sind.«

Ach so. So sind heute also die Akzente verteilt. Ich wusste zwar nicht, was mein Geschlecht mit dem Singen zu tun haben könnte, aber ich wollte mich ausgerechnet in diesem Moment auch nicht gegen die Tradition auflehnen. »Der Herr gebe ihm die Ewige Ruhe.« Ich erinnerte mich an dieses Lied von anderen Begräbnissen in meiner Kindheit. Als Erwachsene war ich kaum noch auf Begräbnisse gegangen. Ich konnte mich nicht mehr an den Text erinnern. Es stellte sich jedoch heraus, dass es genügte, nur den Beginn zu summen, und der Chor der rauen Stimmen fiel unverzüglich ein und kam meinem kläglichen Stimmchen zu Hilfe. Daraus entstand eine wacklige, falsche Mehrstimmigkeit, die allerdings bei jeder Wiederholung an Kraft gewann. Auch mir selber wurde plötzlich leichter zumute, meine Stimme wurde fester, und schnell fielen mir die schlichten Worte vom Ewigen Licht wieder ein, in dem, wie wir alle glaubten, Bigfoot nun ruhte.

So sangen wir etwa eine Stunde lang, immer dasselbe, bis die Worte ihre Bedeutung verloren hatten, als seien sie Steinchen in einem Meer, die, endlos von den Wogen glattgeschliffen, einander glichen wie zwei Sandkörner. Tatsächlich verschaffte uns das Erleichterung, der vor uns liegende Leichnam wurde immer unwirklicher, bis er nichts anderes mehr war, als der Vorwand für diese Begegnung schwer arbeitender Menschen auf unserem windigen Hochplateau. Wir sangen vom Licht, das es irgendwo in der Ferne gibt und das vorerst nicht sichtbar ist. Um es zu erblicken, braucht man nichts anderes zu tun, als zu sterben. Jetzt sehen wir es durch eine Scheibe im Zerrspiegel, doch einmal werden wir ihm von Angesicht zu Angesicht gegenüberstehen. Und dieses Licht wird uns umarmen, denn es ist unsere Mutter, und aus ihm sind wir entstanden. Jeder von uns trägt ein Teilchen davon in sich, auch Bigfoot. Drum sollte der Tod für uns etwas Tröstliches sein.

Das alles kam mir beim Singen in den Sinn, doch eigentlich habe ich niemals an eine wie auch immer geartete persönliche Zuteilung des Lichts geglaubt. Kein Herrgott wird sich damit befassen, kein himmlischer Buchhalter. Keine Einzelperson könnte so viel Leid aushalten, am wenigsten eine Allwissende. Sie müsste unter dem Druck dieses Schmerzes zerbrechen, es sei denn, sie hätte sich beizeiten mit einem wirksamen Verteidigungsmechanismus ausgerüstet, wie der Mensch. Nur eine Maschine wäre imstande, den ganzen Schmerz der Welt auszuhalten. Nur eine Maschinerie, simpel, effektiv und zweckmäßig. Und da nun sowieso alles mechanisch ablaufen sollte, waren unsere Gebete unnötig.

Als ich hinausging, sah ich, dass die Schnurrbärtigen, die den Pfarrer gerufen hatten, ihn gerade vor dem Haus begrüßten. Er hatte nicht gleich herkommen können, war in den Schneeverwehungen stecken geblieben, und erst jetzt war es gelungen, ihn mit einem Traktor zu holen. Pfarrer Raschel (so nannte ich ihn in Gedanken) schüttelte seine Soutane und sprang mit einer Dankesgeste vom Traktor. Ohne jemanden anzusehen ging er rasch ins Haus. Er ging so nahe an mir vorbei, dass mich sein Geruch anwehte: Kölnisch Wasser und Rauch aus dem Kamin.

Matoga hatte alles ausgezeichnet organisiert. In seinem Arbeitspelz, als Zeremonienmeister, schenkte er aus einer großen chinesischen Thermoskanne Kaffee in Plastikbecher, die er an die Trauernden verteilte. Wir standen vor dem Haus und tranken heißen, süßen Kaffee.

Kurz darauf kam die Polizei, zu Fuß, denn sie hatten ihren Wagen, der keine Winterreifen hatte, auf dem Asphaltweg zurücklassen müssen.

Es waren zwei uniformierte Polizisten und einer in

Zivil, in einem langen schwarzen Mantel. Bevor sie in ihren schneeverklebten Stiefeln schwer atmend das Haus betraten, waren wir alle hinausgegangen. Meiner Meinung nach war das eine Bezeugung der Höflichkeit und der Wertschätzung gegenüber der Obrigkeit. Die beiden Uniformierten waren kühl und förmlich, und man sah ihnen an, dass sie ihren Ärger über den Schnee, den langen Weg und die allgemeinen Umstände dieses Falls mühsam unterdrückten. Wortlos klopften sie ihre Stiefel ab und verschwanden im Haus. Der im schwarzen Mantel trat unvermittelt zu mir und Matoga.

»Guten Tag, hallo Papa.« Wirklich, er hatte »hallo Papa« gesagt, und zwar zu Matoga. Ich hätte nie gedacht, dass Matoga einen Sohn bei der Polizei haben könnte, einen Sohn, der einen so komischen schwarzen Mantel trug. Matoga stellte uns einander ziemlich ungeschickt vor, er war verlegen. Sie traten rasch beiseite, ich hatte den Namen des Schwarzmantels kaum verstanden.

Dann hörte ich, wie der Sohn den Vater mit Vorwürfen überhäufte.

»Warum, um Himmels willen, hast du ihn angefasst? Hast du nie Filme gesehen? Jeder weiß doch, dass man, ganz egal was passiert, eine Leiche nicht anfasst, bevor die Polizei da war.«

Matoga wehrte sich schwach, als hätte die Tatsache, dass er mit seinem Sohn sprach, ihm alle Kraft geraubt. Ich hätte eher gedacht, dass es umgekehrt sein müsste, dass man aus einem Gespräch mit dem eigenen Kind viel Kraft schöpft.

»Er hat schrecklich ausgesehen, du hättest dasselbe getan wie ich. Er ist an irgendwas erstickt, und er war ganz verkrümmt, dreckig … er war schließlich unser Nachbar, und wir konnten ihn doch nicht einfach so am Boden liegen lassen wie ein, wie …« Er rang nach Worten.

»Ein Tier.« Ich war zu ihnen getreten und vervollständigte den Satz. Es war unerträglich, wie der Schwarzmantel seinen Vater zurechtwies. »Er ist an einem Knochen von einem gewilderten Reh erstickt. Die Rache aus dem Jenseits.«

Der Schwarzmantel streifte mich mit einem Blick und fuhr fort: »Ich könnte dich anzeigen, weil du die Ermittlungen erschwert hast. Sie übrigens auch.« Er wandte sich an mich.

»Du machst wohl Witze. Das wäre lächerlich. Der Sohn als Staatsanwalt.«

Der Sohn beschloss, das unangenehme Gespräch zu beenden.

»Okay, Papa. Ihr werdet dann später beide eine Aussage machen müssen. Es wird wahrscheinlich eine Obduktion geben.«

Er klopfte Matoga auf die Schulter mit dieser zärtlichen Dominanzgeste, als hätte er gesagt: »Okay, Alterchen, jetzt lass mich mal die Sache in die Hand nehmen.«

Dann verschwand er im Haus des Toten, und ich, die ich keine Lösung abwarten wollte, ging heim, mit rauer Kehle. Ich hatte genug.

Aus meinen Fenstern sah ich den Schneepflug vom Dorf heraufkommen. Wir nannten ihn immer »die Weißrussin«. Die Weißrussin ermöglichte es dem Leichenwagen, einem langen, flachen schwarzen Fahrzeug mit dunklen Gardinen, gegen Abend fast bis zum Haus vorzufahren. Allerdings nicht ganz. Denn als ich gegen vier Uhr, kurz vor Einbruch der Dunkelheit, auf die Veranda trat, sah ich in der Ferne einen bewegten schwarzen Fleck auf dem Weg – es waren die schnurrbärtigen Männer, die den Wagen mit dem Leichnam des Kollegen tapfer den Weg hinaufschoben, zur ewigen Ruhe im Ewigen Licht.

*

Normalerweise läuft mein Fernsehapparat den ganzen Tag, schon zum Frühstück. Das beruhigt mich. Wenn draußen der Winternebel herrscht oder das Morgengrauen schon nach ein paar Stunden unmerklich in Abenddämmerung übergeht, dann scheint mir, als gäbe es dort draußen nichts. Wenn ich nach draußen sehen will, spiegeln die Scheiben nur das Kücheninnere, mein kleines, vollgeräumtes Zentrum des Universums.

Deshalb der Fernsehapparat.

Ich habe eine große Programmauswahl. Die Antenne, die wie eine Emailleschüssel aussieht, hat mir Dyzio einmal mitgebracht. Es gibt einige Dutzend Kanäle, doch das ist mir zu viel. Selbst zehn wären zu viel. Selbst zwei. Eigentlich schaue ich nur den Wetterbericht an. Ich hatte diesen Wetter-Kanal gefunden und gleich darauf, glücklich darüber, dass ich alles hatte, was ich brauchte, die Fernbedienung verschusselt. Vom frühen Morgen an begleitet mich also der Anblick von atmosphärischen Wetterfronten, von wunderschönen abstrakten Linien auf Landkarten, blauen und roten, die unaufhaltsam vom Westen näher rücken, über Tschechien und Deutschland. Die Fronten brachten die Luft, die vor Kurzem in Prag geatmet worden war, oder auch in Berlin. Die Luft strömte vom Atlantik herüber, strich über ganz Europa hinweg, man könnte sagen, dass die Meeresluft immer hier in den Bergen war. Besonders mag ich es, wenn die Luftdruckkarten gezeigt werden, die den unerwarteten Widerstand gegen das morgendliche Aufstehen, die Knieschmerzen oder sonst etwas erklären, etwa auch eine unerklärliche Traurigkeit, deren Natur ganz bestimmt in einer Wetterfront liegt, in einer launenhaften Linie, die sich durch die Erdatmosphäre schlängelt.

Mich bewegen die Satellitenbilder und die Krümmung der Erde. Stimmt es, dass wir auf der Oberfläche einer Kugel leben, dem Blick der Planeten ausgesetzt, in eine große Leere geworfen, in die das Licht nach dem Untergang in kleine Stückchen zersplittert und verspritzt wurde? Es stimmt. Wir sollten uns das täglich vor Augen halten, denn sonst vergessen wir es. Wir glauben, wir seien frei und dass Gott uns verzeiht. Ich persönlich denke anders darüber. Jede unserer Taten, in winzige Vibrationen der Photonen verwandelt, fliegt letztlich in den Kosmos, wie ein Film, und die Planeten werden sie bis ans Ende der Tage ansehen.

Wenn ich mir Kaffee mache, kommt meistens der Wetterbericht für Skifahrer. Die raue Welt der Berge, Abhänge und Täler werden gezeigt, und die inkonsequente Schneedecke bedeckt mit ihrem Weiß nur an wenigen Stellen die schorfige Erdkruste. Im Frühling sind die Skiorte von Allergikern bevölkert, und das Bild kriegt Farbe. Weiche Linien bezeichnen die Gebiete mit ihren Bedrohungen. Wo es rot ist, sind die Attacken der Natur am heftigsten. Diese hat den ganzen Winter über im Winterschlaf gelegen, um jetzt zum Schlag auf das filigrane Immunsystem des Menschen auszuholen. Irgendwann wird sie uns auf diese Art völlig von der Erde verjagen. Vor den Wochenenden kommen die Wetterberichte für Autofahrer, doch deren Realität beschränkt sich auf einige wenige Striche im Reich der Autobahnen. Die Aufteilung der Menschen in drei Gruppen – Skifahrer, Allergiker und Autofahrer – überzeugt mich ganz und gar. Eine simple und gute Typologie. Skifahrer sind Hedonisten. Sie verbreiten sich über die Abhänge. Die Autofahrer hingegen wollen das Schicksal in ihre Hände nehmen, auch wenn dabei oft die Wirbelsäule leidet. Das Leben ist eben einfach schwer. Dann die Allergiker – immer im großen Krieg. Ich gehöre ganz sicher zu den Allergikern.

Ich würde mir noch einen Kanal zum Thema Sterne und Planeten wünschen. »Kosmische Einflüsse TV« oder etwas Ähnliches. So ein Fernsehen bestünde eigentlich nur aus Karten, es würde Einflusslinien zeigen, die Felder der Planetenvernichtung. »Sehr geehrte Damen und Herren, über der Ekliptik wird nun allmählich der Aufgang des Mars sichtbar, dessen Bahn gegen Abend von der Einflussbahn des Pluto durchkreuzt wird. Wir möchten Sie bitten, Ihre Autos in der Garage oder auf überdachten Parkplätzen abzustellen, bitte räumen Sie auch die Messer weg, seien Sie vorsichtig, wenn Sie in den Keller hinuntergehen, und solange dieser Planet auf seinem Weg durch das Zeichen des Krebses ist, empfehlen wir Ihnen, auf heiße Bäder zu verzichten und bei Familienstreitigkeiten eher einen Rückzieher zu machen.« So oder so ähnlich würde uns eine schlanke, ätherische Moderatorin informieren. Und wir wüssten, warum die Züge heute Verspätung hatten, warum der Briefträger mit seinem Cinquecento im Schnee stecken blieb, warum die Mayonnaise nichts geworden ist und die Kopfschmerzen ohne Tabletten plötzlich von selbst verschwanden, wie sie gekommen waren. Wir wüssten, wann man mit dem Haarfärben beginnen soll und zu welchem Zeitpunkt man am besten Hochzeiten plant.

Am Abend betrachte ich die Venus, ich verfolge die Wandlungen dieses schönen Himmelskörpers besonders akribisch. Sie ist mir lieber als der Abendstern, wenn sie aus dem Nichts auftaucht, wie hervorgezaubert, und hinter der Sonne nach unten sinkt. Ein Funken des Ewigen Lichts. In der Dämmerung passieren die interessantesten Dinge, denn dann verschwimmen die einfachen Unterschiede. Ich könnte in ewiger Dämmerung leben.

4
999 Tode

»Wer bezweifelt, was er sieht,
Glaubt euch nie, trotz aller Müh'.
Wär'n Mond und Sonne frei von Zweifeln nicht,
Erlöschte augenblicks ihr Licht.«

Den Rehkopf begrub ich am nächsten Tag auf meinem Friedhof beim Haus. In dieses Erdloch hatte ich fast alles gelegt, was ich aus dem Haus von Bigfoot mitgenommen hatte. Die Plastiktüte, an der noch Blutspuren waren, hängte ich an einen Ast des Pflaumenbaums, als Andenken. Sofort fiel Schnee hinein, der in der Nacht zu Eis gefror. Ich plagte mich lange, um in der gefrorenen, steinigen Erde eine Grube zu graben. Die Tränen gefroren mir auf den Wangen.

Auf das Grab legte ich einen Stein, wie immer. Es gab schon viele solcher Steine auf meinem Friedhof. Hier lag der alte Kater, dessen Leiche ich beim Hauskauf im Keller vorgefunden hatte, die halbwilde Katze, die gleich starb, nachdem sie geworfen hatte, samt ihren Jungen, der Fuchs, den die Waldarbeiter getötet hatten und von dem sie behaupteten, er sei tollwütig gewesen, einige Maulwürfe und ein im letzten Winter von einem Hund totgebissenes Reh. Das waren nur einige der Tiere. Alle, die ich im Wald, in den Schlingen von Bigfoot, tot auffand, brachte ich an einen anderen Ort, damit sie wenigstens irgendwem als Futter dienten. Von diesem hübsch gelegenen Miniaturfriedhof, zwischen einem Teich und einem sanften Hügel, konnte man das ganze Hochplateau überblicken. Hier wollte auch ich einmal liegen und alles in meiner Obhut haben, für immer.

Ich bemühte mich, zweimal täglich einen Rundgang über meine Ländereien zu machen. Ich muss Lufcug immer im Auge haben, daher habe ich mich dazu verpflichten lassen. Der Reihe nach ging ich die von mir betreuten Häuser ab, und zum Schluss stieg ich auf den Hügel, um unser ganzes Hochplateau zu überblicken.

Aus dieser Perspektive konnte ich das sehen, was aus der Nähe unsichtbar war: Die Spuren im Schnee dokumentierten hier im Winter jede Bewegung, und dieser Evidenz konnte nichts entgehen. Der Schnee als sorgfältiger Chronist zeichnete alle Schritte von Tier und Mensch auf, er verewigte auch die wenigen Autospuren. Ich betrachtete aufmerksam unsere Dächer, ob sich nicht irgendwo ein Überhang aus Schnee gebildet hatte, der die Rinne abreißen konnte oder, was noch schlimmer war, beim Kamin hängen blieb. Dort würde er dann langsam schmelzen und Wasser durch die Schindeln nach innen sickern lassen. Ich sah nach den Fenstern, ob sie heil waren, ob ich bei der letzten Visite nichts übersehen und kein Licht brennen gelassen hatte. Und ich inspizierte auch das umliegende Anwesen, die Zäune, die Gartenpforten, die Schuppen und die Holzstapel.

Ich war die Hüterin des Eigentums meiner Nachbarn, während sie ihren Winterarbeiten und ihren Vergnügungen in der Stadt nachgingen. An ihrer statt verbrachte ich hier den Winter für sie, bewahrte ihre Häuser vor Kälte und Feuchtigkeit und kümmerte mich um ihren flüchtigen Besitz. So half ich ihnen an der Finsternis teilzunehmen.

Dummerweise machte mir wieder mein Leiden zu schaffen. Damit musste ich rechnen, Stress und andere ungewöhnliche Ereignisse verstärkten es. Manchmal genügte eine Nacht, in der ich schlecht geschlafen hatte, und alles plagte mich. Dann zitterten meine Hände, und ich hatte ein Gefühl, als flösse Strom durch alle Gliedmaßen, als sei mein Körper von einem unsichtbaren elektrischen Netz umhüllt, und als ob mir jemand wahllos kleine Züchtigungen zufügte. Meine Schultern oder Beine wurden oft von einem unangenehmen, plötzlichen Krampf erfasst. Jetzt zum Beispiel merkte ich, wie ein Bein irgendwie steif wurde, es war ganz taub, und ich fühlte ein Stechen. Beim Gehen zog ich es nach und humpelte. Dazu kam, dass meine Augen seit einem Monat immer wieder plötzlich und grundlos tränten.

Ich entschloss mich, heute trotz Schmerzen den Abhang hinaufzugehen und alles von oben zu betrachten. Sicher wäre die Welt noch an ihrem Ort. Vielleicht würde mich das beruhigen und bewirken, dass sich meine Kehle lockerte und es mir besser ginge. Bigfoot tat mir überhaupt nicht leid. Doch immer, wenn ich sein Haus von Weitem sah, fiel mir sein toter Körper ein, der Körper eines Kobolds in einem kaffeebraunen Anzug, und dann fielen mir die Körper aller lebenden Bekannten ein, die glücklich in ihren Häusern wohnten. Auch ich selbst, mein Bein und der magere, sehnige Körper Matogas, alles schien mir durchsetzt mit ungeheurer Traurigkeit, unerträglich. Ich blickte auf die schwarzweiße Landschaft des Hochplateaus, und mir war klar, dass Traurigkeit ein wichtiges Wort bei der Definition der Welt war. Sie liegt allem zugrunde, sie ist das fünfte Element, die Quintessenz.

Die Landschaft, die vor mir ausgebreitet lag, bestand aus schwarzweißen Schattierungen, aus miteinander verflochtenen Baumreihen entlang der Feldraine. Dort, wo das Gras nicht gemäht wurde, bildete der Schnee keine einheitliche weiße Ebene. Die einzelnen Halme stachen durch seine Oberfläche, was von Weitem so aussah, als hätte eine riesige Hand eben begonnen, ein abstraktes Muster zu skizzieren, als übte sie mit kurzen Strichen, zart und subtil. Ich erkannte feine Figuren, geometrische Felder, Streifen und Rechtecke, jedes anders strukturiert, auf eigene Weise schattiert, verschieden geneigt in der eiligen Winterdämmerung. Und unsere Häuser, alle sieben, standen hier hingeworfen wie ein Teil der Natur, als seien sie zusammen mit den Feldrainen gewachsen, ebenso wie der Bach und die Brücke über den Bach. All das schien sorgfältig projektiert und komponiert zu sein, vielleicht von derselben Hand, die hier Skizzen verfertigt hatte.

Auch ich hätte eine Karte dieser Gegend aus dem Gedächtnis zeichnen können. Unser Hochplateau hätte darauf die Form eines dicken Halbmondes bekommen, von einer Seite umgeben von den Silberbergen, einer eher kleinen, niedrigen Bergkette, die halb zu uns, halb zu Tschechien gehört. Auf der anderen, der polnischen Seite standen die Weißen Berge. Dort gibt es nur eine Siedlung – unsere. Das Dorf und die Stadt und alles andere liegen im Tal, im Nordosten. Der Niveauunterschied zwischen dem Hochplateau und dem restlichen Glatzer Kessel ist nicht groß, aber es genügt, um sich hier etwas erhöht zu fühlen und auf alles von oben herabzusehen. Der Weg klettert vom Tal gemächlich, von Norden her eher sanft nach oben, aber die östliche Seite des Hochplateaus ist weiter unten ziemlich steil, sodass die Abfahrt im Winter gefährlich ist. In strengen Wintern leitet die Straßenaufsicht den Verkehr hier um. Wir benutzen den Weg dann unerlaubt, auf eigenes Risiko. Natürlich nur mit einem guten Auto. Eigentlich spreche ich nur von mir. Matoga hat nur ein Moped, und Bigfoot ging zu Fuß. Das steile Stück nennen wir den Steilpass. Unweit davon befindet sich noch ein steiniger Abhang. Wer den für ein Werk der Natur hält, der irrt sich. Es ist nämlich das Überbleibsel eines ehemaligen Steinbruchs, der sich früher einmal in das Hochplateau hineingefressen hatte und es wahrscheinlich irgendwann ganz und gar mit seinen Baggerzähnen verschlungen hätte. Angeblich gibt es Pläne, den Steinbruch wiederzubeleben. Dann werden wir völlig von der Erdoberfläche verschwinden, in den Bäuchen der Maschinen.

Über den Steilpass führt ein Feldweg ins Dorf, der nur sommers befahren wird. Im Westen mündet der Weg in einen anderen, breiteren Weg, doch das ist noch nicht die Hauptstraße. Hier liegt ein Landstrich, den ich für mich Transsylvanien nenne, wegen der hier allgemein vorherrschenden Stimmung. Dort gibt es einen Laden, kaputte Skilifte und einen Hort für Kinder. Der Horizont verläuft hier sehr weit oben, sodass dort ewige Dämmerung herrscht. Am hintersten Ende dieses Landstrichs gibt es noch einen Seitenweg, der zu einer Fuchsfarm führt, aber ich vermeide es, in diese Richtung zu gehen.

Jenseits von Transsylvanien, gleich bei der Auffahrt auf die internationale Route, gibt es eine scharfe Kurve, an der es oft zu Unfällen kommt. Dyzio hat sie die Rinderherzkurve genannt, weil er einmal gesehen hatte, wie aus einem Lkw vom Schlachthof eines städtischen Bonzen eine Kiste mit Innereien fiel und die Herzen der Rinder über die Straße kollerten, jedenfalls behauptet er das. Es scheint mir ziemlich makaber, und ich bin keineswegs sicher, ob er sich das alles nur eingebildet hat. Dyzio ist manchmal hypersensibel, besonders bei gewissen Themen. Der Asphaltweg verbindet die Städte im Kessel. Bei gutem Wetter kann man auch von unserem Hochplateau diesen Weg sehen, und die darauf aufgefädelten Städte Kudowa und Lewin, und im Norden sogar, in weiter Ferne, die Orte Nowa Ruda, Kłodzko, zu deutsch Glatz, und Ząbkowice, das vor dem Krieg Frankenstein hieß.

Das ist schon die große weite Welt. Ich fuhr immer mit meinem Samurai über den Steilpass in die Stadt. Nach dem steilen Stück ging es links ab zur launisch gewundenen Grenze, die man bei jedem längeren Spaziergang ganz leicht und unbemerkt überschreiten konnte. Das passierte mir oft aus Unachtsamkeit, wenn ich bei meinem Rundgang so weit kam. Aber manchmal wollte ich sie auch absichtlich überschreiten, hin und her. Zwanzig-, dreißigmal. So amüsierte ich mich eine halbe Stunde mit Grenzüberschreitungen. Es macht mir Spaß, weil es mich an die Zeit erinnert, als es nicht möglich war. Grenzen zu überschreiten gefällt mir.

Meistens kontrollierte ich zuerst das Professorenhaus, mein Lieblingshaus. Es war klein und schlicht. Ein schweigsames, einsames Häuschen mit weißen Mauern.

Das Professorenehepaar wohnte selten dort, öfter als sie tauchten ihre Kinder hier mit Freunden auf, und dann trug der Wind ihre lauten Stimmen zu mir herüber. Das Haus mit offenen Fensterläden, hell erleuchtet und voll lauter Musik, schien mir überrumpelt und wie betäubt zu sein. Man könnte sagen, dass es mit den sperrangelweit klaffenden Fensteröffnungen idiotisch aussah. Es kam aber sofort wieder zu sich, wenn sie abreisten. Sein Schwachpunkt war das steile Dach. Der Schnee rutschte von ihm herunter und lag bis in den Mai hinein an der nordseitigen Mauer, und durch diese drang Feuchtigkeit nach innen. Dann musste ich den Schnee wegräumen, eine schwere und undankbare Arbeit. Im Frühling bestand meine Aufgabe darin, den Garten in Ordnung zu halten. Ich pflanzte Blumen und pflegte alles, was auf dem Stückchen Erde vor dem Haus wuchs. Das tat ich gern. Es kam vor, dass kleinere Reparaturen notwendig waren, dann rief ich die Eigentümer in Wrocław an, und sie überwiesen mir Geld auf ein Konto. Damit konnte ich Arbeiter beauftragen und die Arbeiten lediglich beaufsichtigen.

Ich bemerkte in diesem Winter auch, dass in ihrem Keller Fledermäuse wohnten, eine ziemlich große Familie. In den Keller war ich nur deshalb hinabgestiegen, weil ich glaubte, von dort käme das Geräusch tropfenden Wassers. Ein Rohrbruch wäre ein ziemliches Malheur gewesen. Doch dann sah ich die im steinernen Deckengewölbe zusammengedrängte Schar der schlafenden Fledermäuse. Sie hingen bewegungslos dort, und es sah aus, als beobachteten sie mich im Schlaf, als spiegele sich das Licht der Glühbirnen in ihren offenen Augen. Flüsternd verabschiedete ich mich von ihnen, bis zum Frühling.

Einen Wasserschaden hatte ich nicht entdecken können, und so stieg ich auf Zehenspitzen wieder nach oben.

Im Haus der Schriftstellerin gab es Marder. Ich gab ihnen keine einzelnen Namen, denn ich konnte sie weder zählen noch unterscheiden. Man sieht sie nur selten, und das ist ihre besondere Eigenschaft, sie sind wie Geister. Sie erscheinen und verschwinden so schnell, dass man nicht glaubt, was man gesehen hat. Schöne Tiere, die Marder. Ich würde sie im Wappen tragen, bei Bedarf. Sie scheinen leicht und unschuldig zu sein, aber der Schein trügt. In Wirklichkeit sind es gefährliche und durchtriebene Wesen. Zwischen ihnen und den Katzen, Mäusen und Vögeln herrscht ewiger Kleinkrieg, und auch untereinander wird ständig gekämpft. Im Haus der Schriftstellerin hatten sie sich zwischen den Dachziegeln und der Wärmedämmung des Speichers eingenistet, und ich habe sie in Verdacht, dass sie dort Verwüstungen anrichten, die Mineralwolle wegreißen und Löcher in die Holzplatten beißen.

Die Schriftstellerin kam meistens im Mai angereist, ihr Auto voll gestopft mit Büchern und exotischen Nahrungsmitteln. Ich half ihr immer beim Auspacken, denn sie hatte eine kranke Wirbelsäule. Nach einem Unfall trug sie eine orthopädische Halskrause. Aber vielleicht war ihre Wirbelsäule auch vom Schreiben kaputt. Sie sah aus wie jemand, der Pompeji überlebt hatte, als sei sie unter Asche begraben gewesen. Ihr Gesicht war fahl, sowohl die Farbe der Lippen als auch die der Augen war grau. Die langen grauen Haare trug sie nach oben gekämmt, auf dem Kopf straff mit einem Gummi gebunden und zu einem kleinen Dutt zusammengedreht. Wenn ich sie nicht so gut kennen würde, läse ich sicher ihre Bücher. Da ich sie aber besser kannte, fürchtete ich mich davor.

Vielleicht hatte sie meine geliebten Orte auf eine Art und Weise beschrieben, die ich nicht begriff. Vielleicht waren meine geliebten Orte für sie etwas ganz anderes als für mich. In irgendeinem Sinn sind Personen wie sie, die schreiben können, gefährlich. Sofort drängt sich einem der Verdacht auf, dass sie nicht echt sind, dass so eine Person nicht sie selbst ist, sondern nur das Auge, das in einem fort schaut und das Gesehene in Sätze verwandelt. Auf diese Art raubt sie der Realität das Allerwichtigste, nämlich das Unaussprechliche.

Sie verbrachte hier die Zeit bis Ende September und ging kaum aus dem Haus. Nur manchmal, wenn die Hitze trotz des Windes unerträglich und klebrig geworden war, bettete sie ihren fahlen Körper in einen Liegestuhl und verharrte reglos in der Sonnenglut, wovon sie noch grauer wurde. Wenn ich nur ihre Füße sehen könnte, vielleicht würde sich herausstellen, dass auch sie kein menschliches Wesen war, sondern eine andere Variante des Daseins. Eine Nixe des Logos oder eine Sylphide. Manchmal bekam sie Besuch von einer Freundin, einer dunkelhaarigen starken Person mit grell geschminkten Lippen. Die hatte ein braunes Muttermal im Gesicht, vermutlich ein Zeichen dafür, dass Venus zum Zeitpunkt ihrer Geburt im ersten Haus stand. Sie kochten gemeinsam, als seien ihnen wieder die althergebrachten Familienrituale eingefallen. Im letzten Jahr hatte ich oft mit ihnen gegessen: scharfe Kokosmilchsuppe, Kartoffelpuffer mit Pfifferlingen. Sie kochten gut und schmackhaft. Die Freundin verhielt sich sehr zärtlich zu der aschgrauen Frau, der ich den Namen Grisella gegeben hatte. Sie kümmerte sich um sie wie um ein Kind. Sicher wusste sie genau, was sie tat.

Das kleinste Haus am feuchten Waldrand hatte vor Kurzem eine lärmende Familie aus Wrocław gekauft. Sie hatten zwei halbwüchsige, dickliche, verzogene Kinder und ein Lebensmittelgeschäft in Krzyki. Das Haus sollte umgebaut und in einen polnischen Gutshof verwandelt werden – es sollten Säulen und eine Galerie angebaut werden, und auf der Hinterseite sollte es einen Swimmingpool geben. Das erzählte mir der Vater. Vorerst wurde alles mit einem aus Beton gegossenen Zaun eingefasst. Sie zahlten großzügig und baten mich, täglich zu überprüfen, ob niemand eingebrochen sei. Das Haus selbst war alt und kaputt, es sah aus, als wollte es in Ruhe gelassen werden, um friedlich in die Zukunft zu bröckeln. In diesem Jahr stand ihm jedoch eine Revolution bevor. Es wurden Berge von Sand geliefert und vor dem Tor abgeladen. Der Wind verwehte ständig die Abdeckfolie, und diese Folie wieder zu richten kostete mich viel Anstrengung. Auf ihrem Grundstück befand sich eine kleine Quelle, und dort wollten sie Fischteiche anlegen und einen Grill mauern. Sie hießen Studzienni. Ich überlegte lange, ob ich ihnen einen eigenen Namen geben sollte, doch ich kam zu der Erkenntnis, dass es einer der beiden Fälle war, wo der Name bereits perfekt zum Menschen passte. Es waren wirklich Brunnenmenschen – wie Menschen, die vor langer Zeit in einen Brunnen gefallen waren, sich nun am Brunnengrund ihr Leben einrichteten und dabei glaubten, der Brunnen sei die ganze Welt.

Das letzte Haus, das schon ganz nah am Weg lag, war zu vermieten. Meistens waren es junge Eheleute mit Kindern, die am Wochenende hier die Natur suchten. Manchmal Verliebte. Es kam auch vor, dass verdächtige

Typen sich dort einmieteten, die sich abends volllaufen ließen, die Nacht mit ihrem betrunkenen Gegröle erfüllten und dann bis mittags schliefen. Sie alle huschten wie Schatten durch unser Lufcug. Für eine Stippvisite. Das kleine, unpersönlich renovierte Haus gehörte dem reichsten Menschen in der Gegend, dessen Besitztümer in jedem Tal und auf jedem Hochplateau verstreut waren. Der Typ nannte sich Wnętrzak – und das war eben der zweite Fall, in dem der Name ganz von selbst zu seinem Träger passte. Angeblich hatte er das Haus wegen des Grundstücks gekauft, auf dem es stand. Angeblich kaufte er Grundstücke, um später einmal einen Steinbruch daraus zu machen. Angeblich war das ganze Hochplateau für einen Steinbruch geeignet. Angeblich leben wir hier auf einer Goldgrube, und das Gold heißt Granit.

Ich musste mich wirklich anstrengen, um den Überblick über das Ganze hier zu behalten. Dazu kam noch die kleine Brücke, ich musste nachsehen, ob sie noch in Ordnung war und ob das Wasser nicht die Stützen unterspülte, die bei der letzten Überschwemmung dazugebaut worden waren. Ob keine Hohlräume entstanden waren. Wenn ich meinen Rundgang beendet hatte, blickte ich mich noch einmal nach allen Seiten um, und eigentlich sollte ich froh sein, dass es das alles hier gab. Es hätte ja auch einfach nicht da sein können. Es hätte nur das Gras da sein können, große Büschel windgepeitschtes Steppengras und die Rosetten der Silberdisteln. So hätte es auch aussehen können. Oder überhaupt nichts – eine große Leere im kosmischen Raum. Vielleicht wäre das für alle sogar besser gewesen.

Wenn ich auf meinen Rundgängen über die Felder und das Brachland gehe, dann stelle ich mir gerne vor, wie das alles in einer Million Jahren aussehen wird. Wird es dann noch die gleichen Pflanzen geben? Und die Farbe des Himmels, wäre sie noch genauso wie heute? Werden sich die tektonischen Platten verschoben haben, und wird sich hier eine hohe Bergkette auftürmen? Oder würde hier ein Meer entstehen, sodass man in den träge schwappenden Wellen gar nicht mehr von einem »Ort« sprechen könnte? Eines ist sicher – die Häuser hier wird es nicht mehr geben. Meine Bemühungen hier sind so gut wie nichts, sie haben auf der Spitze einer Stecknadel Platz, so wie auch mein Leben. Das muss ich mir vor Augen halten.

Ein Stück weiter, wenn man unsere Umzäunungen hinter sich gelassen hatte, erschien die Landschaft wie verändert. Hier und dort ragten Ausrufezeichen in die Luft, wie eingeschlagene spitze Nadeln. Wenn mein Blick an ihnen hängen blieb, zitterten meine Lider, das Auge verletzte sich an diesen Holzbauten, die auf Feldern, auf Lichtungen und an Waldrändern in die Höhe schossen. Auf dem ganzen Hochplateau gab es acht Stück davon, ich kannte sie alle genau, denn ich tat mit ihnen dasselbe, was Don Quichotte mit den Windmühlen getan hatte. Sie waren aus über Kreuz genagelten hölzernen Bohlen zusammengezimmert, sie bestanden quasi aus lauter Kreuzen. Diese klobigen Gebilde hatten vier Beine, und auf diesen stand eine Hütte mit Luken oder Fenstern, aus denen geschossen wurde. Kanzeln. Schon immer hatte mich dieser Name irritiert und geärgert. Was für Lehren werden denn von diesen Kanzeln verkündet? Welches Evangelium? Ist das nicht der Gipfel des Hochmuts? Ist es nicht ein teuflischer Einfall, den Ort, von dem aus gemordet wird, Kanzel zu nennen?

Wenn ich eine von ihnen vor mir sehe, schließe ich die Lider so fest, dass die Umrisse verschwimmen oder das ganze Gebilde fast verschwindet. Das tue ich, weil ich ihre Gegenwart nicht ertrage. Doch es stimmt, dass einer, der begehrt und nicht handelt, die Pest brütet. Das sagt unser Blake.

Wenn ich so mit zusammengekniffenen Lidern vor einer Kanzel stehe, kann ich mich jederzeit umwenden, um die zackige, scharfe, haarfeine Linie des Horizonts zu sehen. Um über sie hinauszusehen. Dort ist Tschechien. Dorthin flüchtet die Sonne, wenn sie die Schrecknisse hier gesehen hat. Dort zieht meine Göttliche ihre Nachtbahn. Ja, so ist es, die Venus geht in Tschechien schlafen.

Die Abende verbringe ich so: Ich setze mich in der Küche an meinen großen Tisch und widme mich meiner Lieblingsbeschäftigung. Auf dem großen Tisch steht der Computer, den ich von Dyzio bekommen habe und in dem ich vorwiegend ein Programm benutze. Ich brauche dazu die *Ephemeriden,* einen Notizblock und einige Bücher. Dazu etwas Trockenmüsli, das ich bei der Arbeit esse, und ein Kännchen Schwarztee, der einzige Tee, den ich trinke.

Eigentlich könnte ich alles von Hand berechnen, und es tut mir sogar ein bisschen leid, dass ich es nie getan habe. Doch wer benutzt heute noch einen Rechenschieber?

Wenn ich jedoch einmal in der Wüste irgendein Horoskop berechnen müsste, ohne Computer, ohne Elektrizität und ohne irgendwelche Geräte, dann könnte ich das. Ich bräuchte dazu nur meine *Ephemeriden.* Sollte mich also je einer fragen (leider wird es niemand tun), welches Buch ich auf eine unbewohnte Insel mitnähme, wäre meine Antwort: *Die Ephemeriden der Planeten. 1920–2020.*

Es interessiert mich, ob man aus dem Horoskop eines Menschen sein Sterbedatum ersehen kann. Der Tod im Horoskop. Wie er aussieht. Wie er in Erscheinung tritt. Welche Planeten spielen die Rolle der Moiren? Hier unten, in der Welt des Urizen, gilt ein Gesetz. Vom Sternenhimmel bis hin zum moralischen Gewissen. Es ist ein strenges, erbarmungsloses Gesetz, das ausnahmslos gilt. Wenn es eine Ordnung der Geburten gibt, warum soll es dann nicht auch eine Ordnung des Todes geben?

Über die Jahre hinweg hatte ich eintausendzweiundvierzig Geburtstage gesammelt und neunhundertneunundneunzig Todesdaten. Und ich führe weiterhin meine kleinen Untersuchungen durch. Ein Projekt ohne EU-Gelder. Ein Küchenprojekt.

Ich dachte immer, Astrologie soll man durch Praxis lernen. Sie ist eine exakte Disziplin, in hohem Maße empirisch und genauso wissenschaftlich wie etwa die Psychologie. Sie erfordert die genaue Beobachtung einiger Personen in ihrer Umgebung und die Verknüpfung gewisser Momente in ihrem Leben mit der Stellung der Planeten. Man muss auch die Ereignisse, an denen verschiedene Menschen teilgenommen haben, überprüfen und analysieren. Ganz schnell wird man merken, dass ähnliche astrologische Muster ähnliche Ereignisse beschreiben. Das sind die Momente, in denen es zur Initiation kommt. O ja, eine Ordnung besteht und sie ist zum Greifen nahe. Sie wird von den Sternen und Planeten gebildet, wobei der Himmel die Schablone ist, die das Muster unseres Lebens vorgibt. Nach längeren Studien kann man hier auf der Erde aus kleinen Details die Lage der Planeten am Himmel herauslesen. Das Gewitter am Nachmittag, der Brief, den der Postbote in den Türspalt geklemmt hat, die kaputte Glühbirne im Badezimmer. Nichts kann sich der Ordnung entziehen. Auf mich wirkt das wie Alkohol oder wie eines dieser neuen Rauschgifte, die, so stelle ich es mir vor, den Menschen in pure Verzückung versetzen.

Man muss Augen und Ohren aufsperren, die Fakten miteinander verknüpfen. Man muss Ähnlichkeiten dort erkennen, wo alle anderen diametrale Unterschiede sehen. Man darf nicht vergessen, dass manche Dinge auf einer ganz anderen Ebene geschehen, oder anders gesagt, dass viele Ereignisse nur Aspekte ein und derselben Sache sind. Die Welt ist ein großes Netz, eine Ganzheit, und es gibt nichts, was nicht dazugehört. Auch das allerkleinste Stückchen Welt ist mit anderen verbunden, durch den komplizierten Kosmos der Korrespondenz, der mit normalem Verstand nicht leicht zu ergründen ist. So funktioniert das. Wie ein japanisches Auto.

Dyzio, der sich gerne weitschweifig über die seltsame Symbolik bei Blake auslässt, hat meine Leidenschaft für die Astrologie nie teilen können. Das kommt daher, dass Dyzio zu spät geboren ist. Seine Generation hat Pluto in der Waage, was ihr Gespür dafür etwas schwächt. Diese Menschen versuchen ein Gegengewicht zur Hölle zu sein. Ich glaube nicht, dass ihnen das gelingen wird. Vielleicht können sie Projekte und Anträge verfassen, aber die meisten von ihnen haben kein Gespür mehr.

Ich bin in einer schönen Epoche groß geworden, die

leider schon vergangen ist. In ihr herrschte sowohl enorme Veränderungsbereitschaft als auch das Vermögen, revolutionäre Visionen zu entwickeln. Heute wagt es niemand mehr, etwas Neues zu denken. Alle sagen nur pausenlos, wie es ist, und spinnen die alten Gedanken weiter. Die Realität ist alt und mürrisch geworden, schließlich unterliegt sie definitiv den gleichen Gesetzen wie jeder lebendige Organismus – sie altert. Ihre kleinsten Bestandteile – die Sinne – unterliegen der Apoptose ebenso wie die Körperzellen. Die Apoptose ist ein natürlicher Tod, der durch Materialermüdung und -abnutzung entsteht. Im Griechischen bedeutet das Wort das »Abfallen der Blätter«. Der Welt sind die Blätter abgefallen.

Doch danach muss etwas Neues kommen, so ist es immer gewesen – ist das nicht ein komisches Paradoxon? Uranus steht in Fische, und wenn er in den Widder wechselt, dann beginnt ein neuer Zyklus und die Realität wird wiedergeboren. Im übernächsten Frühling.

Ich habe immer sehr gerne die Horoskope studiert, selbst dann, als ich die Ordnungen des Todes entdeckte. Die Bewegung eines Planeten hat etwas Hypnotisches und Schönes, man kann sie weder anhalten noch vorantreiben. Es ist gut zu denken: Diese Ordnung geht über die Zeit und den Ort von Janina Duszejko hinaus. Es ist gut, sich vollkommen auf etwas verlassen zu können.

Also: Um den natürlichen Tod zu bezeichnen, überprüfen wir die Position des Hyleg, also desjenigen Himmelskörpers, der für uns aus dem Kosmos die Lebensenergie zieht. Bei tagsüber stattfindenden Geburten ist es die Sonne, bei Nachtgeburten der Mond, und in einigen Fällen regiert der Aszendent den Hyleg. Der Tod tritt üblicherweise dann ein, wenn der Hyleg einen radikal unharmonischen Aspekt vom Herrscher des Achten Hauses oder des darin liegenden Planeten erreicht.

Wenn ich an die Bedrohung durch einen gewaltsamen Tod denke, muss ich den in diesem Haus platzierten Hyleg, sein Haus und seine Planeten in Betracht ziehen. Ich achte dabei darauf, welcher der schädlichen Planeten – Mars, Saturn oder Uranus – stärker ist als der Hyleg und mit ihm zusammen einen ungünstigen Aspekt bildet.

An diesem Abend setzte ich mich an die Arbeit und zog das zerknüllte Blatt Papier aus der Tasche, auf das ich mir die Daten von Bigfoot notiert hatte, um zu überprüfen, ob sein Tod ihn zur rechten Zeit heimgesucht hatte. Als ich sein Geburtsdatum eingab, bemerkte ich, dass ich dieses auf ein Blatt aus einem Jagdkalender geschrieben hatte. Die Seite hieß »März«, und in einer Tabelle waren darauf die Figuren der Tiere gezeichnet, die man im März jagen durfte.

Auf dem Bildschirm vor mir sprang das Horoskop auf und fesselte meinen Blick eine ganze Stunde. Zuerst besah ich mir den Saturn. Der Saturn im fixen Zeichen weist nicht selten auf einen Tod durch Ersticken, Erwürgen oder Aufhängen hin. Zwei Abende lang plagte ich mich mit dem Horoskop von Bigfoot. Dann rief Dyzio an, und ich musste ihn davon abbringen, mich zu besuchen. Sein alter, wackerer Fiat polski wäre in dem Schneematsch stecken geblieben. Nein, Dyzio, diese Seele von Mensch, sollte bei sich daheim im Arbeiterwohnheim Blake übersetzen. Er sollte in der Dunkelkammer seines Geistes polnische Sentenzen aus englischen Negativen hervorholen. Es wäre besser, wenn er am Freitag käme, dann könnte ich ihm alles erzählen und ihm zum Beweis die präzise Ordnung der Sterne präsentieren.

Ich muss aufpassen. Inzwischen wage ich es, zuzugeben: Ich bin keine gute Astrologin, leider. Mein Charakter hat einen Schwachpunkt, der das Bild der Planeten verschleiert. Ich betrachte sie durch meine Angst hindurch, obwohl es den Anschein hat, als sei ich ein heiterer Mensch, was mir von den Leuten naiv und einfältig attestiert wird. Ich sehe alles wie in einem schwarzen Spiegel, wie durch eine beschlagene Scheibe. Ich betrachte die Welt so wie andere Menschen eine Sonnenfinsternis betrachten. Dabei sehe ich eine Erdfinsternis. Ich sehe, wie wir blind im ewigen Dunkel herumtappen, wie Maikäfer, die von einem grausamen Kind in einer Schachtel gefangen gehalten werden. Es ist leicht, uns Schaden und Leid zuzufügen, unser kunstvoll zusammengefügtes, wunderbares Dasein in Stücke zu schlagen. Das alles ist in meinen Augen anormal, schrecklich und bedrohlich. Ich sehe nur die Katastrophen. Doch wenn schon am Anfang der Untergang steht, kann man dann noch tiefer fallen?

Jedenfalls kenne ich das Datum meines eigenen Todes, und daher fühle ich mich frei.

5
Das Licht im Regen

»Gefängnisse werden mit den Quadern des Gesetzes gebaut,
Bordelle mit den Ziegeln der Religion.«

Es krachte und knallte, als ob im Nebenzimmer jemand eine aufgeblasene Papiertüte zerschlug.

Ich setzte mich im Bett auf, in der schrecklichen Ahnung, dass etwas Schlimmes passiert war und dass dieses Geräusch jemandes Todesurteil sein konnte. Es folgten weitere Schläge, also begann ich mich, noch immer schlaftrunken, hastig anzuziehen. Mitten im Zimmer blieb ich stehen, ich hatte mich im Pullover verheddert, und plötzlich wurde mir schwindelig – was tun? Wie immer an diesen Tagen war schönstes Wetter, der Wettergott war offenbar den Jägern wohlgesonnen. Die Sonne strahlte, sie war eben aufgegangen und noch rot vor Anstrengung, und sie warf lange, schläfrige Schatten. Ich trat vors Haus, und wieder schien mir, als liefen meine Mädchen an mir vorüber ins Freie, als sprängen sie direkt in den Schnee, als freuten sie sich über den aufziehenden Tag. So offen und schamlos zeigten sie ihre Freude, dass es mich fast kränkte. Ich werfe einen Schneeball nach ihnen, und sie behandeln das als Erlaubnis zu allen möglichen Tollheiten und beginnen sofort eine chaotische Verfolgungsjagd, worin die Jagende jeden Moment die Verfolgte sein kann und von einer Sekunde auf die andere die Vorzeichen für dieses Rennen umkehrt. Ihre Freude wird schließlich so grenzenlos, dass sie nur dadurch zum Ausdruck gebracht werden kann, dass sie wie verrückt um das Haus herumrennen.

Wieder spürte ich Tränen auf meinen Wangen – ich sollte vielleicht doch einmal damit zum Arzt Ali gehen, der Dermatologe ist, aber sich überall auskennt und alles versteht. Meine Augen müssen ziemlich krank sein.

Auf dem Weg zu meinem Samurai nahm ich die eisgefüllte Plastiktüte vom Pflaumenbaum und wog ihr Gewicht in meiner Hand. »Die kalte Teufelshand« fiel mir ein, das war sehr lange her. War es aus *Faust*? Der Samurai sprang auf Anhieb an, er fuhr voll Demut durch den Schnee, als wisse er um meinen Zustand. Hinten klapperten der Spaten und das Ersatzrad. Schwer zu lokalisieren, von wo die Schüsse kamen, sie wurden von der Waldfront zurückgeworfen, mit vielfachem Echo. Ich fuhr in Richtung Grenzübergang, und etwa zwei Kilometer hinter dem Steilhang sah ich ihre Autos – Luxusjeeps und einen kleinen Lastwagen. Ein Mann stand daneben und rauchte. Ich gab Gas und fuhr näher hin. Der Samurai wusste offenbar, was ich wollte, da er mit großer Begeisterung den nassen Schnee verspritzte. Der Mann lief einige Meter hinter mir her und fuchtelte mit den Armen, er wollte wahrscheinlich versuchen, mich aufzuhalten. Aber ich beachtete ihn nicht.

Da gingen sie, leichte Infanterie, zwanzig, dreißig Männer in grünen Uniformen und Tarnanzügen, dazu diese idiotischen Hüte mit Feder. Ich stoppte, stieg aus und lief in ihre Richtung. Bald erkannte ich einige von ihnen. Und sie hatten auch mich gesehen. Sie sahen mich verwundert an und warfen sich amüsierte Blicke zu.

»Was, zum Teufel, geht hier vor?«, schrie ich.

Einer von ihnen, ein Helfer, kam zu mir. Es war der Schnurrbartträger, der mich am Tag nach Bigfoots Tod mit einem Kollegen abgeholt hatte.

»Frau Duszejko, kommen Sie nicht näher, das ist gefährlich. Bitte gehen Sie fort. Wir schießen.«

Ich fuchtelte vor seinem Gesicht herum.

»Wenn hier wer abhauen muss, dann ihr! Sonst rufe ich die Polizei.«

Ein weiterer Mann löste sich aus der Infanterie und kam zu uns. Ich kannte ihn nicht. Er trug die klassische Jägermontur, mit Hut. Die Infanterie rückte aus, unter vorgehaltenen Flinten.

»Das wird nicht nötig sein«, sagte er höflich. »Die Polizei ist bereits hier.« Er lächelte gönnerhaft. Und tatsächlich, von Weitem sah ich die dickbäuchige Gestalt des Kommissars.

»Was ist los?«, rief einer.

»Nichts, nichts, die Alte aus Lufcug. Sie will die Polizei rufen.« Seine Stimme klang ironisch.

Ich hasste ihn.

»Frau Duszejko, lassen Sie den Unsinn.« Der Schnurrbärtige versuchte mich zu beschwichtigen. »Wir schießen hier wirklich.«

»Ihr dürft nicht auf Lebewesen schießen!«, schrie ich so laut ich konnte. Der Wind riss mir die Worte direkt von den Lippen und trug sie über das ganze Hochplateau.

»Es ist alles in Ordnung, fahren Sie nach Hause. Wir schießen Fasane«, beruhigte mich der Schnurrbärtige, als hätte er meinen Protest nicht verstanden. Der andere raunte ihm zu: »Nicht diskutieren. Das ist eine Wahnsinnige.«

Da packte mich der Zorn, echter Zorn, man könnte sagen: göttlicher Zorn. Er befiel mich irgendwo innen drin, schlagartig und heiß, und drängte nach draußen. Ich genoss diese Energie, sie schien mich in die Luft zu heben, eine gewaltige Explosion im Universum meines Körpers. Ein Feuer war in mir entbrannt, ein Neutronenstern. Ich machte einen Satz nach vorn und versetzte dem Mann in seinem dämlichen Hut einen derartigen Stoß, dass er in den Schnee fiel, völlig verdattert. Und als der Schnurrbärtige ihm zu Hilfe kommen wollte, ging ich auf den los und schlug ihm mit meinen Fäusten so fest ich konnte auf die Schulter. Er brüllte vor Schmerz auf. Ich habe ganz schön Kraft für eine Frau.

»He, he, was fällt Ihnen ein?« Sein Mund war schmerzverzerrt, und er versuchte meine Hände festzuhalten. Dann kam der Andere herbeigelaufen, der vorher bei den Autos gestanden hatte. Offenbar war er mir nachgefahren. Er packte mich von hinten und hielt mich fest wie im Schraubstock.

»Ich bringe Sie zu Ihrem Auto«, sagte er dicht bei meinem Ohr, doch er wollte mich keineswegs dorthin führen, sondern zog mich so nach hinten, dass ich hinfiel.

Der Schnurrbärtige wollte mir aufhelfen, aber ich stieß ihn angewidert fort. Ich hatte keine Chance.

»Regen Sie sich nicht auf. Wir sind im Recht.«

Ja, genau das sagte er. »Im Recht.« Ich klopfte mir den Schnee ab und stolperte zum Auto, zitternd vor Wut. Die Infanterie war unterdessen zwischen den jungen Weiden auf dem sumpfigen Gebiet im niederen Gestrüpp verschwunden. Kurz darauf hörte ich wieder Schüsse – sie schossen auf die Vögel. Ich setzte mich ins Auto und saß reglos da, mit den Händen am Lenkrad, doch es dauerte eine Weile, bis ich losfahren konnte.

Auf dem Nachhauseweg weinte ich über meine Ohnmacht. Meine Hände zitterten, und ich wusste, dass es ein böses Ende nehmen würde. Der Samurai blieb mit einem erleichterten Seufzer vor meinem Haus stehen, es klang tröstlich, als wolle er bei allem zu mir halten. Ich schmiegte mein Gesicht in das Lenkrad. Die Hupe gab einen kläglichen Laut von sich. Wie ein Ruf der Trauer.

Mein Leiden taucht hinterrücks auf, man kann nie wissen, wann. Irgendetwas passiert dann in meinem Körper, meine Knochen beginnen zu schmerzen. Es ist ein unangenehmer Schmerz, ich empfinde ihn als dumpf. Er hält stundenlang an, ohne Pause, manchmal tagelang. Man kann diesem Schmerz nicht entgehen, es gibt keine Tabletten oder Spritzen dagegen. Er muss schmerzen, genauso wie der Fluss fließen und das Feuer brennen muss. Fast gehässig erinnert er daran, dass ich aus den Teilchen einer Materie zusammengesetzt bin, von denen in jeder Sekunde etliche zugrunde gehen. Vielleicht könnte man sich an ihn gewöhnen? Mit ihm leben, so wie die Menschen in Auschwitz oder Hiroshima leben, und nicht daran denken, was früher hier geschehen ist. Ganz einfach leben.

Doch nach den Knochenschmerzen kommt das Bauchweh, die Innereien, die Leber, alles, was da drinnen ist, tut weh und es hört nicht auf. Für kurze Zeit kann der Schmerz durch Traubenzucker gelindert werden, den ich immer in einer kleinen Phiole bei mir trage. Aber ich weiß nie, wann so ein Anfall kommen könnte, wann mich so ein Unwohlsein überfallen wird. Manchmal glaube ich,

ich sei in Wirklichkeit aus lauter Krankheitssymptomen zusammengesetzt, ein Phantom, das aus Schmerzen besteht. Wenn ich nicht mehr weiter weiß, stelle ich mir vor, über meinen Bauch, vom Hals bis zum Schritt, liefe ein Reißverschluss, den ich langsam öffne, von oben nach unten. Ich stelle mir vor, ich zöge die Hände aus meinen Händen, die Beine aus meinen Beinen und den Kopf aus meinem Kopf. Ich schlüpfe aus meinem eigenen Körper, und dieser fällt von mir ab wie ein altes Kleid. Jetzt bin ich ganz klein und sehr zart, fast durchsichtig. Mein Körper ist wie der Körper einer Meduse, weiß, milchig und phosphoreszierend.

Allein diese Phantasie bringt mir Erleichterung. Ja, dann bin ich frei.

*

Es ging mir wirklich so schlecht, dass ich Dyzios Besuch verschob, weil ich vorher zum Arzt gehen wollte.

Dort saß ich im Wartezimmer in der Schlange und dachte daran zurück, wie ich Doktor Ali kennengelernt hatte.

Es war letztes Jahr gewesen, die Sonne hatte mich wieder verbrannt. Bestimmt sah ich bedauernswert aus, die erschrockenen Schwestern von der Rezeption brachten mich sofort auf die Station. Dort sollte ich warten, und da ich hungrig war, zog ich aus meiner Tasche mit Kokos bestreute Kekse und fing an zu essen. Kurz darauf erschien der Arzt, hellbraun wie eine Walnuss. Er sah mich an und sagte:

»Ich mag auch gerne Kokos*frohlocken.*«

Das überzeugte mich. Wie viele Menschen, die erst im Erwachsenenalter Polnisch lernen, verwechselte er manchmal ein bestimmtes Wort mit einem ganz anderen. »Wir werden gleich sehen, was Ihnen *fällt*«, hatte er damals noch gesagt.

Auch diesmal nahm er sich sehr akribisch meines Leidens an, nicht nur meiner Haut. Sein dunkles Gesicht blieb immer ruhig. Ohne Eile erzählte er mir irgendwelche verwickelten Anekdoten, während er meinen Puls und meinen Blutdruck maß. Ja, ganz sicher ging er weit über seine Pflichten als Dermatologe hinaus. Ali, dessen Heimat im Nahen Osten lag, hatte sehr traditionelle und solide Methoden, um Hautkrankheiten zu behandeln. Er ließ die Apothekerinnen besonders raffinierte Salben und Tinkturen aus vielen verschiedenen Zutaten mischen, was sehr viel Arbeit bedeutete. Wahrscheinlich war er deshalb bei den Apothekern in der Gegend nicht besonders beliebt. Seine Mixturen hatten wunderliche Farben und schockierende Gerüche. Vielleicht glaubte Ali, dass die Behandlung eines allergischen Ausschlags ebenso spektakulär sein musste wie der Ausschlag selbst.

Heute besah er sich auch die blauen Flecken auf meinen Armen.

»Woher sind die?«, fragte er.

Ich bagatellisierte die Sache, indem ich behauptete, ein kleiner Stoß genüge mir, um einen Monat lang einen roten Flecken zu haben. Ali blickte mir auch in den Rachen, befühlte die Lymphknoten und horchte die Lunge ab.

Ich bat ihn um ein allgemeines Betäubungsmittel. »Es gibt sicher so etwas. Das hätte ich gerne. Damit ich nichts spüre, mir keine Sorgen mache und gut schlafe. Wäre das möglich?«

Er machte sich daran, Rezepte zu schreiben. Bei jedem überlegte er lange und kaute am Kugelschreiber. Schließlich bekam ich einen ganzen Packen Rezepte, und jede Arznei musste bestellt und extra angefertigt werden.

*

Ich kam spät nach Hause. Es war schon lange dunkel, und seit gestern hatten wir Föhn, der Schnee schmolz zusehends und es fiel schrecklicher Schneeregen. Zum Glück war der Ofen nicht ausgegangen. Dyzio verspätete sich auch, denn wieder einmal konnte man unseren Weg durch den aufgeweichten, glitschigen Schnee nicht hinauffahren. Er ließ seinen kleinen Fiat an der Straße stehen und kam zu Fuß, durchfroren und durchnässt.

Dyzio, Dionizy, kam jeden Freitag direkt von der Arbeit zu mir, daher bereitete ich an diesem Tag immer etwas zu essen vor. Einmal pro Woche, denn für mich selber koche ich sonntags einen großen Topf Suppe, die ich dann jeden Tag wieder aufwärme. Das reicht mir, so in etwa, bis Mittwoch. Am Donnerstag esse ich meistens Trockenproviant aus dem Küchenschrank oder in der Stadt eine Pizza Margherita.

Dyzio hat ein paar gemeine Allergien, und deshalb kann ich meiner kulinarischen Phantasie keinen freien Lauf lassen. Er darf weder Milchprodukte noch Nüsse, Paprika, Eier oder Weizenmehl zu sich nehmen, was unseren Speiseplan erheblich einschränkt. Besonders da wir auch kein Fleisch essen. Manchmal, wenn er unvorsichtig war und etwas für ihn Ungeeignetes erwischt hatte, bedeckte sich seine Haut mit juckenden, wassergefüllten Bläschen. Dann musste er sich hemmungslos kratzen, und die offenen Stellen begannen zu eitern. Also lieber keine Experimente. Nicht einmal Ali mit seinen Mixturen konnte gegen die Allergien von Dyzio etwas ausrichten. Ihre Natur blieb geheimnisvoll und tückisch, und die Symptome waren immer anders. Kein Test konnte sie auf frischer Tat ertappen.

Dyzio zog aus seinem verschlissenen Rucksack ein Schmierheft und eine Batterie farbiger Kugelschreiber, die er beim Essen nicht aus den Augen ließ, und dann, als wir alles bis auf den letzten Krümel aufgegessen und den Schwarztee ausgetrunken hatten, berichtete er, was er in dieser Woche alles geschafft hatte. Dyzio übersetzte Blake. Das hatte er sich vorgenommen, und bis dato hatte er sich streng an diesen Vorsatz gehalten.

Vor langer Zeit einmal war Dyzio mein Schüler gewesen. Jetzt war er schon über dreißig. Doch er war noch immer der Dyzio von damals. Ein junger Mann, der sich versehentlich bei der Abschlussprüfung in Englisch in die Toilette einsperrte und nicht mehr hinaus konnte. Er hatte sich geschämt, um Hilfe zu rufen, und aus diesem Grund war er bei der Prüfung durchgefallen. Heute war er noch immer eher klein, knabenhaft oder sogar mädchenhaft, mit zarten Händen und weichem Haar.

Seltsam, dass das Schicksal uns viele Jahre nach diesem unglücklichen Schulabschluss wieder zusammenführte, hier in der Stadt auf dem Marktplatz. Ich sah ihn eines Tages, als ich aus der Post kam. Er holte Bücher ab, die er übers Internet bestellt hatte. Offenbar hatte ich mich mehr verändert als er, denn er erkannte mich nicht sofort, sondern starrte mich blinzelnd mit offenem Mund an.

»Sie sind das?«, flüsterte er nach einer Weile überrascht.

»Dionizy?«

»Was tun Sie hier?«

»Ich wohne in der Nähe. Und du?«

»Ich auch.«

Dann fielen wir uns spontan in die Arme. Es stellte sich heraus, dass er in Wrocław als Informatiker für die Polizei gearbeitet hatte und gewisse Reorganisierungen und Restrukturierungen nicht an ihm vorbeigegangen waren. So wurde er in die Provinz versetzt, und man bot ihm sogar an, ihn in einem Hotel unterzubringen, bis er eine geeignete Wohnung gefunden hatte. Aber Dyzio hatte keine Wohnung gefunden und lebte noch immer in dem Arbeiterhotel, einem riesigen, hässlichen Betonklotz, wo alle lärmenden Ausflügler auf dem Weg nach Tschechien abstiegen. Die Firmen organisierten dort ihre Betriebsfeiern, bei denen bis zum frühen Morgen gesoffen wurde. Dyzio hatte ein geräumiges Zimmer mit Vorraum und einer Gemeinschaftsküche auf dem Gang.

Im Moment hatte er *Das erste Buch von Urizen* in Arbeit, was mir viel schwieriger zu sein schien, als die *Sprichwörter der Hölle* und die *Lieder der Unschuld und Erfahrung*, bei denen ich ihm bereitwillig geholfen hatte. Ich hatte wirklich Probleme damit, weil mir diese schönen, dramatischen Bilder, die Blake mit Worten hervorzauberte, einfach nichts sagten. Dachte er wirklich so? Was hatte er beschrieben? Wo war es geschehen und wann? War es ein Märchen oder ein Mythos? Das alles fragte ich Dyzio.

»Es passiert immer und überall.« Dyzios Augen leuchteten.

Immer wenn er einen Abschnitt fertig hatte, las er mir

in ernstem Ton jede einzelne Zeile vor und wartet auf meinen Kommentar. Manchmal verstand ich nur einzelne Worte und weder Zusammenhang noch Sinn. Ich konnte ihm nicht viel helfen. Ich mochte keine Lyrik, und alle Gedichte der Welt schienen mir unnötig kompliziert und unklar zu sein. Nie habe ich begriffen, warum man diese sensationellen Begebenheiten nicht einfach in allgemeinverständlicher Prosa aufschreiben konnte. Das machte Dyzio ungeduldig, und er ereiferte sich. Es machte mir Spaß, ihn damit zu necken.

Wahrscheinlich waren meine Kommentare für ihn nicht besonders hilfreich. Er war viel besser als ich, seine Intelligenz funktionierte schneller, ich würde sagen: sie war digital, während meine analog geblieben war. Er kapierte blitzartig und konnte den übersetzten Satz sofort aus völlig anderer Perspektive betrachten, unnötige Bindungen an das Wort beiseitelassen, sich vom Wort entfernen und mit etwas Neuem und Schönem wieder darauf zurückkommen. Ich stellte ihm immer ein Schälchen mit Salz hin, denn nach meiner Theorie unterstützt Salz die Weiterleitung von Nervenimpulsen zwischen den Synapsen ganz wesentlich. Und er gewöhnte sich an, den speichelfeuchten Finger in das Salz zu tauchen und ihn abzulecken. Mein Englisch war schon ziemlich eingerostet, da hätte ich ein ganzes Bergwerk aufschlecken können, es hätte nichts genutzt. Außerdem wird mir bei einer derartig mühseligen Arbeit schnell langweilig. Ich war ganz hilflos.

Wie soll man etwa einen Abzählvers übersetzen, mit dem ein Kinderspiel beginnt, ohne dass einem dauernd »Ich und du, Müllers Kuh, Müllers Esel der bist du« in die Quere kommt?

Every Night & every Morn
Some to Misery are Born
Every Morn & every Night
Some are Born to sweet delight,
Some are born to Endless Night.

Das ist Blakes berühmtestes Gedicht. Es lässt sich nicht übersetzen, ohne den Rhythmus, den Reim oder die kindliche Lakonie zu verlieren. Dyzio versuchte es viele Male, und es erinnerte an die Lösung eines Silbenrätsels. Er hatte die Suppe gegessen, und seine Wangen glühten vor Hitze. Seine Haare waren von der Mütze elektrisiert, und über seinem Kopf stand ein kleiner, komischer Heiligenschein.

An diesem Abend fiel es uns schwer, uns auf das Übersetzen zu konzentrieren. Ich war müde, und irgendwie fühlte ich mich unbehaglich. Das Denken war mühsam.

»Was hast du?«, fragte Dyzio. »Du bist so zerstreut.«

Das stimmte. Die Schmerzen hatten zwar nachgelassen, waren aber noch nicht ganz vergangen. Das Wetter war schrecklich, Wind und Regen. Bei Föhn kann man sich nicht konzentrieren.

»Welch ein Dämon schuf derart grausig' Leere?«, fragte Dyzio.

Blake passte gut zur Stimmung dieses Abends: Es war, als hätte sich der Himmel schwer auf die Erde gelegt und allen Lebewesen nur wenig Platz und wenig Luft zum Leben gelassen. Tiefliegende dunkle Wolken waren den ganzen Tag über den Himmel gejagt, und nun, spätabends, streiften sie mit ihren nassen Bäuchen die Hügel.

Ich wollte ihn überreden, über Nacht zu bleiben, wie er es schon öfter getan hatte. Das Sofa in meiner kleinen

Stube ließ sich gut zu einem Bett umfunktionieren, den kleinen Elektroofen konnte man über Nacht in Betrieb nehmen und die Tür zu meinem Schlafzimmer öffnen, damit wir uns gegenseitig atmen hören konnten. Aber es ging heute nicht.

Er rieb sich schläfrig die Stirn und erklärte mir, dass das Polizeipräsidium auf ein anderes Computersystem umsteigen wolle, was mir als Grund nicht wirklich einleuchtete, aber es war sehr wichtig, und er hatte deshalb viel Arbeit. Er musste frühmorgens an Ort und Stelle sein. Und das in diesem Schneematsch.

»Wie kommst du nach Hause?« Ich war besorgt.

»Ich muss ja nur bis zum Asphaltweg kommen.«

Der Gedanke gefiel mir nicht. Ich zog mir zwei Fleecejacken über und nahm die Mütze. Wir hatten beide gelbe Regenmäntel aus Gummi und sahen aus wie Gartenzwerge. Ich begleitete ihn zum Weg und wäre eigentlich gerne noch mit ihm zum Asphaltweg gegangen. Er hatte nur eine dünne Jacke an, die an ihm schlotterte wie an einem Besenstiel, und seine Schuhe waren, obwohl wir sie auf der Heizung zu trocknen versucht hatten, immer noch feucht. Doch er wollte nicht, dass ich mit ihm ging. Wir verabschiedeten uns, und als ich schon ein Stück heimwärts gegangen war, hörte ich, wie er hinter mir her rief.

Er zeigte hinauf zum Steilpass. Dort leuchtete etwas, schwach. Seltsam.

Ich ging zurück.

»Was könnte das sein?«, fragte er. Ich zuckte die Achseln.

»Vielleicht geht dort jemand mit einer Taschenlampe?«

»Komm, wir sehen nach.« Er packte mich an der Hand

und wollte mich mit sich ziehen wie ein Pfadfinder, der einem Geheimnis auf der Spur ist.

»Jetzt, in der Nacht? Ach, lass doch, es ist alles so nass.« Doch er ließ nicht locker. »Vielleicht hat Matoga seine Taschenlampe verloren, und jetzt liegt sie da und leuchtet.«

»Das ist keine Taschenlampe«, sagte Dyzio und ging los.

Ich versuchte ihn aufzuhalten. Als ich nach seiner Hand griff, erwischte ich nur seinen Handschuh.

»Dionizy, nein! Lass uns nicht dort hingehen. Bitte!«

Er stand wie unter einem Bann, denn er reagierte überhaupt nicht.

»Dann bleibe ich hier.« Ich versuchte es mit Erpressung.

»Gut, dann geh nach Hause, ich gehe alleine und sehe nach. Vielleicht ist etwas passiert. Geh schon.«

»Dyzio!«, rief ich zornig. Er antwortete nicht. Und so folgte ich ihm. Meine Taschenlampe holte aus der Dunkelheit helle Flecken hervor, in denen sich jede Farbe verlor. Die Wolken hingen so tief, dass man sie packen und sich weit weg tragen lassen könnte, in den Süden, in wärmere Länder. Dort könnte man einfach hinunterspringen, zum Beispiel in einen Olivenhain. Oder zumindest auf einen Weinberg in Mähren, wo köstlicher grüner Wein wuchs.

Manchmal blieben unsere Füße im halbflüssigen Schneematsch stecken, und der Regen versuchte uns unter unseren Kapuzen immer wieder zu ohrfeigen. Schließlich sahen wir es.

Auf dem Steilpass stand ein großer Geländewagen. Alle Türen standen weit offen, und deshalb brannte drinnen schwaches Licht. Ich blieb in einiger Entfernung stehen und wagte nicht näherzukommen, ich merkte, wie mir aus Angst und Nervosität die Tränen aufstiegen wie einem Kind. Dyzio nahm mir die Taschenlampe ab, näherte sich langsam dem Auto und leuchtete hinein. Es war leer. Auf dem Rücksitz lagen eine schwarze Aktentasche sowie einige Plastiktüten, wahrscheinlich mit Einkäufen.

»Weißt du was?«, fragte Dyzio mit gedämpfter Stimme, »ich kenne dieses Auto. Das ist der Toyota von unserem Kommissar.«

Er durchsuchte mit der Taschenlampe die Umgebung des Wagens. Er stand an der Stelle, wo der Weg nach links abbog. Rechts wuchs dichtes Gestrüpp – hier hatten die Deutschen damals ein Haus und eine Windmühle gebaut. Jetzt waren es nur noch mit Dickicht überwucherte Ruinen und ein großer Nussbaum, auf dem sich im Herbst die Eichhörnchen aus der ganzen Gegend tummelten.

»Schau hier«, sagte ich, »was ist das da im Schnee?«

Im Licht konnte man seltsame Spuren sehen, eine Menge runder Punkte in der Größe von Münzen, überall war es voll davon, um das Auto und auf dem Weg. Und da waren auch noch Spuren von Männerstiefeln, mit Sohlen wie ein Traktor. Sie waren im schmelzenden Schnee gut zu sehen, weil dunkles Wasser in ihnen stand.

»Das ist von Rehklauen.« Ich hatte mich hingehockt und betrachtete die kleinen runden Zeichen genau. »Es sind Spuren von Rehen. Siehst du das?«

Doch Dyzio schaute in eine andere Richtung, dorthin, wo der nasse Schnee ganz und gar zertrampelt war. Er ließ das Licht bis zum Gestrüpp schweifen, und dann hörte ich seinen erstickten Schrei. Er stand gebeugt über der Öffnung eines alten Brunnens, der in den Sträuchern nahe beim Weg stand.

»Mein Gott, mein Gott, mein Gott«, wiederholte er mechanisch. Das brachte mich völlig aus dem Gleichgewicht. Sicherlich würde kein Gott hierherkommen und die Ordnung wieder herstellen.

»O Gott, hier ist einer«, stieß er hervor.

Mir wurde heiß. Ich ging näher zu ihm, nahm ihm die Lampe aus der Hand und leuchtete in die Brunnenöffnung. Es war ein makabrer Anblick.

In dem flachen Brunnen lag ein verkrümmter Körper mit dem Kopf nach unten. Hinter dem einen Arm war ein Stück des Gesichts zu erkennen, schrecklich, blutüberströmt, mit offenen Augen. Oben staken seine Stiefel heraus, mächtige Stiefel mit dicken Sohlen. Der Brunnen war vor Jahren zugeschüttet worden und nicht mehr tief, es war nur eine Mulde. Ich hatte ihn einmal selbst mit Ästen zugedeckt, damit die Schafe des Zahnarztes nicht hineinfallen konnten. Dyzio hockte sich hin und berührte ratlos die Stiefel, strich über den Schaft.

»Nicht anfassen«, flüsterte ich.

Mein Herz klopfte wie verrückt. Ich glaubte, dieser blutige Kopf könnte sich jeden Moment zu uns umwenden, das Weiß seiner Augen könnte unter den erstarrten Blutrinnsalen aufblitzen, die Lippen könnten sich bewegen, um irgendein Wort zu sagen. Und dann würde der ganze stämmige Körper langsam zurück nach oben kriechen, wieder ins Leben zurück, er wäre voll Zorn über seinen eigenen Tod, und er würde mich an der Gurgel packen.

»Vielleicht lebt er noch?«, sagte Dyzio mit weinerlicher Stimme. Bitte nicht, betete ich.

Wir standen beide frierend und erschüttert da. Dyzio schlotterte am ganzen Leib, als hätte er Schüttelfrost, es war beängstigend. Er klapperte mit den Zähnen. Wir umarmten uns, und er begann zu weinen.

Es goss in Strömen vom Himmel, auch aus der Erde schien Wasser zu fließen, es schien, als sei die Erde ein großer Schwamm, vollgesogen mit kaltem Wasser.

»Wir holen uns noch eine Lungenentzündung hier«, schluchzte Dyzio.

»Komm, wir gehen.« Ich wollte rasch weg. »Lass uns zu Matoga gehen, der wird wissen, was zu tun ist. Lass uns weggehen. Nicht mehr hier herumstehen.«

Wir gingen zurück, in unbeholfener Umarmung wie verletzte Soldaten. Mein Kopf brannte vor hektischen Gedanken, fast sah ich, wie meine Gedanken im Regen dampften, sich verdichteten und in den schwarzen Wolken aufgingen. Als wir so über die glitschige Erde rutschten, kamen mir Worte in den Sinn, die ich mit Dyzio teilen wollte. Ich wollte sie laut sagen, aber ich konnte sie nicht hervorbringen. Sie waren mir entfallen. Ich wusste nicht, wie ich beginnen sollte.

»O Jesus, o Jesus«, wimmerte Dyzio. »Das ist der Kommissar, ich habe sein Gesicht gesehen. Das war er.«

Dyzio bedeutet mir sehr viel, und ich wollte nicht, dass er mich für eine Wahnsinnige hielt. Nicht er. Als wir schon bei Matogas Haus waren, nahm ich all meinen Mut zusammen und beschloss einen weiteren Schritt zu tun, nämlich ihm zu sagen, was ich davon hielt.

»Dyzio«, sagte ich, »es sind die Tiere. Sie rächen sich an den Menschen.«

Dyzio glaubt mir fast immer, aber diesmal hörte er mir überhaupt nicht zu.

»Es ist gar nichts Besonderes«, fuhr ich fort. »Die Tiere sind stark und weise. Wir wissen selbst nicht, wie sehr.

Weißt du, dass sie schon vor Gericht gestanden haben, sie wurden sogar angeklagt.«

»Was redest du da, was redest du da?«, stammelte Dyzio geistesabwesend.

»Irgendwo habe ich über Ratten gelesen, die vor Gericht vorgeladen wurden, weil sie großen Schaden angerichtet hatten. Der Fall wurde vertagt, weil sie nicht zur Verhandlung erschienen. Man hat ihnen sogar Beistand seitens der Behörde zuerkannt.«

»Jesus, was redest du da?«

»Das war wahrscheinlich in Frankreich, im sechzehnten Jahrhundert,« fuhr ich fort. »Ich weiß aber nicht mehr, wie es ausging und ob sie verurteilt wurden.«

Plötzlich blieb er stehen, packte mich fest bei den Schultern und schüttelte mich.

»Du stehst unter Schock! Was faselst du da?«

Ich wusste genau, was ich sagte. Und ich beschloss es irgendwann zu verifizieren, bei Gelegenheit.

Matoga tauchte mit einer Stirnlampe hinter seinem Zaun auf. Sein Gesicht sah in diesem Licht leichenhaft und unheimlich aus. »Was ist passiert? Was tut ihr hier, mitten in der Nacht?« Er klang wie ein Wächter.

»Dort ist der tote Kommissar. Beim Auto.« Dyzios Zähne klapperten, er zeigte vage hinter sich.

Matoga öffnete den Mund und bewegte lautlos die Lippen. Ich glaubte schon, es hätte ihm wirklich die Sprache verschlagen, als er endlich sagte: »Ich habe das große Auto heute gesehen. Das musste so enden. Er war stockbesoffen. Habt ihr die Polizei gerufen?«

»Müssen wir das?« Ich dachte an den schlotternden Dyzio.

»Ihr habt die Leiche gefunden. Ihr seid Zeugen.«

Matoga ging zum Telefon, und wir hörten, wie er mit ruhiger Stimme den Tod eines Menschen meldete.

»Ich gehe nicht dorthin zurück«, sagte ich, und ich wusste, dass auch Dyzio nicht gehen würde.

»Er liegt im Brunnen, mit dem Kopf nach unten, mit den Beinen nach oben. Alles ist voll Blut. Alles ist voller Spuren. So winzige Spuren, wie von Rehklauen«, stammelte Dyzio.

»Das gibt einen Skandal, weil es ein Polizist ist.« Matoga blieb sachlich. »Hoffentlich habt ihr die Spuren nicht zertrampelt. Das wisst ihr wohl aus Fernsehkrimis, oder?«

Wir gingen in seine warme und helle Küche, und er wartete vor dem Haus auf die Polizei. Wir sprachen nicht, wir saßen auf den Stühlen wie Wachsfiguren, bewegungslos. Meine Gedanken rasten dahin wie die schweren Regenwolken.

Die Polizei kam etwa eine Stunde später mit einem Jeep. Aus dem Auto stieg der Schwarzmantel.

»Hallihallo, dachte ich mir doch, dass mein Papa mit von der Partie ist.« Das klang sarkastisch, und der arme Matoga wurde wirklich verlegen.

Der Schwarzmantel begrüßte uns alle mit soldatischem Händedruck, als wären wir Pfadfinder und er unser Gruppenleiter. Als vollbrächten wir gerade eine gute Tat und als danke er uns dafür. Nur Dyzio betrachtete er argwöhnisch.

»Ich glaube, wir kennen uns?«

»Mhm, ich arbeite im Präsidium. Wahrscheinlich vom Sehen.«

»Das ist mein Freund. Er besucht mich immer freitags,

weil wir zusammen Blake übersetzen«, beeilte ich mich zu erklären.

Ich erntete einen widerwilligen Blick, und der Schwarzmantel bat uns förmlich, in sein Auto einzusteigen. Als wir beim Steilpass angekommen waren, markierten die Polizisten das Terrain um den Brunnen mit einem Plastikband und schalteten die Warnblinkanlage ein. Es regnete, und im Blinklicht wurden die Tropfen zu langen, silbrigen Fäden wie Lametta am Weihnachtsbaum.

Den ganzen Morgen verbrachten wir auf dem Kommissariat, alle drei, auch wenn zumindest Matoga völlig unschuldig dazu gekommen war. Er war sehr verschreckt, und mich plagte das Gewissen, dass ich ihn in die Sache hineingezogen hatte.

Wir wurden verhört, als hätten wir den Kommissar eigenhändig umgebracht. Ein Glück, dass sie in diesem Kommissariat eine wunderbare Kaffeemaschine hatten, die auch Trinkschokolade machen konnte. Die schmeckte so gut, dass sie mich sofort wieder auf die Beine brachte, obwohl ich in Hinblick auf mein Leiden vorsichtig mit meinen Beinen sein musste.

Spät am Nachmittag brachten sie uns endlich nach Hause. Der Ofen war ausgegangen, und ich musste neu einheizen.

Ich schlief im Sitzen auf dem Sofa ein. Angekleidet. Ohne die Zähne geputzt zu haben. Wie erschlagen. Gegen Morgen, als es draußen noch dunkel war, hörte ich plötzlich etwas Seltsames. Vielleicht hatte der Ofen für die Zentralheizung den Geist aufgegeben, sein leises Summen war nicht mehr zu vernehmen. Rasch warf ich mir etwas über und ging nach unten in den Heizkeller.

Dort stand meine Mama, in einem geblümten Sommerkleid, mit umgehängter Handtasche. Sie schien besorgt und verwirrt.

»Um Himmels willen, Mama, was tust du hier?«, rief ich überrascht.

Sie bewegte die Lippen, lautlos, als wolle sie etwas sagen, doch sie konnte nichts hervorbringen. Ihre Augen wanderten unruhig über die Wände und die Decke des Heizkellers. Sie wusste nicht, wo sie war. Wieder versuchte sie etwas zu sagen, und wieder gab sie es auf.

»Mama«, flüsterte ich und wollte ihren flackernden Blick auf mich lenken. Ich war böse auf sie, schließlich war sie schon lange gestorben. So benimmt sich keine Mutter, die bereits von uns gegangen ist.

»Wie kommst du hierher? Das ist kein Ort für dich.« Erst machte ich ihr Vorwürfe, doch dann tat sie mir leid. Sie sah mich erschrocken an und dann wieder die Wände, sie war in großer Verlegenheit.

Mir wurde klar, dass ich sie hergeholt hatte, ohne es zu wollen. Es war meine Schuld.

»Geh fort, Mama«, sagte ich sanft.

Doch sie hörte mich nicht, konnte mich nicht hören. Ihr Blick ging an mir vorüber, er streifte mich kaum. Verärgert ging ich hinaus und schlug die Tür zum Heizkeller hinter mir zu. Nun stand ich draußen und horchte, doch ich konnte nur ein Rascheln hören, wie wenn Mäuse oder Borkenkäfer im Holz knispern.

Ich ging zum Sofa zurück. Am nächsten Morgen, unmittelbar nach dem Aufwachen, erinnerte ich mich an alles.

6

Trivia und Banalia

»Des gehetzten Wildes Schrei,
Reißt des Gehirnes Nerv entzwei.«

Matoga war offenbar wie geschaffen dafür, in Einsamkeit zu leben, so wie auch ich, doch unsere beiden Einsamkeiten hatten überhaupt nichts gemeinsam.

Nach diesen dramatischen Ereignissen lief alles wieder in den früheren Bahnen. Der Frühling kam, also brachte Matoga energisch alle Dinge in Ordnung. Sicherlich legte er in der Stille seiner Werkstatt schon die verschiedenen Utensilien zurecht, mit denen er mir im Sommer das Leben schwer machen würde, etwa die Elektrosäge, die elektrische Astschneidemaschine, und das Gerät, das ich am meisten hasste: den Rasenmäher.

Manchmal sah ich seine schlanke, gebeugte Gestalt bei meinen täglichen rituellen Rundgängen, immer von Weitem. Einmal winkte ich ihm vom Hügel, aber er winkte nicht zurück. Vielleicht hatte er mich nicht bemerkt.

Anfang März hatte ich einen neuen Schub, ziemlich heftig, und ich dachte kurz daran, Matoga anzurufen oder mich zu ihm hinzuschleppen und an seine Tür zu klopfen. Mein Ofen war ausgegangen, und ich hatte nicht einmal die Kraft, in den Keller zu gehen. Der Gang in den Heizkeller war nie ein Vergnügen gewesen. Ich nahm mir vor, meinen Klienten, wenn sie im Sommer in ihre Häuser zurückkehrten, zu sagen, ich könne diese Arbeit im nächsten Jahr leider nicht mehr tun. Es sei vielleicht das letzte Jahr, dass ich hier wohne. Vielleicht müsste ich vor dem nächsten Winter in meine kleine Wohnung in der Gefängnisstraße in Wrocław zurück. Die Wohnung war gleich bei der Universität, und von ihr aus konnte man stundenlang zusehen, wie die Oder hypnotisch und hartnäckig ihre Wassermassen Richtung Norden pumpte.

Gut, dass Dyzio bei mir vorbeikam und den alten Ofen wieder in Gang brachte. Er holte aus dem Holzschuppen so viel Holz, wie er tragen konnte. Es hatte sich im März so voll Feuchtigkeit gesogen, dass es mehr qualmte als heizte. Aus einem Glas mit sauren Gurken und ein bisschen Gemüse machte Dyzio eine köstliche Suppe.

Ein paar Tage lag ich im Bett, den Rebellionen meines Körpers ausgeliefert. Geduldig ertrug ich die Anfälle, bei denen meine Beine steif wurden, und dieses unerträgliche Gefühl, als brenne ein Feuer in ihnen. Mein Urin war rot, und ich kann jedem versichern, dass eine mit roter Flüssigkeit gefüllte Kloschüssel ein furchtbarer Anblick ist. Ich zog die Fensterläden zu, weil ich das helle, vom Schnee reflektierte Märzlicht nicht aushielt. Der Schmerz hieb wie mit einer Axt auf mein Gehirn ein.

Ich habe eine Theorie. Es ist nämlich einmal etwas Schreckliches geschehen, sodass das Kleinhirn nicht ausreichend und richtig mit dem Großhirn verbunden ist. Vielleicht ist das der größte Schnitzer in unserer Programmierung. Irgendwer hat uns falsch erschaffen. Aus diesem Grund sollten wir als Modell umgetauscht werden. Wenn unser Kleinhirn mit dem Großhirn verbunden wäre, besäßen wir das Wissen über unsere Anatomie, darüber, was in unserem Körper geschieht. Wir könnten uns sagen, die Kaliumwerte im Blut sind zu niedrig. Der dritte Halswirbel ist verspannt. Der Blutdruck ist im Keller, mehr Bewegung ist dringend nötig, und nach dem gestrigen Mayonnaise-Ei sind die Cholesterinwerte außerhalb der Norm, also mit dem Essen aufpassen.

Wir haben nun einmal diesen unseren Körper, und er ist eine Last, er ist lästig. Wir wissen so gut wie nichts über ihn und benötigen ein ganzes Instrumentarium, um etwas über die natürlichsten Prozesse in ihm zu erfahren. Ist es denn kein Skandal, dass ein Arzt, der kontrollieren will, was in meinem Magen vor sich geht, eine Gastroskopie verordnet? Ich musste einmal einen dicken Schlauch schlucken, und erst mithilfe einer Kamera eröffnete sich uns mein Mageninneres. Das einzige grobe und primitive Instrument, das wir zum Trost mitbekommen haben, ist der Schmerz. Die Engel, falls es sie gibt, lachen sich schief über uns. Einen Körper zu bekommen und nichts über ihn zu wissen. Ohne Gebrauchsanweisung.

Leider ist der Fehler bereits gleich zu Beginn passiert, so wie auch andere Fehler.

Gut, dass ich meine Schlafzeiten umstellen konnte. Ich schlief morgens ein und erwachte nachmittags, so schützte ich mich auf natürliche Weise gegen das Tageslicht oder überhaupt gegen den Tag, mit allem, was zu ihm gehörte. Wenn ich aufwachte, war vielleicht alles nur im Traum geschehen. Oft hörte ich das Getrappel meiner Mädchen auf der Treppe, und dann glaubte ich, dass alle Ereignisse der letzten Zeit ein einziger quälender, fiebergeborener Albtraum gewesen war. Das waren schöne Momente.

Im Halbschlaf dachte ich auch über Tschechien nach. Gleich hinter der Grenze beginnt dieses schöne, sanfte Land. Dort ist alles mit Sonne übergossen, vom Licht vergoldet. Die Felder atmen gleichmäßig am Fuß der Tafelberge, die wahrscheinlich nur dazu da sind, um schön zu sein. Die Wege sind gerade, die Flüsse sauber, in den Vorgärten weiden Damwild und Mufflons. In den Kornfeldern tollen kleine Hasen herum, und um sie vorsichtig, aus sicherer Entfernung zu verscheuchen, hängen an den Mähdreschern kleine Glöckchen. Die Menschen haben es nicht eilig, und sie stehen nicht in ständigem Wettstreit miteinander. Sie laufen keinen Hirngespinsten hinterher. Es gefällt ihnen, wer sie sind und was sie haben.

Dyzio erzählte mir vor Kurzem, er habe in einer kleinen Buchhandlung im tschechischen Náchod eine ganz passable Ausgabe von Blake gefunden, also stellen wir uns jetzt immer vor, dass diese guten Menschen, die auf der anderen Seite der Grenze leben, die in dieser weichen und kindlichen Sprache zueinander sprechen, abends nach der Arbeit ein Feuer im Kamin machen und ein bisschen Blake lesen. Vielleicht würde Blake, wenn er noch lebte und das alles sähe, sagen, dass es Orte im Universum gibt, die noch unversehrt geblieben sind, wo die Welt noch nicht auf den Kopf gestellt wurde und die noch immer ein Stück vom Garten Eden sind.

Hier lassen sich die Leute nicht von dummen und starren Verstandesregeln leiten, sondern von Herz und Intuition. Die Menschen dreschen kein leeres Stroh, sie versuchen nicht mit ihrem Wissen zu brillieren, sondern sie schaffen Außergewöhnliches kraft ihrer Phantasie.

Der Staat bedeutet nicht länger Handschellen und tägliche Erschwernisse, sondern er hilft den Menschen, ihre Träume und Hoffnungen zu realisieren. Und der Mensch ist nicht nur ein Rädchen im System, sondern ein freies Wesen. So träumte ich dahin, und mein Kranksein gestaltete sich dadurch fast angenehm.

Manchmal glaube ich, dass nur ein Kranker wirklich gesund ist.

Am ersten Tag, an dem es mir etwas besser ging, startete ich, gedrängt von meinem Pflichtgefühl, sofort wieder meinen Rundgang. Ich war schwach wie ein im dunklen Keller gewachsener Kartoffeltrieb.

Der schwere schmelzende Schnee hatte die Dachrinne an Grisellas Haus abgerissen, und das Wasser dort lief nun direkt an der Holzwand ab. So etwas zieht Hausschwamm nach sich, garantiert. Ich rief Grisella an, doch sie war natürlich nicht erreichbar, vielleicht war sie sogar im Ausland. Das hieß, ich musste mir mit der Rinne allein etwas einfallen lassen.

Es ist ein großes Geheimnis, dass jede Herausforderung ungeheure Kräfte in uns freisetzt. Es ging mir wirklich schon besser, nur im linken Bein rumorte noch ein Schmerz wie elektrischer Strom, das Bein war auch noch steif wie eine Prothese. Doch als ich die Leiter holen musste, konnte ich das alles bereits ignorieren. Den Schmerz hatte ich vergessen.

Ich stand über eine Stunde auf der Leiter, die Hände über Kopf, und versuchte vergeblich, die Dachrinne wieder in die verbogenen Halterungen einzuhängen. Eine der Halterungen riss sogar noch ab, sie liegt jetzt tief im Schnee beim Haus vergraben. Ich hätte auf Dyzio warten können, der sich mit einem neuen Vierzeiler und Einkäufen für den Abend angekündigt hatte, aber Dyzio ist zart und zu klein, er hat winzige Frauenhände, und ich kann es nicht anders sagen, er ist etwas tollpatschig. Das sage ich mit voller Sympathie für ihn. Es ist keine Unvollkommenheit. Es gibt so viele Eigenschaften und Merkmale auf der Welt, dass man sie großzügig unter allen aufteilen könnte, dachte ich.

Ich betrachtete von der Leiter aus die Veränderungen auf dem Hochplateau, die das Tauwetter mit sich gebracht hatte. Hier und da, besonders auf den Süd- und Osthängen, zeigten sich dunkle Flecken – dort zog der Winter sein Heer zurück, doch in den Mulden und nahe am Wald hielt er die Stellung. Das ganze Hochplateau war noch weiß. Warum ist gepflügte Erde wärmer als die mit Gras bewachsene? Warum schmilzt der Schnee im Wald schneller? Warum bildet sich um einen Baumstamm eine runde Vertiefung im Schnee? Strahlt ein Baum Wärme ab?

Das alles fragte ich Matoga. Eigentlich wollte ich ihn nur bitten, mir mit Grisellas Dachrinne zu helfen. Er sah mich ratlos an und sagte nichts. Beim Warten auf ihn sah ich mir sein Anerkennungsdiplom für einen Wettbewerb beim Pilzsammeln an. Dieser Wettbewerb wird alljährlich von der Gesellschaft der Pilzsammler »Der Steinpilz« veranstaltet.

»Ich wusste gar nicht, dass du so ein toller Pilzsammler bist«, sagte ich.

Er lächelte düster und antwortete wieder nicht, wie so oft. Wir gingen in seine Werkstatt, die an eine chirurgische Klinik erinnerte – so viele Schubladen und Fächer, und in jedem von ihnen steckte ein spezielles Instrument, mit dem man eine einzige winzige Tätigkeit ausführen konnte. Er wühlte lange in einer Schachtel, bis er schließlich einen abgeflachten Aluminiumstreifen hervorzog, der zu einem unvollständigen Ring zusammengebogen war.

»Eine Muffe«, sagte er.

Wort für Wort, langsam, als kämpfe er mit einer fortschreitenden Zungenlähmung, gestand er mir, dass er in den letzten Wochen mit niemandem gesprochen hatte und dass seine sprachliche Artikulationsfähigkeit sich offenbar zurückbilde. Er räusperte sich mehrmals und erzählte mir dann noch, dass Bigfoot infolge von Ersticken an einem Knochen gestorben sei. Und dass es ein Unfall war. Das habe die Obduktion der Leiche ergeben. Er habe es von seinem Sohn erfahren.

Ich lachte.

»Ich dachte, die Polizei könne etwas tiefer gehende Untersuchungen durchführen. Dass er erstickt ist, haben wir doch auf den ersten Blick gesehen …«

»Auf den ersten Blick konnte man gar nichts erkennen«, sagte er, für sein Temperament ziemlich heftig, sodass ich mir den Satz merkte.

»Du weißt, was ich denke, nicht wahr?«

»Was?«

»Erinnerst du dich an die Rehe, die bei seinem Haus standen, als wir vorbeigingen? Sie haben ihn ermordet.«

Er schwieg und betrachtete aufmerksam die Muffe.

»Und wie?«

»Was denn, wie? Ich weiß nicht genau. Vielleicht haben sie ihn einfach erschreckt, als er gerade dabei war, wie ein Barbar ihre Schwester zu verschlingen.«

»Du meinst, eine Art Blutrache? Dass sich die Rehe verschworen haben?«

Ich sagte lange nichts. Matoga braucht offensichtlich immer etwas länger, um seine Gedanken zu sammeln und sie dann noch einmal zu denken. Er sollte mehr Salz essen, denn Salz beschleunigt ja das Denken. Auffallend langsam zog Matoga seine Schneestiefel und seinen Fellmantel an.

Als wir durch den nassen Schnee wateten, sagte ich:

»Und der Kommissar im Brunnen?«

»Wieso fragst du? Willst du wissen, welche Todesursache? Ich weiß nicht. Hat er nicht gesagt.«

Er sprach natürlich vom Schwarzmantel.

»Nein, nein, ich kenne die Todesursache im Brunnen.«

»Und? Welche?«, fragte er, als wäre es ihm völlig egal.

Also antwortete ich nicht sofort, sondern wartete, bis wir die Brücke auf dem Weg zu Grisellas Haus überquert hatten.

»Die gleiche.«

»Also er ist an einem Knochen erstickt?«

»Sei nicht so bissig. Die Rehe haben ihn umgebracht.«

»Jetzt bitte kurz die Leiter festhalten.« Matoga kletterte die Sprossen hinauf und bastelte an der Dachrinne herum, während ich eine meiner Theorien entwickelte. Dyzio war mein Zeuge. Wir beide wussten am meisten, weil wir die Ersten am Ort des Geschehens gewesen waren und gesehen hatten, was die Polizei später nicht mehr hatte sehen können. Als die Polizei kam, war es nicht nur dunkel, sondern auch nass. Der Schnee schmolz zusehends und hatte das Wesentlichste verwischt – diese seltsamen Spuren um den Brunnen herum, diese vielen winzigen, punktförmigen Spuren, Hunderte oder noch mehr, als hätte eine Herde von Rehen diesen Mann umzingelt.

Matoga hörte zu, antwortet aber nicht, diesmal jedoch, weil er Schrauben zwischen den Zähnen hielt. Ich fuhr also fort – vielleicht war der Kommissar mit dem Auto unterwegs gewesen und hatte kurz anhalten müssen. Vielleicht hatte eines der mörderischen Rehe etwas simuliert, eine Krankheit oder etwas anderes, und er hatte sich gefreut, dass er ein Stück Wild gefunden hatte. Und dann, als er ausstieg, umringten sie ihn und drängten ihn in Richtung Brunnen …

»Sein Kopf war voller Blut«, sagte Matoga von oben, als er die letzte Schraube festgezogen hatte.

»Ja, den hat er sich beim Sturz in den Brunnen aufgeschlagen.«

»Fertig.« Matoga stieg von der Leiter.

Tatsächlich, die Rinne hielt mit der Aluminiummuffe. Die alte Halterung würde sich bestimmt in einem Monat finden, wenn der Schnee weg war.

»Versuch lieber nicht zu viel von deiner Theorie zu sprechen. Sie ist sehr unwahrscheinlich, und vielleicht schadet es dir.« Matoga war schon halb wieder auf dem Weg nach Hause, er hatte mich beim Sprechen nicht angesehen.

Er hielt mich wahrscheinlich auch für eine Verrückte, wie alle, dachte ich. Und das machte mich traurig.

Sei's drum. Bei Blake steht geschrieben: »Widerstand ist wahre Freundschaft.«

*

Wieder wurde ich zu einem Verhör vorgeladen, diesmal bekam ich einen eingeschriebenen Brief. Der Postbote, der wegen diesem Schreiben von der Stadt auf das Hochplateau klettern musste, ärgerte sich, und er versäumte nicht, mich das spüren zu lassen.

»Es gehört verboten, so weit weg zu wohnen«, sagte er gleich beim Eingang. »Was habt ihr davon, euch so vor der Welt zu verstecken? Es erwischt euch ja doch.« In seiner Stimme klang grimmige Genugtuung. »Bitte hier unterschreiben. Eine Sendung von der Staatsanwaltschaft.«

Nein, er war nicht gerade ein Freund meiner Mädchen gewesen. Und sie hatten ihm ihrerseits immer deutlich zu verstehen gegeben, dass sie ihn nicht mochten.

»Wie lebt sich's denn in einem Elfenbeinturm, über den Köpfen der Normalverbraucher, mit der Nase in den Sternen?«, fragte er.

Das ist es, was ich an den Menschen am wenigsten mag – kalte Ironie. Es ist eine sehr feige Haltung. Aus ihr heraus kann man alles belächeln und diskreditieren, sich für nichts engagieren, sich von allem distanzieren. Wie ein Impotenter, der keine Lust genießen kann, aber alles tut, um diese den anderen zu vermiesen. Kalte Ironie ist das elementare Kampfmittel des Urizen. Die Waffe des Unvermögens. Die Ironiker haben immer irgendeine Weltanschauung, die sie triumphierend vor sich hertragen, doch bei eingehender Befragung über die Details derselben stellt sich heraus, dass sie aus irgendwelchen Trivia und Banalia besteht. Da ich es nie wagte, irgendjemanden einfach dumm zu nennen, wollte ich den Briefträger nicht voreilig verurteilen. Ich bat ihn, sich zu setzen, und machte ihm Kaffee, so einen wie ihn die Briefträger mögen, stark und im Glas aufgebrüht. Ich bot ihm auch Lebkuchen an, die ich noch vor den Feiertagen gebacken hatte und von denen ich hoffte, sie seien noch nicht so hart geworden, dass er sich die Zähne daran ausbiss.

Er zog die Jacke aus und setzte sich an den Tisch.

»In letzter Zeit überbringe ich eine Menge solcher Vorladungen, ich glaube, die haben alle was mit dem Tod des Kommissars zu tun«, sagte er.

Ich war sehr neugierig, wer noch alles von der Staatsanwaltschaft einen Brief bekommen hatte, aber ich ließ mir nichts anmerken. Der Briefträger wartete auf meine Frage, die nicht fiel. Er rutschte auf seinem Stuhl hin und her und schlürfte den Kaffee. Doch mir machte das Schweigen gar nichts aus.

»Zum Beispiel habe ich auch all seinen Kollegen eine Vorladung gebracht«, sagte er schließlich.

»Ach, ja?« Ich blieb teilnahmslos.

»Die sind alle hinter dem Geld her«, begann er langsam, zögernd, doch er kam sichtlich in Fahrt. »Die haben sich um die Macht gerissen. Woher hatten die solche Autos, solche Häuser? Zum Beispiel dieser Wnętrzak. Glauben Sie, dass der am Schlachthof nur so ein bisschen dazuverdient hat?« Er zog sein Unterlid bedeutungsvoll nach unten und zeigte mir seine Schleimhaut. »Oder mit den Füchsen! Das war alles nur zur Tarnung.«

Wir schwiegen.

»Angeblich war das eine einzige Clique. Irgendwer muss ihn ja in den Brunnen befördert haben, das ist sicher.« Der Briefträger schien zufrieden mit sich.

Sein Bedürfnis, schlecht über Andere zu reden, war so groß, dass er nicht besonders dazu ermuntert werden musste.

»Jeder weiß doch, dass da um große Summen gepokert wurde. Und dieses neue Restaurant von ihm, dieses Casablanca, das war nichts anderes als ein Bordell und ein Umschlagplatz für Mädchenhandel.«

Jetzt übertreibt er, dachte ich.

»Dann haben sie plötzlich diese Luxuswagen aus dem Ausland reingeschmuggelt. Gestohlen. Jemand, ich möchte keine Namen nennen, hat mir gesagt, dass er frühmorgens so einen supertollen BMW durch die Felder fahren sah. Na, woher wohl?«, fragte er rhetorisch, wahrscheinlich in der Hoffnung, dass ich nach derartigen Sensationen vor Ehrfurcht aus den Latschen kippte.

Bestimmt war vieles von dem, was er sagte, aus den Fingern gesogen.

»Die haben ungeheure Schmiergelder genommen. Wie soll man denn sonst an so einen Wagen kommen, wie ihn der Kommissar hatte? Vom Polizistengehalt? Ich sage Ihnen, die Macht steigt einem furchtbar zu Kopf, und Sie haben absolut Recht. Der Mensch verliert das Gefühl für allen Anstand. Die haben unser Polen für ein Spottgeld verkauft. Den Kommissar habe ich seit Jahren gekannt. Das war einmal ein ganz normaler Polizist, der wollte lieber zur Polizei als in die Glashütte wie die anderen. Wir haben Fußball gespielt, das ist an die zwanzig Jahre her. Und jetzt hat er mich nicht einmal erkannt. So gehen die Wege der Menschen auseinander ... Ich – ein gewöhnlicher Briefträger, er – der große Kommissar. Ich – Cinquecento, er – Jeep Cherokee.«

»Toyota«, verbesserte ich. »Toyota Land Cruiser.«

Er seufzte tief, und plötzlich tat er mir leid, denn bestimmt war auch er einmal unschuldig gewesen, und jetzt war sein Herz von einer Riesenmenge Galle überflutet. Er hatte es sicher sehr schwer gehabt. Und wahrscheinlich war er genau deshalb jetzt so bitterböse.

»Gott hat den Menschen reich und glücklich geschaffen. Die Gerissenheit jedoch machte Unschuldige arm«, zitierte ich Blake, so nebenbei. Nur das Wort »Gott« setze ich immer in Anführungszeichen.

*

Als Dyzio nachmittags kam, war er erkältet. Wir arbeiteten jetzt an Blakes Gedicht *The Mental Traveller*, und von Anfang an waren wir uns nicht einig, ob das englische Wort »mental« mit »mental« übersetzt werden müsste oder eher mit »geistig«. Dyzio musste niesen. Er las:

I travel'd thro' a Land of Men
A land of Men & Women too,
And heard & saw such dreadful things
As cold Earth wanderers never knew

Zu Beginn notierten wir beide unsere eigenen Versionen, dann verglichen wir und begannen damit, unsere Einfälle miteinander zu verflechten. Es erinnerte ein wenig an ein Puzzlespiel, eine komplizierte Variante von Scrabble.

Ich fuhr durchs ganze Menschenreich,
Durchs Reich der Männer und der Frauen,
Und dort erfuhr ich Scheußlichkeiten,
Die überstiegen jedes Grauen.

Oder:

Beim Wandern durch das Reich der Menschen
Mit Männerleut', mit Weiberleut'
Sah ich gar fürchterliche Dinge,
In nie geahnter Schrecklichkeit.

Oder:

Ein ganzes Menschenreich bereist' ich,
Das Reich der Frau'n und das der Männer.
Da sah und hört' ich grässlich' Greuel
Die niemand könnt' beim Namen nennen.

»Also, die ›Männer‹ am Zeilenende erlauben höchstens einen unreinen Reim«, meinte ich. »Ginge denn nicht: ›Männerwelt und Frauenwelt‹, was würde sich denn auf ›Welt‹ reimen, vielleicht irgendetwas mit ›hält‹?«

Also:

Auf meinem Streifzug um die Erde
Durch Männerwelt, durch Frauenwelt,
War das Erlebte bestialischer,
Als man es für wahrscheinlich hält.

Dyzio schwieg, kaute auf seinen Nägeln und schlug schließlich triumphierend vor:

Ich reiste durch ein Menschenland,
Das Reich von Männern und auch Fraun,
Und hört' und sah solch Schrecken dort,
Wie Erdenwandrer niemals schaun.

Dieses Menschenland gefiel mir nicht, aber jetzt arbeiteten wir mit Volldampf, und bis zehn Uhr hatten wir uns durch das ganze Gedicht gefressen. Dann aßen wir gebackene Petersilie mit Olivenöl und Apfelreis mit Zimt.

Nach diesem köstlichen Mahl kamen wir, anstatt uns noch tiefer in die Finessen des Gedichtes zu vertiefen, unweigerlich wieder auf den Fall des Kommissars zu sprechen. Dyzio hatte einen guten Überblick über das, was die Polizei wusste. Schließlich hatte er Zugang zum polizeilichen Informationsnetz. Aber natürlich wusste er nicht alles.

Die Ermittlungen zu diesem Todesfall wurden von der höchsten Instanz durchgeführt. Und Dyzio war verpflichtet, das Berufsgeheimnis absolut zu wahren. Aber doch wohl nicht mir gegenüber? Was hätte ich denn schon mit einem mir anvertrauten, noch so großen Geheimnis machen können? Ich war doch nicht einmal imstande zu tratschen. Deshalb erzählte er mir ja auch oft so viel.

Es war zum Beispiel schon bekannt, dass der Kommissar durch einen Schlag mit einem harten Gegenstand auf den Kopf gestorben war, höchstwahrscheinlich als er mit seinem ganzen Gewicht in den halb verfallenen Brunnen gefallen war. Es hatte sich auch herausgestellt, dass er unter Alkoholeinwirkung stand, das hätte den Sturz wiederum mildern können, denn betrunkene Menschen haben einen herabgesetzten Muskeltonus. Gleichzeitig sah der Schlag auf den Kopf zu heftig aus, als dass er von einem normalen Sturz in den Brunnen hätte herrühren können. Da hätte er aus fast zwanzig Metern Höhe stürzen müssen. Man fand aber sonst keine mögliche Erklärung. Seine Schläfe war aufgeschlagen. Ein potenzieller

Gegenstand für diese Verletzung hatte sich nicht gefunden. Auch keine Spuren. Man hatte zwar etwas Abfall gesammelt, Bonbonpapier, Plastiktüten, leere Dosen, ein benutztes Präservativ, aber das Wetter war schauerlich gewesen, und die Spezialeinheit war ziemlich spät eingetroffen. Der starke Wind, der Regen und das Tauwetter hatten blitzartig eingesetzt. Wir konnten uns beide sehr gut an diese Nacht erinnern. Die seltsamen Spuren auf der Erde, von denen ich hartnäckig glaubte, sie seien von Rehhufen, waren fotografiert worden. Aber die Polizei war nicht sicher, ob diese Spuren überhaupt dort gewesen waren, und wenn ja, ob sie einen Zusammenhang mit dem Todesfall haben könnten. Es konnte nicht bestätigt werden. Und die Spuren der Stiefel waren undeutlich.

Die Sensation war jedoch, dass der Kommissar zwanzigtausend Złoty bei sich getragen hatte, in einem grauen Kuvert, das in seinem Hosengürtel steckte. Das Geld war säuberlich in zwei gleiche, mit je einem Gummiband zusammengehaltene Bündel aufgeteilt gewesen.

Das gab den Ermittlern am meisten zu denken. Warum hatte ein eventueller Mörder es ihm nicht weggenommen? Hatte er nichts davon gewusst? Und wenn es derjenige gewesen war, der ihm das Geld gegeben hatte? Aber wofür? Wenn man nicht weiß, worum es geht, dann geht es garantiert um Geld. So sagt man allgemein, aber ich glaube, das ist eine furchtbare Vereinfachung.

Es gab auch die Version eines Unfalls, doch sie war ziemlich an den Haaren herbeigezogen. Demnach hatte er betrunken einen geheimen Ort für das Geld gesucht, um es zu vergraben, und war dabei in den Brunnen gefallen und umgekommen.

Dyzio blieb dabei, dass es ein Mord gewesen sein

musste. »Das sagt mir meine Intuition, wir waren doch die Ersten dort. Weißt du noch? Man konnte das Verbrechen förmlich riechen.«

Eben das war auch mein Eindruck gewesen.

7
Rede an den Pudel

»Das Pferd, an dem man Unrecht tut,
Ruft Himmel an um Menschenblut.«

Die Polizei ließ nicht locker und lud uns noch einige Male vor. Gehorsam erschienen wir zu den Verhören und erledigten bei der Gelegenheit in der Stadt verschiedene Dinge wie den Einkauf von Saatgut, das Stellen von Anträgen, und einmal gingen wir sogar ins Kino. Wir fuhren immer gemeinsam, auch wenn nur einer von uns verhört werden sollte. Matoga sagte vor der Polizei aus, er habe an dem bewussten Nachmittag den Wagen des Kommissars gehört, als dieser mit aufheulendem Motor an unseren Häusern vorbeigerauscht war. Er sagte, der Kommissar sei immer in angetrunkenem Zustand auf den Feldwegen gefahren, und so habe er sich nicht besonders darüber gewundert. Den Polizisten, die ihn verhörten, war das wahrscheinlich etwas peinlich.

Leider konnte ich Matogas Aussagen nicht bestätigen, auch wenn ich das sehr gerne getan hätte.

»Ich war zu Hause, ich habe kein Auto gehört, und ich habe auch den Kommissar nicht gesehen. Ich war offenbar gerade im Heizungskeller, um nachzulegen. Dorthin gelangen keine Geräusche von draußen.«

Nach kurzer Zeit interessierte mich das Ganze nicht mehr sonderlich, obwohl in der ganzen Gegend wochenlang von kaum etwas anderem gesprochen wurde und immer eigenartigere Hypothesen aufgestellt wurden. Ich konnte mich einfach ablenken – gibt es denn so wenig Tote, dass man sich wie besessen mit einem einzigen beschäftigen soll?

Wieder begann ich mit meinen Untersuchungen. Diesmal analysierte ich eingehend das gedruckte Fernsehprogramm von so vielen Kanälen wie möglich und erforschte die gegenseitige Abhängigkeit zwischen den Inhalten der an einem Tag gezeigten Filme mit der Konstellation der Planeten. Die gegenseitigen Beziehungen waren sehr deutlich und schienen mir ganz selbstverständlich zu sein. Ich dachte oft darüber nach, ob der Mensch im Fernsehen, der das Rahmenprogramm zusammenstellte, nicht etwa versuchte, mit seinem umfassenden astrologischen Wissen eine Show vor uns abzuziehen. Oder ob er das Programm ganz unbewusst zusammengestellt hatte, unberührt von seinem ungeheuren Wissen. Vielleicht ist es doch so, dass gegenseitige Abhängigkeiten außerhalb von uns existieren und wir sie ganz unbewusst wahrnehmen. Meine Untersuchungen hatte ich übrigens eher klein angelegt, ich befasste mich nur mit einigen Titeln. Zum Beispiel fiel mir auf, dass ein sehr bewegender und seltsamer Film mit dem Titel *Medium* zu einer Zeit im Fernsehen lief, als die Sonne auf ihrem Transit im Aspekt zu Pluto und zu den Planeten im Skorpion aufging. Der Film erzählte von der Sehnsucht nach der Unsterblichkeit und davon, wie man den menschlichen Willen beherrschen kann. Es war die Rede von Zuständen in Todesnähe, von sexueller Besessenheit und anderen plutonischen Dingen.

Eine ähnliche Folgerichtigkeit konnte ich im Fall einer Filmserie über einen Fremden in einem Raumschiff beobachten. Hier spielten die subtilen Abhängigkeiten zwischen Pluto, Neptun und Mars eine Rolle. Immer wenn Mars diese beiden langsamen Planeten gleichzeitig im Aspekt hatte, wiederholte das Fernsehen eine der Folgen des *Fremden*. Ist das nicht faszinierend?

Solche Übereinstimmungen sind erstaunlich. Ich habe eine ausreichende Menge an empirischem Material, um allein darüber ein ganzes Buch zu schreiben. Doch vorerst ließ ich es bei dieser kleinen Aufstellung und schickte sie an mehrere Wochenzeitungen. Ich glaube zwar kaum, dass irgendwer das druckt, aber vielleicht denkt irgendwer darüber nach.

Etwa Mitte März, als es mir gerade sehr gut ging, unternahm ich einen größeren Rundgang. Er sollte nicht nur der Kontrolle der von mir betreuten Häuser dienen, sondern ich wollte einen größeren Kreis ziehen, bis zum Wald gehen und danach den Wiesen bei der Landstraße sowie dem Steilhang einen kleinen Besuch abstatten.

Zu dieser Jahreszeit ist die Welt am scheußlichsten. Noch liegen große weiße Schneebatzen herum, der Schnee ist hart und fest, und es ist schwer vorstellbar, dass es einmal so ein hübscher, unschuldiger Flaum war, wie er zu Weihnachten fällt, um uns zu erfreuen. Jetzt ist er messerscharf, wie die Oberfläche eines Metalls. Man kann kaum auf ihm gehen, man kann nur stolpern. Ohne die Schneestiefel hätte er mir die Waden aufgeschrammt. Der graue Himmel hängt tief, und er scheint von einer größeren Erhebung aus zum Greifen nahe zu sein.

Im Gehen dachte ich, dass ich nicht ewig in diesem

Haus auf dem Hochplateau leben und andere Häuser beaufsichtigen konnte. Am Ende ging noch der Samurai kaputt, und ich würde nicht in die Stadt fahren können. Die Holztreppe würde immer morscher, der Schnee würde allmählich die Dachrinnen lockern, der Ofen würde kaputtgehen und der Februarfrost würde Rohrbrüche verursachen. Und auch ich würde immer schwächer werden. Das Leiden zerstörte meinen Körper, langsam, unerbittlich. Meine Knie schmerzen jedes Jahr etwas mehr, und meine Leber ist offensichtlich kaum mehr zu etwas zu gebrauchen. Ich lebe ja schon lange. So dachte ich bei mir, ziemlich jämmerlich. Aber irgendwann muss man wohl richtig daran denken.

Plötzlich flog vor mir ein Schwarm von Krammetsvögeln auf. Das sind Vögel, die man immer nur in Scharen sieht. Es sind flinke Flieger, und im Schwarm schießen sie wie ein einziger großer blauer Organismus aus Luft dahin. Irgendwo habe ich gelesen, dass sie sich heftig zur Wehr setzen, wenn ein Raubtier sie angreift, zum Beispiel einer dieser gelangweilten Falken, die wie heilige Seelen am Himmel kreisen. Ein Krammetsvogelschwarm kann nämlich kämpfen oder sich rächen, ziemlich gezielt und perfide – blitzartig sticht der Schwarm in die Luft, und wie auf ein Kommando lassen die Vögel ihre Exkremente auf den Verfolger fallen, Dutzende weißer Vogelschisse fallen auf die schönen Falkenflügel, verschmutzen und verkleben diese, und die Säure zerstört das Gefieder. Ein derart attackierter Raubvogel muss schleunigst umdenken, er muss die Verfolgung aufgeben und im Gras landen. Sein Gefieder ist ekelerregend besudelt. Er kann einen Tag lang nichts anderes tun, als sich zu säubern, und dann noch den nächsten Tag. Er schläft nicht, er kann nicht schlafen mit derart beschmutzten Federn. Es stinkt, er fühlt sich schrecklich. Wie eine Maus, wie ein Frosch, wie ein Kadaver. Die hart gewordenen Exkremente sind mit dem Schnabel nicht abzupicken, er friert, und das Regenwasser kann nun ganz leicht zu seiner empfindlichen Vogelhaut durchdringen. Seine Artgenossen meiden ihn. Sie halten ihn für einen Aussätzigen, behandeln ihn, als hätte er eine furchtbare, ansteckende Krankheit. Seine Majestät hat einen Knacks bekommen. Das alles ist für einen Falken unerträglich, und manchmal bringt es ihn um.

Die Krammetsvögel vollführten vor meinen Augen alle möglichen Kapriolen, sie waren sich ihrer Kraft in der Gruppe bewusst und formten in der Luft komplizierte Figuren.

Ich beobachtete auch zwei Elstern, die sich bis zum Hochplateau vorgewagt hatten. Diese Vögel verbreiten sich schneller als alle anderen, und es wird nicht mehr lange dauern, und sie werden so allgegenwärtig sein, wie es jetzt die Tauben sind. Eine Elster bringt Unglück, zwei Elstern bringen Glück. So hieß es immer, als ich klein war, doch damals gab es noch nicht so viele Elstern. Heute sieht man meistens mehr als zwei auf einmal. Letztes Jahr in der herbstlichen Brutsaison sah ich Hunderte von ihnen, die zu ihrem Schlafplatz flogen. Es würde mich interessieren, ob das heißt, dass sich auch das Glück vervielfältigt.

Die Elstern badeten in einer Pfütze mit Schneeschmelzwasser. Sie drehten die Köpfe und blickten auch in meine Richtung, hatten aber offenbar keine Angst, denn sie plantschten mit den Flügeln im Wasser und tauchten den Kopf ein, als sei ich nicht vorhanden. Ihr fröhliches

Geflatter zeigte deutlich, wie angenehm so ein Bad sein muss.

Elstern können angeblich nicht leben, ohne oft zu baden. Außerdem sind sie intelligent und frech. Jeder weiß, dass sie den anderen Vögeln Materialien für ihr Nest stehlen, zusätzlich zu den glitzernden Gegenständen, die sie sich von überallher holen. Es heißt, dass sie sogar manchmal irrtümlicherweise glühende Zigarettenkippen zum Nest tragen. So setzen sie die Gebäude in Brand, bei denen sie ihr Nest gebaut haben. Der lateinische Name der uns bekannten Elster ist sehr hübsch: Pica pica.

Wie groß und lebendig unsere Welt doch ist.

Von Weitem sah ich auch den Fuchs, den ich den Konsul nenne, so fein und gut erzogen ist er. Er hat seine fixen Routen, die im Winter sichtbar werden. Sie sind schnurgerade und voller Entschlossenheit. Es ist ein alter Rüde, er kommt aus Tschechien und kehrt dorthin zurück, offenbar hat er hier seine grenzüberschreitenden Interessen. Ich habe ihn durch das Fernglas beobachtet, wie er rasch und leicht den Berg hinabtrabte, in den Spuren, die er beim letzten Mal hinterlassen hatte – wahrscheinlich um eventuelle Verfolger glauben zu machen, er sei nur einmal diesen Weg gegangen. Ich sah ihn an wie einen alten Bekannten.

Plötzlich sah ich, wie der Konsul von seinem Trampelpfad abwich und im üppigen Gebüsch am Feldrain verschwand. In der Nähe stand eine Kanzel und in etwa hundert Metern Entfernung eine weitere. Mit denen hatte ich schon zu tun gehabt. Der Fuchs verschwand aus meinem Blickfeld, und da ich nichts Besseres zu tun hatte, ging ich am Waldrand entlang dorthin, wo ich ihn vermutete.

Hier lag ein großes schneebedecktes Feld. Im Herbst war es gepflügt worden, und jetzt machten die halb gefrorenen Erdschollen das Gehen schwer. Schon wollte ich bereuen, dass ich dem Konsul gefolgt war. Ich stieg ein Stückchen bergauf und von dort sah ich, was ihn angezogen hatte. Eine große schwarze Gestalt im Schnee, getrocknete Blutflecken. In einiger Entfernung, etwas höher, stand der Konsul. Er sah mich lange an, ruhig, ohne Furcht, als wolle er sagen: Siehst du? Siehst du? Ich hab's dir gezeigt, damit du dich drum kümmerst. Und schon war er weg.

Ich ging näher hin und sah, dass es ein Wildschwein war. Noch nicht ganz ausgewachsen. Es lag in einer Pfütze aus bräunlichem Blut. Der Schnee außen herum war bis zur Erde flachgedrückt, als hätte sich das Tier in Konvulsionen darauf hin- und hergeworfen. Auch andere Spuren waren erkennbar – von Füchsen und Vögeln. Die Klauen von Rehen. Eine Menge Tiere war hier gewesen. Sie waren gekommen, um sich das Verbrechen mit eigenen Augen anzusehen und um das halbwüchsige Tier zu betrauern. Ich sah lieber die Spuren an als das tote Wildschwein, in letzter Zeit hatte ich viele Leichen gesehen, zu viele. Wird das denn nie ein Ende nehmen? Meine Lungen zogen sich schmerzhaft zusammen, ich konnte nur mit Mühe atmen. Wieder begannen meine Augen zu tränen. Ich setzte mich in den Schnee und spürte die ungeheure, unerträgliche Last meines eigenen Körpers. Warum war ich nicht woanders hingegangen, warum hatte ich dem Konsul nachgespürt, statt seine finsteren Pfade zu ignorieren? Muss ich denn wirklich Zeugin eines jeden Verbrechens sein? Der Tag hätte ganz anders verlaufen können und einige andere Tage vielleicht auch.

Die Kugeln hatten das Tier in Brust und Bauch getroffen. Seine Spuren verrieten, dass es Richtung Grenze, Richtung Tschechien weglaufen wollte, fort von den neuen Kanzeln, die diesseits des Waldes standen. Bestimmt waren die Schüsse von den Kanzeln gekommen, und das verwundete Tier war noch ein ganzes Stück gelaufen. Es hatte versucht, nach Tschechien zu fliehen.

Das Leid, das große Leid, die Trauer um jedes tote Tier nimmt kein Ende. Nach dem einen kommt das nächste, und somit bin ich in ständiger Trauer. Das ist mein Normalzustand. Ich kniete mich auf den blutigen Schnee und strich das raue, kalte, starre Fell glatt.

*

»Sie haben mehr Mitleid mit den Tieren als mit den Menschen.«

»Das stimmt nicht. Beide tun mir gleich leid. Aber kein Tier schießt auf wehrlose Menschen«, erwiderte ich dem Beamten der Stadtpolizei am selben Abend und fügte hinzu: »Jedenfalls jetzt.«

»Tatsache. Wir sind ein rechtsstaatliches Land«, bestätigte der Wachtmeister. Anscheinend war er gutmütig, wenn auch nicht gerade besonders aufgeweckt.

Ich sagte: »Die Tiere sagen etwas über das Land. Die Beziehung zu den Tieren verrät, wie es um das Land bestellt ist. Wenn sich die Menschen den Tieren gegenüber bestialisch verhalten, dann hilft ihnen keine Demokratie und auch sonst nichts.«

Bei der Polizei habe ich nur Anzeige erstattet. Sie wollten mich abwimmeln. Ich bekam ein Blatt Papier, worauf ich schrieb, worum es ging, im Glauben, die städtische Polizei sei ein Ordnungsorgan. Sollte das nichts helfen, schwor ich mir, dann würde ich zur Staatsanwaltschaft fahren. Am nächsten Tag. Zum Schwarzmantel. Ich würde einen Mord anzeigen.

Ein junger, smarter Mann, der Paul Newman leicht ähnlich sah, zog einen Stapel Papiere aus einer Schublade und suchte einen Kugelschreiber. Eine Frau in Uniform kam aus dem zweiten Zimmer und stellte ihm einen vollen Becher hin.

»Möchten Sie auch Kaffee?«, fragte sie mich.

Ich nickte dankbar, ganz von der Kälte durchdrungen. Wieder schmerzten meine Beine.

»Warum wurde die Leiche nicht weggeschafft? Was glauben Sie?«, fragte ich, ohne Hoffnung auf Antwort. Beide waren offenbar von meinem Besuch überrascht und wussten nicht recht, wie sie sich verhalten sollten. Ich nahm von der jungen Frau meinen Kaffee in Empfang und gab mir selbst die Antwort: »Weil sie nicht wussten, dass sie das Tier ermordet haben. Sie schießen auf alles, ohne rechtmäßige Grundlage. So haben sie auch dieses Tier einfach erschossen und es dann vergessen. Sie haben wahrscheinlich geglaubt, wenn es da liegen bleibt, irgendwo im Gebüsch, wird niemand erfahren, dass sie ein Wildschwein außerhalb der Jagdsaison erlegt haben.« Ich zog einen Ausdruck aus meiner Handtasche und hielt ihn den Herren vor die Nase. »Ich habe alles überprüft. Jetzt ist schon März. Sehen Sie selbst, im März dürfen keine Wildschweine geschossen werden.« Ich fühlte Genugtuung, und mir schien meine Darstellung einwandfrei, obwohl mir die Logik nicht wirklich einleuchtete, warum man am 28. Februar jemanden töten durfte und einen Tag später nicht mehr.

»Ich bitte Sie«, sagte Paul Newman. »Das fällt nun wirklich nicht in unseren Kompetenzbereich. Einen Fall mit Wildschwein müssen Sie dem Tierarzt anzeigen. Der wird wissen, was man in so einem Fall tun kann. Vielleicht war das Wildschwein tollwütig?«

Ich knallte den Kaffeebecher auf den Schreibtisch.

»Nein, der Schütze, der es erschossen hat, war tollwütig!«, rief ich, denn ich kannte das Argument bereits. Viele Morde an Tieren werden damit begründet, dass sie tollwütig gewesen sein könnten. »Es hat eine durchschossene Lunge und ist sicher qualvoll gestorben. Die haben geschossen, und dann dachten sie vielleicht, es sei lebend geflüchtet. Der Tierarzt hält zu ihnen, weil er selber auf die Jagd geht.«

Der Mann sah ratlos seine Kollegin an. »Was erwarten Sie von uns?«

»Dass Sie den Fall verfolgen. Dass Sie den Täter bestrafen. Dass das Gesetz geändert wird.«

»Ein bisschen viel. Das können Sie nicht alles verlangen«, sagte er.

»Doch, das kann ich! Ich kann selber definieren, was ich wollen kann«, rief ich wütend.

Er wurde verlegen, die Situation entglitt seiner Kontrolle. »Also gut, ist ja schon gut. Wir werden es in aller Form zur Anzeige bringen.«

»Wem?«

»Zunächst bitten wir den Jagdverein um Aufklärung. Die sollen sich dazu äußern.«

»Aber das ist nicht der einzige Fall, auch auf der anderen Seite des Hochplateaus habe ich den Schädel eines

Hasen gefunden, mit einem Schussloch. Wissen Sie wo? Unweit der Grenze. Dieses Wäldchen heißt bei mir jetzt der Ort des Totenkopfs.«

»Sie könnten einen Hasen verloren haben.«

»Verloren?«, schrie ich. »Was glauben Sie denn! Die schießen auf alles, was sich bewegt!« Ich verstummte, denn ich hatte das Gefühl, eine Faust sei mit voller Kraft auf meine Brust geknallt. »Sogar auf Hunde.«

»Es kommt vor, dass die Hunde vom Land die Tiere jagen und töten. Sie haben ja selbst Hunde, und ich erinnere mich, dass es letztes Jahr Klagen gab …«

Ich erstarrte. Es war ein sehr schmerzhafter Schlag. »Ich habe keine Hunde mehr.«

Der Kaffee war scheußlich gewesen, löslicher, ich fühlte, wie sich mein Magen zusammenkrampfte, und krümmte mich.

»Was ist, was haben Sie?«, fragte die Frau.

»Nichts, nichts«, antwortete ich. »Man hat so seine Wehwehchen. Ich darf keinen löslichen Kaffee trinken, und das würde ich auch Ihnen empfehlen. Schlecht für den Magen.«

Ich stellte den Becher ab. »Also? Schreiben sie einen Bericht?«, fragte ich, wie mir schien sehr sachlich.

Wieder wechselten sie einen Blick, und der Mann zog zögernd ein Formular zu sich.

»Na gut«, sagte er, und ich konnte fast hören, was er dachte: Ich tue es, um sie loszuwerden, und ich werde es niemandem zeigen. Also bat ich ihn: »Ich hätte gerne eine Kopie davon, mit Datum und Ihrer Unterschrift.«

Als er schrieb, versuchte ich irgendwie meine Gedanken zu beruhigen, aber sie hatten offenbar schon die Geschwindigkeitsbegrenzung überschritten und rasten durch meinen Kopf, wobei sie wie durch ein Wunder auch meinen Körper und mein Blut mitrissen. Mit paradoxer Langsamkeit überkam mich, von den Füßen, von der Erde her eine sonderbare Ruhe. Es war ein Zustand, den ich schon kannte, ein Zustand der Klarheit, ein göttlicher Zorn, schrecklich und nicht aufzuhalten. Ich fühlte, wie meine Beine brannten, bis ins Blut strömte ein Feuer in mich, und es strömte schnell, überall hin, bis ins Gehirn, bis dieses leuchtend glühte, auch die Fingerspitzen füllten sich mit Feuer und das Gesicht, und anscheinend war der ganze Körper von einer leuchtenden Aura umgeben, die mich leicht in die Höhe, über die Erde hob.

»Sehen Sie doch, wie diese Kanzeln funktionieren. Das ist das Böse, man muss diese Tatsache beim Namen nennen – das wohlüberlegte, perfide und raffinierte Böse: Futterkrippen bauen, frische Äpfel und Weizen hineinkippen, die Tiere anlocken. Und wenn sie zutraulich herankommen, ihnen aus dem Versteck, von der Kanzel in den Kopf schießen.« Ich sprach mit gedämpfter Stimme, den Blick auf den Boden geheftet. Dabei bemerkte ich, wie sie mich nervös im Auge behielten, während sie weiterhin geschäftig taten. »Eine Zeitschrift für Tiere, das wäre etwas, was wir brauchen«, fuhr ich fort. »Zeichen, die man ihnen geben könnte, um sie zu warnen: Geht nicht dorthin! Dieses Futter bringt euch den Tod. Haltet Abstand zu den Kanzeln, von denen wird euch kein Evangelium verkündet, kein gutes Wort, keine Verheißung, keine Erlösung nach dem Tod, keiner erbarmt sich eurer armen Seele, denn eine solche wird euch abgesprochen. Die Menschen sehen in euch keine verwandten Wesen, sie werden euch nicht segnen von der Kanzel. Der gemeinste Verbrecher hat eine Seele, aber du nicht, schönes Reh, oder du, Wildschwein, oder du, Wildgans, weder Schwein noch Hund. Mord ist straffrei. Da er straffrei ist, fällt er niemandem mehr auf. Und da er niemandem auffällt, gibt es keinen Mord. Wenn ihr an den Schaufenstern vorbeigeht, in denen zerstückelte Leichenteile hängen, was denkt ihr dann, was das ist? Ihr denkt nicht darüber nach, nicht wahr? Wenn ihr Schaschlik oder Kotelett bestellt, was kriegt ihr dann? Nichts Schreckliches. Das Verbrechen wird als etwas ganz Normales angesehen, es ist eine tägliche Verrichtung. Alle tun es. So würde die Welt aussehen, wenn Konzentrationslager die Norm wären. Niemand würde in ihnen etwas Böses sehen.«

So sprach ich, während er schrieb. Die Frau ging hinaus, und ich hörte, wie sie telefonierte. Keiner hörte mir zu, aber ich fuhr fort mit meinem Vortrag. Ich konnte ihn nicht aufhalten, die Worte kamen von selbst von irgendwoher zu mir, ich musste sie aussprechen. Nach jedem Satz war ich erleichtert. Noch mehr beflügelte mich, dass noch ein Petent mit einem kleinen Pudel hereinkam, der, sichtlich von meinem Ton ergriffen, ganz leise die Tür hinter sich schloss und mit Newman zu flüstern begann. Sein Pudel setzte sich ruhig hin, legte den Kopf schief und sah mich an. Und ich fuhr fort: »Der Mensch hat schließlich dem Tier gegenüber eine große Verpflichtung – er muss ihm helfen, das Leben zu überleben. Und er muss den Gezähmten ihre Liebe und Zärtlichkeit erwidern, denn diese geben uns viel mehr, als sie von uns zurückbekommen. Und es sollte Sorge dafür getragen werden, dass sie ihr Leben in Würde verbringen. Ich war ein Tier, habe gelebt und gefressen, auf grünen Wiesen geweidet, Junge gekriegt, sie mit meinem

Körper gewärmt, ein Nest gebaut und das erfüllt, was ich erfüllen musste. Wenn man sie tötet und sie in Angst und Schrecken sterben wie dieses Wildschwein, dessen toter Körper gestern vor mir lag und noch immer an derselben Stelle liegt, erniedrigt, verschmutzt und blutverklebt, zu Aas verwandelt – dann verurteilt man sie zur Hölle, und die ganze Welt wird zur Hölle. Sehen das die Menschen denn nicht? Ist ihr Verstand imstande, über ihre kleinen selbstverliebten Annehmlichkeiten hinauszusehen? Die Verpflichtung des Menschen gegenüber den Tieren besteht darin, diese – im späteren Leben – einer Befreiung zuzuführen. Wir alle gehen in dieselbe Richtung, von der Fremdbestimmung zur Freiheit, vom Ritual bis zur freien Wahl.« Das waren meine klugen Worte.

Im Hinterzimmer erschien ein Mann vom Reinigungspersonal mit einem Plastikeimer und beäugte mich neugierig. Der Beamte war weiter mit dem Ausfüllen des Formulars beschäftigt, seine Miene unbewegt.

»Dies hier war nur ein Wildschwein«, fuhr ich fort. »Doch es sind Massen von Schlachtfleisch, die jeden Tag die Stadt überfluten wie ein nicht endender apokalyptischer Regen. Dieser Regen kündet von Massakern, Krankheiten, kollektivem Wahnsinn, Trübung und Verseuchung des Verstandes. Denn kein Menschenherz ist imstande, so viel Schmerz zu ertragen. Die ganze komplizierte menschliche Psyche ist nur entstanden, um den Menschen daran zu hindern, das zu verstehen, was er real sieht. Damit die Wahrheit nicht zu ihm vordringt, vernebelt von Illusion, von leerem Geschwätz. Die Welt ist ein Gefängnis voller Leid, sie ist so konstruiert, dass man, um selbst zu überleben, anderen Lebewesen Schmerz zufügen muss. Hört ihr?« Ich wandte mich an alle, doch jetzt begann sogar der Putzmann, enttäuscht von dem, was ich zu sagen hatte, wieder mit der Arbeit, und so sprach ich nur noch zu dem Pudel: »Was ist das für eine Welt? Lebendige Körper, die zu Schuhen, zu Frikadellen, zu Würstchen, zu Bettvorlegern, zu Knochenbrühe gemacht werden … Schuhe, Sofas, Schultertaschen aus der Bauchhaut eines anderen, sich mit fremden Pelzen wärmen, jemandes Fleisch essen, ihn in Stücke schneiden und in Öl braten … Ist es möglich, passieren alle diese Grausamkeiten wirklich, dieses gewaltige, grauenvolle Morden, emotionslos, mechanisch, ohne Gewissensbisse, ohne die kleinste Reflexion, dafür mit vollmundig verkündeten originellen Philosophien und Theologien. Was ist das für eine Welt, wo die Norm das Morden und der Schmerz ist? Stimmt irgendetwas nicht mit uns?«

Es wurde still. Mir war schwindelig, und ich begann zu husten. Der Mann mit dem Pudel räusperte sich. »Sie haben Recht. Sie haben ganz Recht«, sagte er.

Das machte mich verlegen. Schon wollte ich mich ärgern, als ich seine aufrichtige Erschütterung bemerkte. Es war ein hagerer älterer Mann, ordentlich gekleidet, in einem Anzug mit Weste und, so wie ich das Leben kenne, direkt aus dem Laden von Buena Noticia. Sein Pudel war sauber und gepflegt, ich würde fast sagen: sonntäglich.

Allerdings hatte das, was ich vorgebracht hatte, auf den Beamten keinen Eindruck gemacht. Er war einer dieser Ironiker, die kein Pathos vertragen, sondern dabei die Lippen zusammenkneifen, um sich bloß nicht damit anzustecken. Sie fürchten das Pathos mehr als der Teufel das Weihwasser.

»Sie übertreiben«, sagte er endlich und schob in aller Ruhe das Papier auf seinem Schreibtisch zusammen.

»Übrigens ist es sehr interessant«, fuhr er fort, »warum ältere Frauen … ich meine, Frauen in Ihrem Alter, sich so mit Tieren befassen. Als ob es keine Menschen gäbe, um die sie sich kümmern können. Oder ist es deshalb, weil die eigenen Kinder erwachsen sind und sie niemanden mehr haben, mit dem sie sich befassen können? Dann bringt ihr Instinkt sie dazu, denn Frauen haben ja einen starken Fürsorgeinstinkt, stimmt's?« Er blickte auf seine Kollegin, aber die bestätigte seine Hypothese mit keiner Regung.

»Meine Oma«, fuhr er fort, »hat zum Beispiel sieben Katzen und füttert noch dazu alle anderen Katzen, die in ihrer Umgebung wohnen. Bitte lesen Sie das durch.« Er schob mir ein Papier mit einem kurzen ausgedruckten Text hin. »Ihr Ansatz ist etwas zu emotional. Sie haben mehr Mitleid mit den Tieren als mit den Menschen.« Genau das hatte er schon einmal gesagt.

Mir war die Lust zu sprechen vergangen. Ich griff in meine Tasche und holte einen Klumpen blutverklebte Wildschweinborsten hervor. Diesen Klumpen legte ich auf den Schreibtisch. Reflexartig wollten sich beide darüber beugen, schreckten aber angeekelt zurück.

»O Gott, was ist das? Pfui«, schrie Paul Newman, der Wachtmeister. »Stecken Sie das sofort wieder ein, verdammt noch mal!«

Ich lehnte mich bequem zurück und sagte zufrieden: »Das sind die Überbleibsel. Ich sammele sie, ich habe schon viele davon. Zu Hause habe ich Schachteln, ordentlich beschriftet, und da lege ich sie hinein. Fell und Knochen. Irgendwann einmal wird man all diese ermordeten Tiere klonen können. Das wird vielleicht eine Art Genugtuung sein.«

»Jetzt geht's los«, stammelte die Polizistin in den Hörer und beugte sich über das Fellstück mit angewidert verzogenem Mund. »Sind Sie noch bei Trost?«

Das getrocknete Blut und der Schlamm verschmutzten das Papier. Der Beamte sprang vom Stuhl auf und wandte sich vom Tisch ab.

»Ekeln Sie sich vor Blut?«, fragte ich boshaft. »Aber Sie mögen doch Blutwurst.«

»Sie müssen jetzt damit aufhören. Ende der Vorstellung. Wir werden uns darum bemühen, Ihnen zu helfen.«

Ich unterschrieb sämtliche Kopien sämtlicher Papiere, dann nahm mich die Polizistin sanft bei der Hand und führte mich zur Tür. Wie eine Wahnsinnige. Ich leistete keinen Widerstand. Sie sprach dabei die ganze Zeit ins Telefon.

*

Wieder hatte ich den gleichen Traum. Wieder war meine Mutter im Heizkeller. Wieder war ich böse auf sie, dass sie hier war. Ich sah ihr direkt ins Gesicht, doch ihr Blick wich mir aus, sie konnte mir nicht in die Augen sehen. Sie schlug Haken, als wisse sie um ein beschämendes Geheimnis. Erst lächelte sie, dann wurde sie plötzlich ernst, ihr Gesichtsausdruck war fließend, das Bild verschwamm. Ich sagte, sie solle nicht immer hierherkommen. Hier sei ein Ort für Lebendige und nicht für Tote. Da wandte sie sich zur Tür und ich sah, dass dort auch meine Großmutter stand, eine junge, schön gewachsene Frau in einem grauen Kleid. In der Hand hielt sie eine

Handtasche. Beide sahen aus, als wären sie eben auf dem Weg in die Kirche. Ich erinnerte mich an die Handtasche, ein komisches Vorkriegsmodell. Was kann man in einer Handtasche haben, wenn man aus dem Jenseits zu Besuch kommt? Eine Handvoll Staub? Asche? Einen Stein? Ein vermodertes Taschentuch für eine nicht existierende Nase? Sie standen jetzt beide vor mir, ganz nah, ich konnte sie fast riechen, altes Parfum und akkurat im Holzschrank gestapelte Bettwäsche.

»Geht weg, geht zurück nach Hause.« Ich fuchtelte mit den Armen, als würde ich Rehe verscheuchen.

Aber sie rührten sich nicht von der Stelle. Also drehte ich mich um, ging hinaus und sperrte die Tür hinter mir ab.

Eine bewährte Art und Weise, um Albträume loszuwerden, ist es, sie einer offenen Kloschüssel laut zu erzählen und dann die Spülung zu betätigen.

8

Uranus im Löwen

»Ein jedes Ding, das geglaubt werden kann,
ist ein Abbild der Wahrheit.«

Es ist naheliegend, dass jeder Mensch das erste Horoskop sich selbst stellt, und so war es auch bei mir. Mir erschien damals eine bestimmte Konstruktion, gestützt auf einen Kreis. Verwundert betrachtete ich sie. Das sollte ich sein? Ein von mir selber projektiertes Ich lag vor mir, mein eigenes Ich in seinen Grundzügen, von allen Möglichkeiten die einfachste und zugleich die komplizierteste Variante. Ein Spiegel, der das sinnliche Bild des Gesichts in eine einfache geometrische Kurve verwandelte. Das, was mir am eigenen Gesicht bekannt und selbstverständlich erschien, war verschwunden. Was blieb, war eine charakteristische Streuung von Punkten, die Symbolisierung der Planeten am Himmelsgewölbe. Nichts altert, nichts verändert sich, die Orte am Firmament sind einzigartig und fix. Die Geburtsstunde hatte den Raum des Kreises in Häuser geteilt, und so war die Kurve praktisch ebenso einzigartig wie die Papillarlinien.

Ich glaube, jeder von uns ist angesichts seines Horoskops sehr ambivalent. Einerseits ist er stolz, dass der

Himmel auf seinem individuellen Leben einen Abdruck hinterlässt, wie den Datumsstempel auf einem Brief, und er somit gekennzeichnet und auf seine Art einzig ist. Doch das ist gleichzeitig auch eine Fessel, eine eintätowierte Gefängnisnummer. Dem kann man nicht entgehen. Ich kann keine andere sein, als ich bin. Schrecklich. Wir würden lieber glauben, wir seien frei und könnten uns jeden Moment neu erschaffen. Und dass unser Leben nur von uns selbst abhängt. Der Zusammenhang mit etwas so Ungeheurem und Monumentalem wie dem Himmel irritiert uns. Lieber wären wir ganz winzig, dann wären unsere kleinen Sünden verzeihlich.

Also, ich bin überzeugt davon, dass wir das Wissen über unser Gefängnis vertiefen müssen.

Ich bin von Beruf Brückenbauingenieur, habe ich das schon erzählt? Ich habe Brücken gebaut in Syrien und in Libyen, eine bei Elbląg und zwei in Podlasie. Die in Syrien war eine sonderbare Brücke – sie verband die Ufer eines Flusses, der nur zeitweise ein wirklicher Fluss war –, das Wasser strömte zwei, drei Monate lang durch sein Bett, versickerte dann in der ausgedörrten Erde, und das Flussbett verwandelte sich in so etwas wie eine Bobbahn, in der sich wilde Wüstenhunde jagten.

Das Liebste war mir immer, meine Phantasien in Zahlen umzuwandeln – aus diesen Zahlen entstand erst ein konkretes Bild, dann eine Zeichnung, dann das Projekt. Die Ziffern liefen auf meinem Papier zusammen und ordneten sich dort zu etwas Sinnvollem. Das freute mich immer sehr. Mein Algebratalent war mir bei den Horoskopen hilfreich, besonders damals, als alles noch mit einem Rechenschieber berechnet werden musste. Heute ist das nicht mehr nötig, es gibt fertige Computerprogramme. Wer erinnert sich noch an die Rechenschieber, wo doch heute jeder Wissensdurst mit einem einzigen Mausklick gestillt werden kann? Doch ausgerechnet damals, in der besten Phase meines Lebens, begann sich mein Leiden bemerkbar zu machen, und ich musste nach Polen zurück. Ich lag lange im Krankenhaus, und noch immer war nicht klar, woran ich eigentlich wirklich litt.

Damals schlief ich mit einem Protestanten, der Autobahnen markierte, und der sagte mir, angeblich Luther zitierend, dass der Leidende Gott von hinten sieht. Ich überlegte, ob damit der Rücken oder die Hinterbacken gemeint waren, wie diese göttliche Hinterseite wohl aussieht, wo wir uns doch schon die Vorderseite nicht vorstellen können. Es scheint also doch so zu sein, dass der Leidende einen speziellen Zugang zu Gott hat, quasi durch die Küchentür, er ist gesegnet, er hat Zugang zu einer Wahrheit, die ihm ohne Leiden verwehrt geblieben wäre. In gewissem Sinne ist also nur der Leidende gesund, auch wenn das seltsam klingt. Das würde zum Ganzen passen, denke ich.

Ein Jahr lang konnte ich nicht gehen, und als das Leiden etwas nachließ, war mir klar, dass ich es nicht mehr schaffen würde, Brücken über Wüstenflüsse zu bauen, und dass ich mich nicht allzu weit vom Eisschrank mit der Glukose entfernen durfte. Also wechselte ich den Beruf und wurde Lehrerin. Ich arbeitete an einer Schule und brachte den Kindern verschiedene nützliche Dinge bei, Englisch, Handarbeiten und Geografie. Ich bemühte mich um ihre Aufmerksamkeit, damit sie sich die wichtigen Dinge merkten, nicht aus Angst vor schlechten Noten, sondern aus echter Leidenschaft.

Das machte mir großen Spaß. Immer schon hatte ich mich zu Kindern mehr hingezogen gefühlt als zu Erwachsenen, denn ich bin selbst etwas infantil. Das ist nicht weiter schlimm. Wenigstens weiß ich es, und das ist gut so. Kinder sind biegsam und flexibel, offen und unvoreingenommen. Bei denen gibt es keinen Smalltalk, womit doch jeder Erwachsene sein halbes Leben verquasselt. Leider ordnen sie sich, je älter sie werden, immer mehr der Macht des Verstandes unter, sie werden, wie Blake sagte, zu Bewohnern von Ulro, und sie lassen sich nicht mehr so leicht und natürlich auf den richtigen Weg bringen. Deshalb habe ich die kleineren Kinder besonders gern. Die älteren, über Zehnjährigen sind noch ekelhafter als die Erwachsenen. In diesem Alter verlieren Kinder ihre Individualität. Man kann zusehen, wie sie verknöchern, während sie unabwendbar in die Pubertät schlittern, in der sie langsam aber sicher davon abhängig werden, so zu sein wie alle anderen. Nur wenige von ihnen kämpfen innerlich dagegen an, wehren sich gegen die neue Form, doch zuletzt kapitulieren auch sie, fast alle. Ich hatte keine Lust, sie in dieser Zeit bei irgendetwas zu begleiten. Dabei wäre ich nur immer wieder Zeuge einer Niederlage gewesen. Meistens unterrichtete ich die Kinder bis zu dieser Altersgrenze, höchstens bis zur fünften Klasse.

Schließlich wurde ich in Pension geschickt, viel zu früh, wie ich finde. Es ist schwer einzusehen, denn ich war gut, ich hatte mehr als genug Erfahrung und keine Sorgen im Kopf, ausgenommen mein Leiden, das sich aber nur ab und zu meldete. Ich fuhr zum Kuratorium und gab eine Erklärung samt Zeugnissen und Antrag ab, um weiter arbeiten zu dürfen. Leider wurde der Antrag abgelehnt. Es war keine günstige Zeit – die Reform, die Sanierung des Systems, Änderungen im Programm und wachsende Arbeitslosigkeit.

Ich suchte Arbeit an einer anderen Schule und an einer weiteren, eine halbe Stelle, eine Viertelstelle, stundenweise, minutenweise, ich hätte alles genommen, wenn ich es nur bekommen hätte, doch überall spürte ich, dass es hinter mir noch eine Menge Anderer, Jüngerer gab, ich hörte sie hinter meinem Rücken atmen, ungeduldig, sie hechelten mir ins Genick, traten von einem Bein aufs andere, obwohl Lehrer zu sein ein undankbarer Beruf ist und schlecht bezahlt dazu.

Nur hier hat es geklappt. Als ich schon aus der Stadt gezogen war, dieses kleine Haus gekauft und mit meiner Arbeit als Hüterin der Besitztümer der Nachbarn begonnen hatte, kam einmal die junge Schuldirektorin über die Berge zu mir. Sie war außer Atem und sagte, sie wisse, ich sei Lehrerin. Sie sprach in der Gegenwart, was mich damals unglaublich für sie einnahm, weil mein Beruf eine Frage des geistigen Zustands ist und nicht der einzelnen Tätigkeiten. Sie bot mir einige Stunden Englischunterricht an ihrer Schule an, mit kleinen Kindern, die ich so mag. Ich war einverstanden und gab fortan einmal in der Woche Englischunterricht. Sieben- und achtjährige Kinder haben einen sehr enthusiastischen Zugang zur Wissenschaft, und ebenso abrupt beginnen sie, sich zu langweilen. Die Direktorin wollte mir auch Musikstunden geben, wahrscheinlich hatte sie gehört, wie wir *Amazing Grace* sangen, aber das wäre über meine Kräfte gegangen. Es genügt, dass ich jeden Mittwoch hinunter ins Dorf gehe, dass ich sauber gekleidet, frisch frisiert und dezent geschminkt sein sollte, dass ich grünen Lidschatten auflege und mir das Gesicht pudere. Das alles kostet mich sehr viel Zeit und Geduld. Sportstunden hätte ich gerne bekommen, ich bin groß und stark. Ich habe einmal Sport getrieben. Irgendwo in der Stadt habe ich vermutlich noch meine Medaillen. Aber ausgerechnet für Sportstunden kam ich nicht infrage, wegen meines Alters.

Zugegeben, jetzt im Winter fällt mir der Schulweg nicht leicht. Ich muss an diesem Tag früher aufstehen als sonst, es ist dann noch dunkel, der Ofen muss geheizt werden und der Samurai vom Schnee befreit. Manchmal, wenn er etwas näher am Weg steht, muss ich mich durch den hohen Schnee zu ihm durchkämpfen, was mir schwerfällt. Die Wintermorgen sind wie aus Stahl. Ihr Geschmack ist metallisch, und ihre Kanten sind scharf. Mittwochs, im Januar, um sieben Uhr morgens merkt man, dass die Welt nicht für den Menschen geschaffen wurde, und ganz gewiss nicht zu seinem Vergnügen und seiner Bequemlichkeit.

*

Leider teilt weder Dyzio noch sonst einer meiner Freunde meine Passion für die Astrologie, also versuche ich, möglichst wenig davon zu sprechen. Was das betrifft, halten mich sowieso die meisten für etwas verschroben. Wenn ich aber nun einmal unbedingt jemandes Geburtsdatum und -stunde wissen will, so wie beim Kommissar, dann muss ich Farbe bekennen. Damit stoße ich fast alle Leute auf dem Hochplateau und die Hälfte der Stadtbewohner vor den Kopf. Indem sie mir ihr genaues Geburtsdatum geben, offenbaren mir die Menschen eigentlich ihren wirklichen Namen, sie zeigen mir die himmlische Datumsanzeige und offenbaren mir ihre Vergangenheit und ihre Zukunft. Doch viele Menschen werden nie Gelegenheit haben, danach zu fragen.

An das Datum zu kommen ist ziemlich einfach. Man braucht nur einen Personalausweis oder irgendein anderes Dokument, bei bestimmten Gelegenheiten findet man es in Internet. Dyzio hat Zugang zu verschiedenen Verzeichnissen und Datenbanken, ich werde das Thema jetzt jedoch nicht breitwalzen. Aber die Stunde, es geht um die Geburtsstunde! Die steht in keinem Papier, und das, wo doch die Stunde der wahre Schlüssel zur Person ist. Ein Horoskop ohne genaue Geburtsstunde ist kaum etwas wert – wir wissen zwar WAS, aber wir wissen nicht WIE und WO.

Dyzio will nichts davon hören, und ich erkläre ihm immer, dass die Astrologie einmal das Gleiche war, was heute die Soziobiologie ist. Dann interessiert es ihn wenigstens ein bisschen mehr. Es ist nichts Empörendes an diesem Vergleich. Der Astrologe glaubt, dass die Himmelskörper auf die Persönlichkeit des Menschen einwirken, und der Soziobiologe glaubt, dass dies die geheimnisvollen Emanationen molekularer Ordnungen tun. Der Unterschied besteht in den Messwerten. Beide wissen nicht, worin dieser Einfluss besteht und wie seine Transmission vor sich geht. Eigentlich sprechen sie von ein- und demselben, nur dass sie andere Messwerte verwenden. Manchmal wundere ich mich selber über diese Ähnlichkeit ebenso wie über die Tatsache, dass ich die Astrologie so liebe und die Soziobiologie überhaupt nicht ernst nehme.

Im Geburtshoroskop bestimmt das Geburtsdatum auch das Todesdatum. Klar, wenn einer geboren wird, muss er auch sterben. Viele Stellen im Horoskop weisen auf den Zeitpunkt und die Art des Todes hin, man muss sie nur wahrnehmen und miteinander verknüpfen. Zum Beispiel muss man die Transitaspekte des Saturns zum Hyleg überprüfen und achtgeben, was im achten Haus passiert. Noch einen Blick darauf werfen, wie sich die Lichter zum oben Erwähnten verhalten.

Das ist ziemlich kompliziert, und es kann für denjenigen langweilig sein, der sich damit nicht auskennt. Aber wenn man genau hinsieht, versuchte ich Dyzio zu vermitteln, wenn man verschiedene Fakten miteinander in Verbindung bringt, dann stellt sich heraus, dass das Zusammenspiel der Ereignisse hier unten mit dem System der Planeten dort oben ungewöhnlich eindeutig ist. Ich bin immer wieder zutiefst bewegt davon. Aber diese Bewegung kommt vom Verstehen. Daher kann Dyzio nicht bewegt sein.

Bei meiner Verteidigung der Astrologie fühlte ich mich oft gezwungen, die verhassten Statistik-Argumente anzuführen, auf die das jugendliche Denken anspricht. Jugendliche glauben innig und mit religiöser Inbrunst an Statistiken. Es genügt, ihnen Prozentangaben oder Wahrscheinlichkeitsrechnungen zu präsentieren, und schon nehmen sie alles für bare Münze. Also berief ich mich damals auf Gaugelin und auf den »Mars-Effekt«, ein Phänomen, das zwar seltsam anmutet, aber von der Statistik untermauert wird. Gaugelin demonstrierte nämlich, dass in den Horoskopen von Sportlern der Mars, der Planet der Vitalität, des Wettbewerbs etc., statistisch gesehen öfter an einem bestimmten Ort steht als bei Nichtsportlern. Nicht nur Dyzio bagatellisierte diesen Beweis. Natürlich, denn es passte ihm nicht in den Kram. Auch wenn ich eine Menge Beispiele für eingetretene Prophezeiungen zitierte, ließ er sich nicht von seinem Unglauben abbringen. Zum Beispiel die Sache mit Hitler, als Himmlers Leib-Astrologe Wilhelm Wulff »eine große Gefahr für Hitler am 20.7.1944« vorhersagte und das bekanntlich der Tag war, an dem das Attentat auf Hitler in der Wolfsschanze verübt wurde. Eben dieser Wulff prophezeite dann noch so nebenbei, dass »Hitler noch vor dem 7.5.1945 eines geheimnisvollen Todes sterben werde«.

»Das ist ungeheuerlich«, sagte Dyzio. »Wie ist das möglich?« Die Frage war an ihn selbst gerichtet. Doch gleich darauf hatte er alles vergessen und sein Unglauben flackerte wieder auf.

Ich versuchte ihn auf andere Art zu überzeugen, indem ich ihm zeigte, wie perfekt alles hier unten mit allem da oben zusammenspielt: »Schau nur genau hin, zum Beispiel der Sommer 1980. Jupiter in Konjunktion zu Saturn in der Waage. Eine mächtige Konjunktion. Jupiter repräsentiert die Macht, Saturn die Arbeiter. Dazu hat Wałęsa noch die Sonne in der Waage. Siehst du?«

Dyzio schüttelte den Kopf, er war nicht überzeugt.

»Und die Polizei? Wodurch ist die Polizei am Himmel repräsentiert?«

»Durch Pluto. Auch die Spezialeinheiten und die Mafia.«

»Naja, naja …« Er zweifelte sichtlich, aber ich konnte sehen, dass er guten Willens war und sich bemühte.

»Schau hier.« Ich zeigte auf die Konstellation der Planeten. »Saturn war 1953 im Skorpion. Stalins Tod und Tauwetter. 1952–1956 – Tyrannei, Koreakrieg, Erfindung der Wasserstoffbombe. 1953 war wirtschaftlich das schwierigste Jahr in Polen. Schau, und ausgerechnet in dieser Zeit ging der Saturn im Skorpion auf. Ist das nicht unglaublich?«

Dyzio rutschte auf seinem Stuhl hin und her.

»Also gut, dann schau hier: Neptun in der Waage – Chaos, Uranus im Krebs – das Volk rebelliert, es gibt Souveränitätsbestrebungen der Kolonien. Als in verschiedenen Jahren Uranus in den Löwen wechselte, brach die Französische Revolution aus, es gab den Januaraufstand, und Lenin kam auf die Welt. Man darf nicht vergessen, dass der Uranus im Löwen immer eine revolutionäre Kraft repräsentiert.«

Ich sah ihm an, wie ihn das ermüdete.

Nein, es war unmöglich, Dyzio zur Astrologie zu bekehren. Sei's drum.

Als ich, wieder allein, in der Küche mein Untersuchungs-Instrumentarium ausbreitete, war ich froh, diese unglaublichen Folgerichtigkeiten wieder verfolgen zu können. Zunächst knackte ich das Horoskop von Bigfoot, dann das vom Kommissar.

Im Allgemeinen zeigt sich die Neigung eines Menschen zu Unfällen im Aszendenten, durch dessen Herrscher sowie die im Aszendenten befindlichen Planeten. Auf einen natürlichen Tod weist der Herrscher des achten Hauses hin. So dieser im ersten Haus ist, tritt der Tod durch eigenes Verschulden ein. Zum Beispiel wenn es ein unvorsichtiger Mensch ist. Wenn der Signifikator mit dem dritten Haus in Verbindung steht, dann wird dem Menschen seine Todesursache bewusst sein. Wenn nicht, dann wird er nicht wissen, was der fatale Fehler war. Im zweiten Haus tritt der Tod durch Geld und Vermögen ein. In so einem Fall könnte man etwa Opfer eines Raubüberfalls werden und dabei umkommen. Das dritte Haus ist typisch für Verkehrsunfälle auf Straßen und Schienen. Im vierten Haus tritt der Tod aus Besitzgründen auf oder aus Gründen, die in der Familie, besonders beim Vater liegen. Im fünften Haus durch Kinder, Vergnügungssucht oder Sport. Im sechsten Haus fügen wir uns selbst eine Krankheit zu, durch Unachtsamkeit oder Überarbeitung. Wenn der Herrscher des achten Hauses sich im siebten Haus befindet, dann wird der Ehepartner zur Todesursache. Das kann ein Duell sein, ein gebrochenes Herz wegen Ehebruch oder Ähnliches.

Im Horoskop des Kommissars steht die Sonne im achten Haus (Lebensgefahr, Todeshaus), dieser Himmelskörper symbolisiert nur das Leben, aber auch eine Machtposition. Sie befindet sich in der Quadratur – einem sehr schwierigen Aspekt – zu Mars (Gewalt, Aggression) im zwölften Haus (Totschlag, Meuchelmord) im Skorpion (Tod, Ermordung, Verbrechen). Der Herrscher des Skorpions ist Pluto, also könnte es eine Verbindung des Herrschers mit polizeiähnlichen, hm, oder mafiaähnlichen Strukturen geben. Pluto befindet sich in Konjunktion mit der Sonne im Löwen. All das bedeutet wahrscheinlich, dass der Kommissar eine sehr uneindeutige und geheimnisvolle Person ist, die in verschiedene dunkle Machenschaften verwickelt ist. Dass er grausam und rücksichtslos sein kann und seine Position offenkundig ausgenutzt hat. Gut möglich, dass seine offizielle Machtposition bei der Polizei nicht die einzige war. Vermutlich übte er auch andernorts noch heimliche und unheilvolle, starke Macht aus.

Dazu befand sich der Herrscher des Aszendenten im Widder, der mit dem Kopf regierte, also musste die Gewalt (Mars) seinen Kopf betreffen. Das hieß, die Todesursache war ein Schlag auf den Kopf. Ich erinnerte mich auch daran, dass der Saturn im Tierkreiszeichen – Widder, Stier, Löwe, Schütze und Steinbock – eine Bedrohung des Lebens durch ein wildes oder aggressives Tier vorhersagt.

»Vergil spricht in Dantes *Inferno* davon, dass die Astrologen zur Strafe verkehrt herum aufgesetzte Köpfe haben sollten«, sagte Dyzio am Ende meiner Ausführungen.

*

»Mach schon, los, beweg dich, mach mir keine Schande!« Ich wollte meinen Samurai ermuntern, doch der knurrte bloß unwillig zurück. Endlich sprang er aber doch an. Ich nehme an, aus Loyalität. Wenn man so viele Jahre zusammengelebt hat und voneinander abhängig ist, dann entsteht so etwas wie Freundschaft. Ich wusste, dass er schon etwas in die Jahre gekommen war und es ihm jedes Jahr ein bisschen schwerer fiel, in Gang zu kommen. So wie mir. Ich weiß auch, dass ich ihn vernachlässige, und dass dieser Winter ihm ordentlich zugesetzt hat. So wie mir. In meinem Samurai habe ich alles für den Katastrophenfall. Spaten, Seil, elektrische Säge, Benzinkanister, Mineralwasser und eine Packung vermutlich völlig durchweichter Cracker – seit dem Herbst fahre ich all diese Dinge spazieren. Auch eine Taschenlampe habe ich dabei (aha, hier ist sie!) sowie einen Verbandskasten, ein Reserverad und eine orangefarbene Kühlbox. Ich habe auch ein Reserve-Pfefferspray, für den Fall, dass ich unterwegs überfallen werde, auch wenn das nicht sehr wahrscheinlich ist.

Wir fuhren auf dem Hochplateau in Richtung Dorf, durch Wiesen und wunderschönes Ödland. Langsam und zaghaft wurde es hier grün. Junge Brennnesseln steckten ihre noch schwachen und winzigen Triebe aus der Erde, man konnte sich kaum vorstellen, dass daraus in zwei Monaten steife, hoch und bedrohlich aufragende Pflanzen mit haarigen Samenschoten geworden sein sollten. Dicht am Erdboden beim Weg sah ich die winzigen Gesichtchen der Gänseblümchen, die offenbar schweigend jeden beobachteten und streng beurteilten, der hier vorbeikam. Eine Armee von Blumenmännchen.

Ich parkte vor der Schule, und sofort kamen die Kinder aus meinen Klassen zu meinem Auto gelaufen – sie liebten den Wolfskopf, der auf der Fahrertür klebte. Sie begleiteten mich zur Klasse, alle plapperten und schwatzten durcheinander und zupften mich am Pulloverärmel.

»Good morning«, begrüßte ich sie, und sie antworteten: »Good morning.«

Weil Mittwoch war, begannen wir mit unseren Mittwochsritualen. Leider fehlte schon wieder die eine Hälfte der Klasse, die Buben. Sie waren wegen einer Probe für die Erstkommunion vom Unterricht befreit. Also mussten wir die vorige Stunde wiederholen. In der nächsten Klasse nahmen wir das Vokabular aus der Natur durch, dabei entstand etwas Unordnung, und die Putzfrau schimpfte nach der Stunde mit mir.

»Immer hinterlassen Sie so einen Saustall. Ist das hier eine Schule oder ein Kindergarten? Was sollen diese schmutzigen Steine und Schlingpflanzen?«

In der Schule war sie die einzige Person, vor der ich Angst hatte, ihr vorwurfsvoller und schriller Tonfall tat mir weh. Der Unterricht ermüdete mich, sogar physisch. Danach schleppte ich mich lustlos zur Post und zum Einkaufen. Ich kaufte Brot, Kartoffeln und anderes Gemüse in großen Mengen und leistete mir auch ein großes Stück Cambozola, um meiner Laune wenigstens mit einem Käse auf die Sprünge zu helfen. Manchmal kaufe ich verschiedene Magazine und Zeitungen, doch meistens erweckt diese Lektüre bei mir unbestimmte Schuldgefühle. Als hätte ich etwas unterlassen, etwas vergessen, als sei ich meinen Aufgaben nicht gewachsen, als würde ich bei einer wesentlichen Sache unangenehm auffallen. Ganz bestimmt können die Zeitschriften Recht haben. Doch bei genauer Betrachtung des Straßenverkehrs könnte man meinen, dass viele andere Menschen das gleiche Problem haben wie ich und dass auch sie etwas in ihrem Leben versäumt haben.

Die ersten schwachen Vorboten des Frühlings waren noch nicht bis in die Stadt vorgedrungen, sie hatten vor der Stadtgrenze Halt gemacht, in den Schrebergärten und in den Flussbetten, wie es früher die feindlichen Heere getan hatten. Auf dem Pflaster lag nach dem Winter noch eine Menge Sand, mit dem die vereisten Bürgersteige bestreut worden waren. Jetzt, in der Sonne, war es staubig, und die frisch aus dem Schrank gezogenen Frühlingsschuhe wurden schmutzig. Die städtischen Gartenanlagen sahen elend aus. Auf den Rasenflächen lag Hundedreck. Und durch die Straßen gingen gräuliche Menschen mit zusammengekniffenen Augen, die wie betäubt wirkten. Sie stellten sich in die Schlange vor die Bankomaten, um zwanzig Złoty für das heutige Essen herauszuziehen, oder sie eilten in die Ambulanzen, weil sie eine Nummer gezogen hatten, die um 13.35 Uhr drankam. Oder sie waren eben auf dem Weg zum Friedhof, um die Plastikblumen des Winters gegen echte Frühlingsnarzissen zu tauschen.

Ich war zutiefst gerührt von dieser menschlichen Geschäftigkeit. Manchmal überläuft mich so eine Rührung – ich glaube, das hängt mit meinem Leiden zusammen. Meine Abwehrkräfte werden schwächer. Ich blieb auf dem leicht abschüssigen Marktplatz stehen, und ganz langsam überlief mich eine Welle des Gemeinsamkeitsgefühls mit allen Passanten. Alle Männer waren Brüder, und alle Frauen waren Schwestern. Wir waren uns so ähnlich. Vergänglich, flüchtig, vernichtungsanfällig. Vertrauensselig trieben wir uns unter dem Himmel herum, der uns nichts Gutes verhieß.

Der Frühling ist nur ein kurzes Interludium, dicht auf ihn folgen die gewaltigen Heere des Todes, die bereits die Stadtmauern belagern. Wir leben in einem Belagerungszustand. Wenn man jedes Teilchen eines Moments genau betrachtet, dann könnte man sich vor Entsetzen verschlucken. In unseren Körpern schreitet unaufhaltsam der Verfall voran, bald werden wir krank sein und sterben. Geliebte Menschen gehen von uns, das Andenken an sie geht im Lärm unter, und nichts bleibt übrig.

Nur im Schrank ein paar Kleider, irgendwer auf irgendeinem Foto, der kaum mehr zu erkennen ist. Die wertvollsten Erinnerungen verwehen. Alles zerfällt in Dunkelheit und verschwindet letztlich ganz.

Auf einer Bank saß eine schwangere Frau und las Zeitung, und plötzlich kam mir in den Sinn, dass Unwissen ein Segen ist. Wie könnte man alles wissen und nicht ständig in Tränen ausbrechen?

Wieder begannen meine Augen zu tränen, es war jetzt schon richtig peinlich, und ich schämte mich. Ich konnte die Tränen nicht zurückhalten. Vielleicht konnte Ali irgendwas dagegen tun.

Das Geschäft von Buena Noticia befand sich in einer Seitenstraße des Marktplatzes, ganz nah beim Parkplatz. Doch das war kein besonderer Anreiz für die potenziellen Kunden von Lumpex-Secondhandshops.

Das erste Mal war ich im Spätherbst vergangenen Jahres in das Geschäft geraten, durchfroren und hungrig. Ein feuchtes Novemberdunkel hing wie eine Glocke über der Stadt, und die Menschen drängten zu allem hin, was Helligkeit und Wärme verhieß.

Vom Eingang des Ladens führten bunte und saubere Teppiche ins Innere, dann verliefen sie sich zwischen den Kleiderständern, wo die Gewänder nach Farbe sortiert waren und mit den Schattierungen spielten. Es roch nach Räucherstäbchen und es war warm, fast heiß, von den vielen Heizkörpern unter den Fenstern. Früher war hier eine Schneider-Genossenschaft für Behinderte gewesen, davon zeugte eine noch sichtbare Aufschrift an der Wand. Eine riesige Tetrastigma, die sicher schon die ganze Wohnung des Vorbesitzers überwuchert hatte, stand in der Ecke, und ihre kräftigen Triebe rankten sich an den Wänden entlang bis hin zu den Schaufenstern. Das alles war eine Mischung aus sozialistischem Kaffeehaus, Waschsalon und Kostümverleih. Und mittendrin: Buena Noticia.

Diesen Namen hatte ich ihr gegeben. Er hatte sich von selbst ergeben, ganz entschieden. Auf den ersten Blick. Entschiedenheit, das ist ein schönes und starkes Wort. Wenn wir es verwenden, sollten wir eigentlich nichts weiter erklären müssen.

»Ich suche eine warme Jacke«, begann ich schüchtern. Die Frau sah mich an, ihre klugen schwarzen Augen blitzten. Sie nickte ermunternd.

Also fuhr ich fort: »Sie soll warm sein und vor Regen schützen. Keine Jacke, wie alle anderen, grau oder schwarz, die man in jeder Garderobe verwechselt. Sie soll viele Taschen haben, für Schlüssel, Leckerbissen für Hunde, das Handy, Dokumente, ich möchte keine Tasche mit mir herumtragen, davon kriege ich eine schiefe Schulter.«

Beim Sprechen wurde mir klar, dass ich mich mit dieser Bitte in ihre Hände begab.

»Ich glaube, ich habe etwas für Sie«, sagte sie und führte mich weiter in diesen schlauchförmigen Raum hinein.

Ganz am Ende stand ein runder Kleiderständer mit Jacken. Sie griff ohne zu überlegen hinein und zog eine schöne, flauschige, karminrote Jacke hervor.

»Was sagen Sie zu dieser?« In ihren Augen spiegelten sich die riesigen hellen Fenster, sie leuchteten mit schönem, reinem Licht.

Ja, die Jacke passte wie angegossen. Ich kam mir vor wie ein Tier, dem man den geraubten Pelz zurückgegeben hatte. In einer Tasche fand ich eine winzige Muschel, das hielt ich für ein kleines Geschenk der Vorbesitzerin. Mit dem Wunsch: sie soll sich gut tragen.

Ich kaufte in diesem Geschäft noch zwei Paar Handschuhe. Als ich im Korb mit den Mützen wühlen wollte, sah ich, dass eine große schwarze Katze darin lag. Und gegenüber, im Korb mit den Schals, lag noch eine, ganz ähnlich, nur größer. Ich taufte die Katzen für mich Mützenkatze und Miezekatze, und es fiel mir später schwer, sie auseinanderzuhalten. Die schwarzen Katzen von Buena Noticia.

Diese zarte und freundliche Verkäuferin war von mandschurischer Schönheit. Dazu trug sie auf dem Kopf eine Mütze aus Kunstpelz. Sie machte mir Tee und schob einen Stuhl zum Gasofen, damit ich mich wärmen konnte. So begann unsere Bekanntschaft.

Beim Ansehen mancher Personen schnürt sich einem die Kehle zusammen und Tränen der Rührung steigen in die Augen. Diese Personen wirken so, als trügen sie mehr Erinnerung an unsere frühere Unschuld in sich, als seien sie eine Laune der Natur, und als seien sie nicht ganz und gar vom Niedergang vernichtet. Vielleicht sind sie Gesandte wie diese Diener, die den verlorenen Prinzen, der seine Herkunft nicht kennt, wieder ausfindig machen, ihm das Gewand zeigen, das er in seinem Land getragen hat, und ihn daran erinnern, dass er in seine Heimat zurückkehren muss.

Auch Buena Noticia litt an einer Krankheit, an einer sehr seltenen und sonderbaren Krankheit. Sie hatte keine Haare, weder Brauen, noch Wimpern. Von Geburt an. Die Gene oder die Astrologie. Natürlich glaube ich, die

Astrologie. Ja, denn ich habe es später in ihrem Horoskop überprüft. Ein geschädigter Mars in der Nähe des Aszendenten, auf der Seite des zwölften Hauses und in Opposition zum Saturn im sechsten Haus – so ein Mars bewirkt übrigens auch heimliche Tätigkeiten und verdeckte Absichten.

Buena Noticia zeichnete sich also mit einem Stift hübsche Brauen, und auf die Unterlider kleine Strichlein, die wie Wimpern aussahen. Die Illusion war perfekt. Sie trug immer Turbane, Mützen und manchmal sogar Perücken, oder sie schlang sich ein Tuch um den Kopf. Im Sommer waren ihre Unterarme zu sehen, so glatt und ganz ohne die kleinen hellen oder dunkleren Härchen, wie wir sie alle haben.

Ich überlege oft, warum uns die einen Menschen gefallen und die anderen nicht. Dazu habe ich eine Theorie. Es gibt nämlich eine bestimmte, ideal harmonische Form, zu der unser eigener Körper sich instinktiv hingezogen fühlt. Wir suchen bei anderen die Eigenschaften, die diesem Ideal nahekommen. Das Ziel der Evolution ist rein ästhetisch, es geht nicht um Anpassung. Der Evolution geht es um Schönheit, um das Erlangen der perfekten Form jeder Gestalt.

Erst wenn ich diese Frau betrachtete, sah ich, wie hässlich eigentlich unsere Behaarung ist, diese Brauen mitten auf der Stirn, die Wimpern, das Gestrüpp auf dem Kopf, auf der Scham, unter den Achseln. Wozu brauchen wir dieses seltsame Stigma? Ich glaube, im Paradies waren wir noch haarlos, nackt und glatt.

Sie sagte, sie sei auf dem Land, bei Glatz geboren, und sie hatte eine sehr große Familie. Ihr Vater trank und starb früh. Ihre Mutter war krank, sehr ernsthaft. Sie hatte Depressionen und endete im Krankenhaus, niedergeknüppelt von den Medikamenten.

Buena Noticia kam zurecht, so gut es ging. Sie schloss die Schule mit Auszeichnung ab, studierte aber nicht, weil sie kein Geld hatte und sich um die Geschwister kümmern musste. Sie wollte sich ihr Studium verdienen, fand aber keine Arbeit. Letztlich wurde sie von der Besitzerin dieses Netzes von Secondhandgeschäften eingestellt, doch sie verdiente so wenig, dass sie kaum davon leben konnte, und das Studium rückte in immer weitere Ferne. Wenn keine Kunden im Geschäft waren, las sie. Ich kannte ihre Bücher, denn sie standen im Geschäft auf einem Regal und sie borgte sie den Kunden. Horrorgeschichten, Schauerromane, auf deren zerknitterten Buchdeckeln Fledermäuse prangten. Ein perverser Mönch, eine mordende, vom Körper abgelöste Hand, geöffnete Särge, von überfluteten Friedhöfen fortgespült. Offenbar bestätigte die Lektüre solcher Bücher ihre Überzeugung, dass wir nicht in der schlechtesten der möglichen Welten leben, und das nährte ihren Optimismus.

Wenn ich den Erzählungen aus dem Leben von Buena Noticia lauschte, formierten sich in meinem Kopf lauter Fragen, die mit »warum nicht« begannen und mit der Beschreibung dessen endeten, was man unserer Ansicht nach in so einer Situation tun sollte. Schon wollten sich meine Lippen zu so einem unverschämten »warum nicht« formen, als ich mir auf die Zunge biss.

Genau das tun ja die bunten Magazine, und ich war kurz davor, so zu sein wie sie und uns vorzuhalten, was wir nicht getan haben, wo wir versagt haben und was wir verschlampt haben. Uns gegen uns selbst aufzuhetzen, damit wir uns verachten.

Ich sagte nichts. Lebensgeschichten sind kein Thema für Diskussionen. Man soll sie anhören und sich mit seiner eigenen Geschichte revanchieren. Also erzählte ich Buena Noticia mein Leben und lud sie zu mir nach Hause ein, damit sie meine Mädchen kennenlernte. Und sie kam.

Ich ging für sie zur Gemeinde, musste aber erfahren, dass es für Personen wie Buena Noticia keine Unterstützung gibt. Auch keine Stipendien. Die Beamtin riet mir, einen Kredit bei der Bank aufzunehmen. So einen Kredit zahlt man zurück, wenn man das Studium abgeschlossen und eine Arbeit aufgenommen hat. Es gab auch Computerkurse oder Kurse für Näherinnen und Floristinnen gratis. Leider nur für Arbeitslose. Sie hätte also kündigen müssen, um so einen Kurs besuchen zu dürfen.

Ich ging auch zur Bank, dort bekam ich einen Stapel Formulare zum Ausfüllen. Das Wichtigste war jedoch: Buena Noticia muss zuallererst einen Studienplatz haben. Da wusste ich, dass sie es letztlich schaffen würde.

Es tut gut, bei Buena Noticia im Geschäft zu sitzen. Es ist der gemütlichste Ort in der Stadt. Hier kommen Mütter mit Kindern vorbei und ältere Herrschaften auf dem Weg zur Pensionisten-Kantine. Der Parkplatzwärter kommt, und auch die durchgefrorenen Verkäuferinnen vom Gemüsemarkt. Alle bekommen etwas Warmes zu trinken. Man könnte sagen, dass Buena Noticia hier einen Kaffeeausschank betrieb.

Heute wartete ich, bis sie diesen Ort der Begegnung schloss, denn wir wollten zusammen mit Dyzio nach Tschechien fahren. Dort gab es eine Buchhandlung mit den Werken von Blake. Buena Noticia legte Seidentücher zusammen. Sie sprach nicht viel, und wenn sie etwas sagte, dann mit leiser Stimme, sodass man sehr genau hinhören musste. Die letzten Kunden durchwühlten noch die Ständer auf der Suche nach Schnäppchen. Ich hatte meine Beine auf einem Stuhl ausgestreckt und schloss selig die Augen.

»Haben Sie gehört, dass auf dem Hochplateau in der Nähe von dort, wo Sie wohnen, Füchse aufgetaucht sind? Weiße Füchse, mit buschigem Fell.«

Ich erstarrte. Bei mir in der Nähe? Ich öffnete die Augen und sah den Mann mit dem Pudel.

»Angeblich hat dieser reiche Herr mit dem komischen Namen einen Teil der Tiere von seiner Farm freigelassen.« Er stand vor mir, einige Hosen hingen über seinem Unterarm. Sein Pudel blickte mich mit seinem Hundelächeln an, er hatte mich offenbar erkannt.

»Wnętrzak?«, fragte ich.

»Genau der.« Der Mann nickte und wandte sich dann an Buena Noticia: »Hätten Sie vielleicht eine Hose für mich, mit Bundweite achtzig?«

»Dieser Wnętrzak ist ab durch die Mitte. Spurlos verschwunden. Wie eine Nadel im Heuhaufen«, fuhr der ältere Herr fort. »Wahrscheinlich ist er mit seiner Geliebten irgendwo in wärmere Gefilde geflohen. Er war ja steinreich. Da hat er es gut vertuschen können. Angeblich war er in irgendwelche Schwindeleien verwickelt.«

Ein junger Mann mit kahlrasiertem Schädel, der nach einem Nike- oder Puma-Dress gefragt hatte und jetzt die Ständer durchstöberte, murmelte, fast ohne die Lippen zu bewegen: »Das sind keine Schwindeleien, das ist die Mafia. Die haben illegal aus Russland Pelze eingeführt und behauptet, die seien von seiner Farm. Er hatte bei den russischen Mafiosi noch Rechnungen offen. Da hat er es mit der Angst gekriegt und ist abgehauen.«

Das Thema beunruhigte mich. Ich bekam Angst.

»Ist der Pudel ein Männchen oder ein Weibchen?«, fragte ich den Mann höflich. Es war ein verzweifelter Versuch, das Gespräch in eine andere Bahn zu lenken.

»Mein Maxi? Ein Männchen natürlich. Noch Junggeselle.« Er lachte. Man konnte ihm ansehen, dass ihn die Gerüchte in der Stadt mehr interessierten, denn er wandte sich an den Kahlrasierten und fuhr fort: »Er hatte ein großes Vermögen. Das Hotel an der Ausfallstraße von Glatz. Delikatessen. Eine Fuchsfarm. Einen Schlachthof, Rindfleischproduktion. Eine Pferdezucht. Und was er nicht noch alles seiner Frau überschrieben hatte.«

»Hier, die hat Bundweite achtzig.« Ich reichte ihm eine ziemlich ordentliche graue Hose.

Er besah sie genau, setzte die Brille auf und las die Waschanleitung.

»Ja, gefällt mir. Nehme ich. Wissen Sie, ich mag Sachen, die gut passen, eng anliegen. Figurbetont.«

»Da sehen Sie, wie unterschiedlich die Menschen sind. Ich kaufe immer alles zu groß. Da fühle ich mich frei.«

Dyzio hatte eine gute Nachricht. Die lokale Wochenzeitung *Das Glatzer Land* hatte ihm angeboten, in der Poesieecke eine seiner Übersetzungen von Blake zu drucken. Er war aufgekratzt und entmutigt zugleich. Wir fuhren über die fast leere Straße in Richtung Grenze.

»Ich wollte zuerst seine Briefe übersetzen und später mit der Poesie weitermachen. Aber wenn sie ausdrücklich ein Gedicht wollen … O Gott, was soll ich ihnen nur geben? Was wäre ein guter Beginn?«

Ehrlich gesagt konnte ich mich im Moment nicht auf Blake konzentrieren. Wir hatten die hässlichen Bauten des Grenzübergangs passiert und waren schon in Tschechien. Hier waren die Straßen besser, und Dyzios Wagen hörte auf zu scheppern.

»Dyzio, stimmt das mit den Füchsen?« Buena Noticia steckte ihren Kopf von hinten zwischen die beiden Vordersitze. »Dass sie von der Farm abgehauen sind und jetzt im Wald herumstreunen?«

Dyzio bestätigte es.

»Vor einigen Tagen. Die Polizei hat erst geglaubt, er hätte vor seinem Verschwinden jemandem alle seine Tiere verkauft. Aber es sieht so aus, als hätte er sie freigelassen. Komisch.«

»Wird er gesucht?«, fragte ich.

Dyzio meinte, niemand habe sein Verschwinden angezeigt, weder seine Frau noch seine Kinder. Also gebe es keinen Grund, nach ihm zu fahnden. Vielleicht mache er Urlaub. Seine Frau hätte gesagt, so was sei schon vorgekommen. Eine Woche lang sei er verschwunden gewesen, und dann war ein Anruf aus der Dominikanischen Republik gekommen. Solange die Banken ihn nicht verfolgten, gebe es keinen Grund zur Nervosität.

»Der Mensch ist frei und kann mit seinem Leben tun, was er will, solange er keine Banken ausraubt.« Dyzio teilte uns salbungsvoll seine Überzeugung mit. Ich glaube, er hätte hervorragende polizeiliche Presseberichte erstattet. Er sagte auch, die Polizei habe einen Verdacht, woher das Geld stammte, das der Kommissar in seinen Hosengürtel geklemmt bei sich getragen hatte. Es war Schmiergeld. Die Polizei hatte festgestellt, dass der Kommissar von Wnętrzak gekommen war. Es hatte sehr lange gedauert, bis die Polizei etwas feststellte, was derartig sonnenklar war.

»Noch etwas«, sagte Dyzio zum Schluss. »An dem Gegenstand, mit dem der Kommissar erschlagen wurde, waren auch Spuren von Tierblut.«

Wir gelangten erst kurz vor Ladenschluss zur Buchhandlung. Honza, der grau melierte Buchhändler, gab Dyzio die beiden bestellten Bücher, und Dyzios Wangen röteten sich. Er blickte strahlend abwechselnd zu Buena Noticia und zu mir, dann hob er die Schultern, als wolle er Honza um den Hals fallen. Es waren alte Ausgaben aus den siebziger Jahren, ordentlich ediert und eigentlich nicht mehr zu bekommen. Wir kehrten alle hocherfreut zurück, und niemand sprach mehr über die grauenvollen Geschehnisse.

Dyzio borgte mir für einige Tage die *Ausgewählten Briefe*, und sofort nach dem Heimkommen legte ich im Ofen nach, kochte mir einen starken Tee und begann zu lesen.

Besonders gefiel mir eine Stelle, die ich ruckzuck übersetzte und auf eine Papiertüte schrieb.

»Ich glaube schon, dass mein Organismus in gutem Zustand ist«, schrieb Blake, »doch er hat viele Schwachstellen, von denen außer mir selbst niemand etwas weiß. Als ich jung war, gab es viele Orte, die mich krank machten – sodass ich noch am nächsten Tag oder noch zwei, drei Tage später die gleichen Leiden, die gleichen Magenschmerzen hatte. Sir Francis Bacon sprach oft von der Notwendigkeit der Disziplin, der man sich in den Bergen unterziehen sollte. Sir Francis Bacon ist ein Lügner. Keine Übung macht aus einem Menschen einen anderen, nicht einmal das kleinste Teilchen von ihm, und so eine Disziplin nenne ich Überheblichkeit und Dummheit.«

Das machte mich sehr betroffen. Ich konnte nicht mehr aufhören zu lesen. Es war vielleicht so, wie es sich der Autor gewünscht hätte. Alles, was ich gelesen hatte, sickerte in meine Träume ein, und die ganze Nacht träumte ich Visionen.

9
Das Große im Kleinen

»Gebrochen einer Lerche Schwingen,
Und ein Cherub lässt vom Singen.«

Der Frühling beginnt im Mai, und es ist der Zahnarzt, der ihn, ohne es zu wollen, einläutet, indem er sein antiquiertes Bohrgerät schnappt und es zusammen mit seinem nicht weniger altertümlichen Behandlungsstuhl an die frische Luft schleppt. Er staubt das Zeug ab, wischt ein-, zweimal mit dem Lappen drüber, um es von Spinnweben und Heu zu befreien, und fertig. Beide Geräte überwintern in der Scheune und werden nur von Zeit zu Zeit hervorgezogen, bei Bedarf. Im Winter arbeitet der Zahnarzt kaum. Man kann hier im Winter eigentlich nichts tun, die Menschen verlieren sogar an ihrer Gesundheit das Interesse, außerdem ist es dunkel und der Zahnarzt sieht schlecht. Er braucht das helle Licht im Mai und Juni, das seinen Patienten direkt in den Mund scheint. Seine Patienten, das sind die Waldarbeiter und Schnurrbartträger, die tagelang auf der Brücke im Dorf herumstehen und von denen es daher heißt, sie leisteten Überbrückungsarbeiten.

Sowie der Aprilmatsch getrocknet war, zog ich tapfer meine Spaziergänge in die Länge, auch wenn das nicht zu meinem gewöhnlichen Rundgang gehörte. Um diese Jahreszeit sah ich immer gern in Achthozja vorbei, einer winzigen Ortschaft direkt am Steinbruch, wo der Zahnarzt wohnte. Und wie jedes Jahr überraschte mich der Anblick: Unter einem blauen Himmelszelt, auf leuchtend grünem Rasen lag ein Mensch auf einem weißen zerkratzten Zahnarztstuhl und sperrte seinen Mund auf, in den die Sonne hineinschien. Über ihn gebeugt saß, mit dem Bohrer in der Hand, der Zahnarzt. Man musste näherkommen, um zu sehen, wie sein Fuß das Pedal des Bohrers in monotonem Rhythmus auf und ab bewegte. Ein paar Meter weiter standen zwei, drei Bier trinkende Leute und verfolgten konzentriert und still das Geschehen.

Meistens zog der Zahnarzt die schmerzenden Zähne, manchmal, jedoch viel seltener, versuchte er sie vorher zu behandeln. Prothesen machte er auch. Früher, als ich noch nichts davon wusste, hatte ich mich immer wieder gefragt, was für ein Menschenschlag das sein mochte, der in dieser Gegend lebte. Ihre Zähne hatten etwas Charakteristisches, als seien sie alle miteinander verwandt, als hätten sie dieselben Gene oder das gleiche Horoskop. Besonders die Älteren: Sie hatten alle längliche, schmale und bläuliche Zähne. Seltsame Zähne. Ich hatte mir auch eine andere Hypothese zurechtgelegt, denn ich hatte von Uranvorkommen unter dem Hochplateau gehört, die ja bekanntlich Anomalien hervorrufen können.

Doch inzwischen wusste ich, dass es die Prothesen unseres Zahnarztes waren, sie waren sein Markenzeichen. Wie jeder Künstler war er einzigartig.

Meiner Meinung nach hätte er das Zeug zu einer Touristenattraktion im Glatzer Kessel gehabt – wäre seine Arbeit nur legal gewesen. Doch leider hatte er wegen Alkoholmissbrauchs schon seit Jahren Berufsverbot. Seltsam, kein Zahnarzt kriegt Berufsverbot wegen seiner Sehschwäche. Wo doch diese eine weit größere Gefahr für seine Patienten sein könnte. Der Zahnarzt trug eine starke Brille, deren eines Glas mit Klebeband befestigt war.

An diesem Tag hatte er den Bohrer bei einem Mann angesetzt, dessen Gesicht, schmerzverzerrt und benommen vom Alkohol, der auch bei der Anästhesie zum Einsatz kam, nicht zu erkennen war. Das grässliche Geräusch bohrte sich bis in meinen Kopf und beschwor die schrecklichsten Albträume aus meiner Kindheit wieder herauf.

»Wie geht's?«, begrüßte ich ihn.

»Man lebt ...«, antwortete er mit breitem Grinsen, bei dem einem sofort die alte Floskel einfiel: »Arzt, heile dich selbst.«

»Sie waren lange nicht mehr hier. Das letzte Mal haben wir uns wohl gesehen, als Sie auf der Suche nach Ihren ...«

»Ja, genau«, unterbrach ich ihn. »Im Winter kann ich nicht so weite Wege machen. Bevor ich mich aus dem Schnee gegraben habe, ist es schon wieder dunkel.«

Er bohrte weiter, und ich sah ihm nachdenklich mit den anderen Schaulustigen bei seinen Bohrarbeiten im menschlichen Mund zu.

»Haben Sie die Polarfüchse gesehen?«, fragte mich einer der Männer, der ein sehr schönes Gesicht hatte. Wäre sein Leben anders verlaufen, hätte er Liebhaberrollen in Filmen gespielt. Jetzt aber war seine Schönheit unter einem Netz von Falten und Runzeln verschwunden.

»Angeblich hat sie Wnętrzak vor seiner Flucht freigelassen«, sagte ein anderer.

»Vielleicht hatte er ein schlechtes Gewissen«, meinte ich. »Vielleicht haben ihn die Füchse aufgefressen?«

Der Zahnarzt sah neugierig zu mir hinüber. Dann nickte er und versenkte den Bohrer in den Zahn, sodass der arme Behandelte am ganzen Leib zusammenzuckte.

»Kann man Zähne nicht ohne Bohrer plombieren?«, fragte ich.

Niemand schien mit dem Kranken mitzufühlen.

»Erst Bigfoot, dann der Kommissar, jetzt Wnętrzak«, seufzte der Schönling. »Man kriegt ja Angst, den Fuß vor die Tür zu setzen. Wenn es dunkel wird, lasse ich meine Frau alles erledigen, wofür man hinausgehen müsste.«

»Das haben Sie klug gelöst«, befand ich. Und dann sagte ich langsam: »Die Tiere rächen sich dafür, dass man Jagd auf sie macht.«

»Aber woher, Bigfoot hat doch gar nicht gejagt.« Der Schönling hatte Zweifel.

»Aber er war Treiber«, meinte ein weiterer Zuschauer. »Frau Duszejko hat schon Recht. Der hat hier sicherlich mehr gewildert als alle anderen.«

Der Zahnarzt bereitete auf einem Tellerchen eine weiße Masse zu, die er mit einem Spachtel in den aufgebohrten Zahn strich.

»Ja, das ist durchaus möglich«, murmelte er. »Das könnte sein, irgendeine Gerechtigkeit muss es ja geben. Ja, ja, die Tiere.«

Der Patient stöhnte auf.

»Glauben Sie an göttliche Vorsehung?«, fragte der Zahnarzt und verharrte reglos über dem Patienten. Als wolle er mich provozieren. Die Männer grinsten, als hätte er etwas Unanständiges gefragt. Ich überlegte.

»Ich nämlich schon«, sagte er, ohne meine Antwort

abzuwarten. Freundlich klopfte er dem Patienten auf die Schulter, dieser sprang glücklich vom Stuhl. »Der Nächste bitte«, sagte er. Einer der Zuschauer nahm widerstrebend Platz.

»Was gibt's?«, fragte der Zahnarzt. Der Mann öffnete anstelle einer Antwort den Mund, und der Zahnarzt sah hinein. Er prallte zurück: »Heilige Scheiße.« Das war wohl die kürzeste Beschreibung des Gebisses. Mit den Fingern betastete er eine Weile die Festigkeit der Zähne, dann griff er nach der Wodkaflasche hinter sich.

»Da, nimm. Trink. Das muss raus.«

Der Mann murmelte etwas, das unerwartete Urteil hatte ihn niedergeschmettert. Er nahm das ziemlich volle Glas Wodka und trank es in einem Zug aus. Ich war sicher, nach dieser Narkose werde ihm nichts mehr wehtun. Während wir auf die Wirkung warteten, redeten die Männer aufgeregt vom Steinbruch, der wieder geöffnet werden sollte. Nach und nach würde er das Hochplateau schlucken, bis dieses ganz aufgefressen sein würde. Wir würden wegziehen müssen. Wenn der Steinbruch tatsächlich wieder eröffnet würde, müsste die Zahnarzt-Siedlung zuerst weg.

»Nein, ich glaube nicht an die göttliche Vorsehung«, sagte ich. »Gründet ein Komitee«, riet ich ihnen. »Ihr müsst protestieren, demonstrieren.«

»Nach uns die Sintflut«, sagte der Zahnarzt und steckte zwei Finger in den Mund des halb bewusstlosen Patienten. Ganz leicht, ohne Anstrengung, entfernte er einen schwärzlichen Zahn. Wir hörten nur ein leichtes Knirschen. Mir wurde schwummrig.

»Sie sollten sich für alles rächen«, meinte der Zahnarzt. »Die Tiere sollten alles kaputtficken.«

»Ganz genau. Sie sollten alles mausetotficken.« Ich griff den Faden auf. Die Männer schauten mich halb verwundert, halb bewundernd an.

Es war schon weit nach Mittag, also machte ich mich auf den Heimweg. Wieder nahm ich einige Umwege. Und plötzlich sah ich am Waldrand zwei Polarfüchse. Sie gingen langsam einer hinter dem anderen. Ihr Weiß vor dem Hintergrund der grünen Wiese war wie nicht von dieser Welt. Sie sahen aus wie eine diplomatische Delegation aus dem Tierreich, die herbeigereist war, um den Stand der Dinge zu inspizieren.

Anfang Mai blühte der erste Löwenzahn. In guten Jahren blühte er schon am ersten langen Wochenende, wenn die Hauseigentümer nach dem Winter endlich wieder angereist kamen. In schlechteren Jahren waren die Wiesen erst am Nationalfeiertag, dem Siegestag am 8. Mai, gelb getupft. Viele Male hatte ich mit Dyzio dieses wunderbarste aller Wunder bewundert.

Leider war dieses Wunder für Dyzio auch das Signal für den Beginn schwerer Zeiten, denn zwei Wochen später befiel ihn eine Allergie gegen alles – seine Augen tränten, er keuchte und schnaubte. In der Stadt war es für ihn noch auszuhalten, aber wenn er freitags zu mir kam, dann musste ich vorher alle Fenster und Türen abdichten, damit keine unsichtbaren Allergene in Dyzios Nase gelangten. Zur Zeit der Gräserblüte, im Juni, mussten wir für unsere Übersetzungssitzungen zu ihm gehen. Nach einem derart langen, mühevollen und öden Winter hatte die Sonne auch auf mich eine ausnehmend ungünstige Wirkung. Ich konnte morgens nicht ausschlafen, also stand ich sehr früh auf und befand mich ständig in einem Zustand der Unruhe. Den ganzen Winter über hatte man sich gegen den immerwährenden Wind auf dem Hochplateau wehren müssen, doch jetzt öffnete ich Fenster und Türen sperrangelweit, damit er hineinfuhr und den ganzen Mief und alles Leid aus den Zimmern hinausblies.

Alles brummte, man spürte unter dem Gras, unter einer Schicht Erde, fiebrige Vibrationen, als sollten gleich die riesigen, vor Anstrengung geschwollenen unterirdischen Nerven bersten. Ich wurde den Eindruck nicht los, dass dahinter ein gigantischer, unreflektierter Wille verborgen war, so ekelhaft wie diese Kraft, die den Fröschen in Matogas Teich befahl, sich aufeinanderzuschieben und ohne Ende zu kopulieren.

Immer wenn sich die Sonne dem Horizont näherte, erschien eine Fledermausfamilie. Fledermäuse fliegen lautlos und weich, ihr Flug scheint mir irgendwie feucht zu sein. Einmal zählte ich zwölf Stück, die hintereinander um das Haus herumflogen. Ich hätte zu gerne gewusst, wie eine Fledermaus die Welt sieht, wenigstens einmal wäre ich gerne in einem Fledermauskörper über das Hochplateau geflogen. Wie sehen wir hier alle aus, mit den Sinnesorganen einer Fledermaus wahrgenommen? Wie Schatten? Wie zitternde Bündel, wie Quellen, aus denen Lärm sprudelt?

Gegen Abend saß ich vor dem Haus und wartete auf ihre Ankunft. Sie trafen eine nach der anderen ein, sie flogen einzeln vom Professorenhaus herüber und besuchten uns der Reihe nach. Ich winkte ihnen sanft zur Begrüßung. Im Grunde genommen hatte ich viel gemeinsam mit ihnen – auch ich sah die Welt aus einer anderen Perspektive, auf den Kopf gestellt. Auch ich zog die Dämmerung vor. Auch ich war nicht geeignet für ein Leben in der Sonne.

Meine Haut reagierte empfindlich auf die grausamen, scharfen Strahlen, die noch durch kein einziges Blatt, durch kein weiches Wölkchen gemildert wurden, sie rötete sich gereizt. Wie jedes Jahr zeigten sich in den ersten Sommertagen kleine juckende Bläschen. Dagegen hatte ich nur Sauermilch und eine Salbe gegen Verbrennungen, die mir Ali einmal gegeben hatte. Ich holte die Sonnenhüte vom letzten Jahr aus dem Schrank. Deren große Krempen konnte ich nach unten biegen und unter dem Kinn mit einem Band zusammenbinden, damit der Wind sie nicht fortriss.

Als ich an einem Mittwoch mit so einem Hut von der Schule zurückkam, machte ich einen Umweg, ich weiß selbst nicht mehr warum. Es gibt Stellen, die man nicht aufsucht, weil man Lust dazu hat, sondern weil einen etwas dort hinzieht. Möglich, dass dieses Etwas das Grauen ist. Vielleicht mag ich deshalb auch Horrorgeschichten so gerne, ebenso wie Buena Noticia.

Wie ferngesteuert befand ich mich an diesem Mittwoch auf einmal in der Nähe der Fuchsfarm. Ich war mit dem Samurai unterwegs nach Hause, und an einer Weggabelung schlug ich plötzlich einfach eine andere Richtung ein, nicht die gewohnte. Bald endete der Asphalt, und ich roch diesen entsetzlichen Gestank, der ab hier alle potenziellen Spaziergänger in die Flucht schlug. Dieser abscheuliche Gestank lag noch immer über dem Ort, obwohl die Farm vor zwei Wochen offiziell geschlossen worden war.

Der Samurai benahm sich so, als hätte auch er einen Geruchssinn. Er blieb stehen. Ich saß im Auto, vom Gestank gelähmt, und sah vor mir in etwa hundert Metern Entfernung eine Reihe von Baracken, von einem hohen Gitter eingezäunt. Über der Umzäunung war dreifacher Stacheldraht gespannt. Im gleißenden Sonnenlicht warf jeder Grashalm einen scharfen Schatten, und die Äste sahen aus wie Stacheln. Es war mucksmäuschenstill. Ich spitzte die Ohren, als erwartete ich, dass hinter der Mauer fürchterliche Geräusche zu vernehmen wären, das Echo dessen, was vorher stattgefunden hatte. Aber es war dort offenbar keine lebende Seele mehr, weder Mensch noch Tier. Im Sommer würde das alles mit Kletten und Brennnesseln zuwachsen. In ein bis zwei Jahren wird die Farm unter dem Grün verschwinden, und es wird hier höchstens noch spuken. Vielleicht könnte man die Farm zu einem Museum umfunktionieren. Zur Warnung.

Ich startete den Motor und fuhr zurück auf die Landstraße. Ja, ich wusste genau, wie der verschwundene Eigentümer ausgesehen hatte. Kurz nachdem ich hierhergezogen war, hatte an unserer Brücke eine Begegnung zwischen uns stattgefunden. Es war ein seltsames Zusammentreffen gewesen. Ich wusste damals noch nicht, wer er war.

Es war an einem Nachmittag, als ich vom Einkaufen aus der Stadt zurückkam. Vor der Brücke über unser Bächlein sah ich einen Geländewagen, er war an den Rand gefahren, als wolle er nur eben ein bisschen Gymnastik machen, alle vier Türen standen offen. Ich fuhr langsam. Eigentlich kann ich diese hochbeinigen, massiven Autos nicht ausstehen, sie scheinen eher in Gedanken an einen Krieg hergestellt zu werden als für Spazierfahrten am Busen der Natur. Ihre riesigen Räder zermatschen die Fahrrinnen der Feldwege und zerwühlen die Pfade. Die starken Motoren machen viel Lärm und produzieren viele Abgase. Ich bin überzeugt, dass ihre Eigentümer kleine Pimmel haben und diese Unzulänglichkeit mit der Größe des Autos kompensieren. Alljährlich protestiere ich beim Gemeindevorsteher gegen die Rallyes dieser schrecklichen Wagen und verschicke Petitionen. Dann bekomme ich eine nichtssagende Antwort, dass der Gemeindevorsteher meine Vorschläge überlegen werde, wenn die Zeit dafür gekommen sei, und dann herrscht Stille im Walde. Und jetzt stand eines dieser Ungetüme hier ganz nah beim Bach, kurz bevor es zum Tal hinunter ging, fast vor meiner Türschwelle. Ich fuhr langsam, um den ungebetenen Gast genau beobachten zu können.

Auf dem Beifahrersitz saß eine junge, sehr hübsche Frau und rauchte eine Zigarette. Ihr blondiertes Haar war schulterlang, und sie war sorgfältig geschminkt, besonders auffallend waren ihre dunkel umrandeten Lippen. Sie war so braun gebrannt, als sei sie eben vom Grill gesprungen. Ihre Beine ließ sie aus der Tür baumeln, von ihren nackten Zehen mit den roten Nägeln waren die Sandalen ins Gras gerutscht. Ich blieb stehen und lehnte mich aus dem Fenster.

»Kann ich Ihnen irgendwie behilflich sein?«, fragte ich freundlich.

Sie schüttelte den Kopf, hob die Augen gen Himmel, zeigte mit dem Daumen hinter sich und lächelte vielsagend. Sie schien ganz nett zu sein, aber ihre Geste verstand ich nicht. Deshalb stieg ich aus. Weil sie mir wortlos geantwortet hatte, dachte ich, ich müsse leise sein, und ging fast auf Zehenspitzen zu ihr. Ich hob fragend die Brauen. Das Geheimnisvolle gefiel mir.

»Nein, es ist nichts. Ich warte auf meinen … Mann.«

Auf ihren Mann? Hier? Ich verstand die Szenerie überhaupt nicht, in die ich unfreiwillig hineingeraten war. Argwöhnisch sah ich mich um, und da erblickte ich diesen ihren Mann. Er kam aus dem Gebüsch und sah ziemlich komisch aus, sonderbar. Gekleidet war er in so etwas wie eine Uniform, ein grünbrauner Tarnanzug. Auch sein Helm war mit Uniformstoff überzogen. Von Kopf bis Fuß war er mit Fichtenzweigen besteckt. Sein Gesicht war mit dunkler Farbe beschmiert, aus der ein grauer, gepflegter Schnurrbart hervorleuchtete. Seine Augen waren nicht zu sehen, sie waren verdeckt von einem riesengroßen optischen Gerät, so etwas, was der Augenarzt zur Untersuchung von Sehschwächen benutzt, voller Schrauben und Gelenke. Vor seiner breiten Brust und seinem stattlichen Bauch baumelten Kochgeschirr, eine Kartentasche, verschiedenes Werkzeug und ein Patronengürtel. In der Hand hielt er eine Flinte und ein Fernglas, und er sah aus, als hätte er sich für den Krieg der Sterne bewaffnet.

»Heilige Mutter Gottes«, flüsterte ich unwillkürlich. Einen Moment konnte ich keinen menschlichen Ton von mir geben, ich starrte diesen Spinner an, staunend und erschrocken, bis die Frau ihre Kippe auf den Weg schnippte und ziemlich ironisch bemerkte: »Da ist er ja.«

Der Mann kam auf uns zu und nahm seinen Helm ab.

Wahrscheinlich war ich bislang noch keinem Menschen begegnet, der auch nur annähernd so saturnisch aussah. Er war von mittlerer Statur, hatte eine breite Stirn mit buschigen Augenbrauen, hielt sich leicht gebeugt, und seine Füße waren etwas nach innen gedreht. Sofort drängte sich der Eindruck auf, dass dieser Mensch Ausschweifungen jeder Art gewohnt war, und dass es ihm im

Leben nur um Eines ging, und zwar um das konsequente Stillen seiner Begierden. Um jeden Preis. Und das war der reichste Mann in unserer Umgebung.

Er freute sich anscheinend, dass ihn abgesehen von seiner Frau noch jemand in diesem Aufzug sah. Er war stolz auf sich. Mit einer Handbewegung begrüßte er mich, um gleich darauf meine Existenz zu ignorieren. Er setzte seinen Helm wieder auf, ebenso wie seine seltsame Brille, und blickte in Richtung Grenze. Sofort verstand ich alles und ich spürte, wie mich der Zorn überkam.

»Los, fahren wir«, sagte seine Frau ungeduldig, wie zu einem Kind. Möglicherweise spürte sie die zorngeladenen Vibrationen aus meiner Richtung.

Er tat erst so, als höre er nicht, doch dann ging er zum Auto, nahm seine ganze Ausrüstung vom Kopf und stellte die Flinte ab.

»Was tun Sie hier?«, fragte ich ihn, weil mir nichts Besseres einfiel.

»Und Sie?«, fragte er zurück, ohne mich anzusehen.

Seine Frau zog die Sandalen an und nahm hinter dem Lenkrad Platz.

»Ich wohne hier«, antwortete ich frostig.

»Ah, Sie sind das mit den beiden Hunden … Wir haben Ihnen doch schon einmal gesagt, dass Sie die beim Haus halten sollen.«

»Die sind auf privatem Gelände …«, begann ich, doch er unterbrach mich. Das Weiße in seinen Augen blitzte böse im beschmierten Gesicht auf. »Für uns gibt es kein privates Gelände.«

Das war vor zwei Jahren gewesen, als alles noch viel einfacher gewesen zu sein schien. Das Treffen mit Wnętrzak hatte ich inzwischen vergessen. Ich hatte nichts mit ihm zu tun. Doch dann kreuzte plötzlich ein beschleunigter Planet einen unsichtbaren Punkt, und es trat eine Wendung ein, eine von den Wendungen, die uns hier unten gar nicht bewusst werden. Vielleicht sind es nur winzige Zeichen, die uns dieses kosmische Ereignis zeigen, und wir nehmen sie nicht wahr. Jemand tritt auf einen Ast, der ihm im Weg lag, im Tiefkühlfach explodiert eine Bierflasche, die nicht rechtzeitig herausgenommen wurde, von einem Wildrosenstrauch fallen zwei rote Hagebutten. Wie sollen wir das alles verstehen?

Es ist klar, dass das Große im Kleinsten steckt. Daran gibt es keinen Zweifel, und zwar absolut keinen. Auf diesem Tisch hier, an dem ich jetzt sitze und dies schreibe, liegt eine planetarische Konfiguration oder sogar ein ganzer Kosmos. Ein Thermometer, eine Münze, ein Aluminiumlöffel und ein Fayence-Becher. Ein Schlüssel, ein Handy, Papier und ein Kugelschreiber. Und ein graues Haar von mir, in dessen Atomen die Anfänge des Lebens gespeichert sind, der kosmischen Katastrophe, aus der die Welt entstand.

10

Der Scharlachkäfer

»Nicht den kleinsten Falter schlag,
Denn es naht der Jüngste Tag.«

Auch als der Juni schon begonnen hatte und die Häuser zumindest an den Wochenenden bewohnt waren, erfüllte ich meine Pflichten weiterhin mit großem Ernst. So ging ich mindestens einmal täglich auf den Hügel und observierte mit meinem Fernglas das Gelände. Zuerst natürlich die Häuser. In gewissem Sinne sind Häuser ja lebende Wesen, die mit dem Menschen in beispielhafter Symbiose leben. Ich freute mich von Herzen, denn man konnte ihnen genau ansehen, dass ihre Symbiosepartner zurückgekehrt waren. Diese erfüllten die leeren Innenräume mit Betriebsamkeit, mit Körperwärme, mit Gedanken. Ihre kleinen Hände reparierten alle Mängel und die vom Winter geschlagenen Kerben, sie trockneten feucht gewordene Mauern, putzten Fenster und reparierten Spülkästen. Und die Häuser sahen nun so aus, als seien sie aus dem schweren Schlaf erwacht, in den die Materie verfällt, wenn man sich nicht um sie schert. Schon wurden die Plastikstühle und Tische nach draußen gestellt, die hölzernen Fensterläden standen offen, und die Sonne konnte endlich in die Räume scheinen. An den Wochenenden rauchten die Kamine. Immer öfter kamen Herr und Frau Professor zu Besuch, immer im Kreis von Freunden. Sie spazierten auf den Wegen und entfernten sich nie weit vom Haus. Nach dem Essen führte sie ihr täglicher Gang bis zum Bildstock und zurück, dabei blieben sie oft stehen, um zu diskutieren. Manchmal trug der Wind einzelne Worte zu mir hin: Canaletto, Chiaroscuro, Tenebrismus.

Freitags kamen jetzt auch immer die Leute aus Studzienno. Wie es sich gehörte, rissen sie die Pflanzen aus, die vorher ums Haus herum gewachsen waren, und pflanzten neue, im Laden gekaufte. Die Logik, der sie hierbei folgten, erschloss sich einem nur schwer. Warum gefiel ihnen der Holunderstrauch nicht, warum wollten sie an seiner Stelle eine Glyzinie? Einmal, als ich ihnen auf Zehenspitzen über ihre mächtige Hecke beim Umpflanzen zusah, verriet ich ihnen, dass Glyzinien wahrscheinlich den strengen Februarfrost hier nicht überstehen würden. Sie nickten lächelnd mit den Köpfen und werkelten seelenruhig weiter. Einen wunderschönen Wildrosenbusch schnitten sie um, und die Thymianbüschel rissen sie aus. Vor dem Haus legten sie Steine zu einem phantasievollen Haufen zusammen und bepflanzten ihn mit Nadelholz, wie sie sagten: Mit Thujen, Latschenkiefern, Zypressen und Tannen. Völlig sinnlos, wie ich meine.

Schon seit längerer Zeit war Grisella hier, ich hatte sie bereits gesehen, wie sie auf den Wegen zwischen den Feldern einherschritt, langsam und stocksteif. Eines Abends war ich zu ihr gegangen, mit den Schlüsseln und Rechnungen. Sie bot mir einen Kräutertee an, den ich aus Höflichkeit trank. Als wir den Papierkram erledigt hatten, wagte ich es zu fragen: »Wenn ich einmal meine

Memoiren schreiben wollte, wie könnte ich das anfangen?« Ich war einigermaßen verlegen.

»Man muss sich an den Tisch setzen und sich zum Schreiben zwingen. Dann kommt es von selbst. Nicht zensieren. Alles aufschreiben, was einem einfällt.«

Ein seltsamer Ratschlag. Ich wollte nicht »alles« aufschreiben, ich wollte nur das schreiben, was mir gut und nützlich erschien. Ich dachte, sie würde fortfahren, aber sie sagte nichts mehr. Ich war enttäuscht.

»Enttäuscht?«, fragte sie, als hätte sie meine Gedanken erraten.

»Ja.«

»Wenn man nicht sprechen kann, soll man schreiben«, sagte sie. »Das ist eine große Hilfe.« Wieder schwieg sie. Der Wind wurde stärker und wir sahen durch das Fenster die Bäume, die sich gleichmäßig wie im Rhythmus einer unhörbaren Melodie wiegten, wie das Konzertpublikum in einem Amphitheater. Der Durchzug ließ im oberen Stockwerk eine Tür zuknallen. Wie ein Schuss. Grisella zuckte zusammen.

»Dieser Lärm macht mich nervös. Als ob hier alles lebt!«

»Ja, der Wind findet immer irgendwas, mit dem er Krach machen kann. Ich habe mich schon daran gewöhnt«, sagte ich.

Was für Bücher sie schrieb, wollte ich noch wissen, und sie sagte, Gruselgeschichten. Das freute mich. Ich wollte sie unbedingt mit Buena Noticia bekannt machen, sie hätten sich bestimmt viel zu erzählen. Sie sind aus ein und demselben Holz geschnitzt. Jemand, der über diese Dinge schreiben kann, muss ein äußerst mutiger Mensch sein.

»Und wird das Böse am Ende immer bestraft?«, fragte ich.

»Das ist mir egal. Um die Strafe kümmere ich mich nicht. Ich schreibe einfach gerne über schreckliche Dinge. Vielleicht deshalb, weil ich selber sehr schreckhaft bin. Das tut mir gut.«

»Wie ist das passiert?«, fragte ich, ermutigt vom hereinbrechenden Dunkel, und zeigte auf ihre orthopädische Halskrause.

»Eine degenerative Veränderung der Halswirbelsäule«, sagte sie in einem Ton, als informierte sie mich über ein defektes Haushaltsgerät. »Offenbar ist mein Kopf zu schwer. Wahrscheinlich. Ein zu schwerer Kopf. Die Wirbel halten diese Last nicht aus, und dann, knacks, knacks, degenerieren sie.«

Sie lachte und schenkte mir noch etwas scheußlichen Tee nach.

»Fühlen Sie sich hier nicht einsam?«, fragte sie.

»Manchmal.«

»Ich bewundere Sie. Ich wäre gerne wie Sie. Sie sind sehr tapfer.«

»Ich bin kein bisschen tapfer. Gut, dass ich hier etwas zu tun habe.«

»Mir ist ohne Agata unbehaglich zumute. Die Welt ist hier so groß, so unfassbar.« Sie blickte mich prüfend an. »Agata ist meine Frau.«

Ich blinzelte. Noch nie hatte ich gehört, dass eine Frau eine andere Frau »meine Frau« nannte. Aber es gefiel mir.

»Das erstaunt Sie, nicht wahr?«

»Ich sollte wahrscheinlich auch eine Frau haben. Es ist besser, mit irgendwem zusammenzuleben als alleine. Zusammen geht sich's immer leichter.«

Sie antwortete nicht. Es war schwer mit ihr ins Gespräch zu kommen. Schließlich bat ich sie, mir ein paar ihrer Bücher zu leihen. Die gruseligsten. Sie wollte Agata bitten, mir welche mitzubringen. Es wurde schon dunkel, doch sie machte kein Licht. Als wir beide ganz im Finsteren versunken waren, verabschiedete ich mich und ging nach Hause.

*

Jetzt, wo die Häuser wieder unter der Obhut ihrer Eigentümer waren, hatte ich wieder die Ruhe, um das Gelände weiter zu erforschen. Diese Expeditionen nannte ich weiterhin meine Rundgänge, und sie machten mir großen Spaß. Ich erweiterte meine Kreise wie eine einsame Wölfin. Endlich konnte ich die Häuser und den Weg hinter mir lassen. Ich ging bis in den Wald hinein, dort hätte ich endlos herumstromern können. Im Wald war es plötzlich still, eine riesige und behagliche Tiefe tat sich auf, in der man sich gut verstecken konnte. Der Wald schaukelte meine Gedanken. Hier musste ich mein unangenehmstes Leiden nicht verstecken – mein Weinen. Ich konnte die Tränen fließen lassen, sie konnten die Augen spülen und die Sicht verbessern. Vielleicht konnte ich deshalb mehr sehen als Menschen mit trockenen Augen.

Was mir zuerst auffiel, war, dass es keine Rehe mehr gab. Sie waren weg. Oder stand vielleicht das Gras zu hoch, sodass es die rötlichen, perfekten Rücken verdeckte? Aber das hätte doch bedeutet, dass sie mit der Aufzucht der Kitze beginnen könnten. Am selben Tag, als ich zum ersten Mal meiner Ricke mit ihrem Jungen, einem hübschen gesprenkelten Rehböckchen, begegnete, sah ich im Wald auch einen Menschen. Von ziemlich nahe, obwohl er mich nicht sah. Er trug einen grünen Rucksack, mit Gestänge, so einen, wie sie in den siebziger Jahren hergestellt wurden. Daraus schloss ich, er müsse etwa im selben Alter sein wie ich. Ehrlich gesagt, sah auch er … alt aus. Er hatte eine Glatze, seine Wangen waren mit grauen, kurzen Bartstoppeln bedeckt, wahrscheinlich benutzte er eine dieser billigen chinesischen Maschinen, die man auf Grünen Märkten kaufen kann, um seinen Bart zu trimmen. Die Gesäßtaschen der zu großen, verschossenen Jeans waren unförmig vollgestopft.

Dieser Mensch bewegte sich langsam auf dem Waldweg fort, vorsichtig, er achtete auf seine Schritte. Wahrscheinlich konnte ich deshalb so nah an ihn herangehen. Als er an die Kreuzung mit dem gestapelten Fichtenholz gelangte, nahm er den Rucksack ab, lehnte ihn an einen Baum und ging weiter in den Wald hinein. Mein Fernglas zeigte mir ein zittriges, leicht verschwommenes Bild, also musste ich mir selbst zusammenreimen, was er dort tat. Er beugte sich über das Unterholz und wühlte am Boden herum. Man hätte meinen können, er suche Pilze, doch dafür war es noch viel zu früh im Jahr. Ich beobachtete ihn fast eine Stunde lang. Er setzte sich ins Gras, aß Butterbrote und schrieb etwas in ein Heft. Etwa eine halbe Stunde lag er auf dem Rücken mit im Nacken verschränkten Armen und guckte in den Himmel. Dann nahm er wieder seinen Rucksack und verschwand im Grünen.

Von der Schule aus rief ich Dyzio an und berichtete ihm, dass ein fremder Mann im Wald umging. Ich sagte ihm auch, was die Leute im Geschäft von Buena Noticia geredet hatten. Sie hatten nämlich gesagt, dass der Kommissar in den Terroristentransfer über die Grüne Grenze verwickelt war. Schließlich waren irgendwelche verdächtigen Typen unweit von dort gefasst worden. Aber Dyzio blieb skeptisch gegenüber diesen Sensationsmeldungen. Er war nicht davon zu überzeugen, dass das ein Mann gewesen sein könnte, der im Wald umhergeht, um eventuelle Spuren zu verwischen. Vielleicht lag im Wald eine versteckte Waffe?

»Ich will dich nicht beunruhigen, aber die Ermittlungen werden höchstwahrscheinlich eingestellt, weil nichts gefunden werden konnte, was ein neues Licht auf die Angelegenheit werfen könnte.«

»Wie denn das? Und die Spuren der Tiere ringsum? Die Rehe haben ihn in den Brunnen gedrängt.«

Wir schwiegen, und dann fragte Dyzio: »Warum erzählst du allen von diesen Tieren. Das glaubt dir doch kein Mensch. Und die halten dich für eine … eine …« Er brach ab.

»Eine Verrückte, nicht wahr?«, half ich ihm.

»Also, ja … schon. Warum erzählst du das auch überall herum? Du weißt doch selber, dass es unmöglich ist.« Dyzio zweifelte kein bisschen, und ich dachte, dass man es ihm wirklich in aller Deutlichkeit erklären musste.

Ich war empört. Doch als es zum Unterricht läutete, sagte ich schnell: »Man muss den Menschen sagen, was sie zu denken haben. Anders geht es nicht. Sonst tut es ein Anderer.«

In dieser Nacht schlief ich nicht besonders gut, ich musste immerzu daran denken, dass ein Unbekannter in unmittelbarer Nähe meines Hauses herumstrich. Auch die Nachrichten vom eventuellen Ende der Ermittlungen quälten mich und machten mich nervös. Wie konnte man denn »die Ermittlungen einstellen«? Einfach so, gleich, auf der Stelle? Ohne sämtliche Möglichkeiten in Betracht gezogen zu haben? Und die Spuren? Hatte denn irgendwer je die Spuren verfolgt? Schließlich war ein Mensch umgekommen. Wieso denn »einstellen«, verdammt noch einmal?

Zum ersten Mal, seit ich hier wohnte, schloss ich nachts alle Türen und Fenster. Sofort wurde es stickig. Ich konnte nicht einschlafen. Es war Juni, also waren die Nächte schon warm und duftend. Und drinnen bekam ich das Gefühl, als hätte man mich lebenslang in den Heizkeller gesperrt. Ich lauschte auf Schritte um mein Haus herum, analysierte das Rascheln, fuhr bei jedem Knacken hoch. Die Nacht verstärkte jedes noch so leise Geräusch, verwandelte es in Ächzen, Stöhnen, Stimmen. Ich war vor Angst gelähmt. Zum ersten Mal, seit ich hier wohnte.

Am nächsten Tag stand der Mensch mit dem Rucksack vor meinem Haus. Ich erstarrte vor Schreck, und meine Hand tastete bereits nach dem Pfefferspray.

»Guten Tag. Entschuldigung, wenn ich Sie erschreckt habe.« Seine Stimme war ein tiefer Bariton, der die Luft zum Vibrieren brachte. »Haben Sie vielleicht etwas Milch zu verkaufen, von der Kuh?«

»Von der Kuh?« Ich wunderte mich. »Von der Kuh habe ich leider keine, nur vom Discounter. Darf es die sein?«

Er war enttäuscht.

Jetzt, bei Tageslicht, schien er ganz sympathisch. Auf das Spray konnte ich wahrscheinlich verzichten. Der

Mann trug ein weißes Leinenhemd mit Stehkragen wie aus der guten alten Zeit. Aus der Nähe betrachtet erwies sich auch, dass er gar keine Glatze hatte. Etwas Haar war noch auf seinem Hinterkopf, und daraus hatte er einen kleinen Pferdeschwanz gebunden, der wie ein angeschmuddelter Schnürsenkel aussah.

»Und Brot, backen Sie das selbst?«

»Nein«, antwortete ich verwundert. »Das kaufe ich auch im Laden unten.«

»Aha. Na dann, es ist okay.«

Auf dem Weg zur Küche wandte ich mich noch einmal um und sagte: »Ich habe Sie gestern gesehen. Haben Sie im Wald geschlafen?«

»Ja, ich habe im Wald geschlafen. Darf ich mich hier hinsetzen? Ich bin noch ganz gerädert.«

Er schien etwas zerstreut. Sein Hemd war hinten ganz grün vom Gras, er war wohl aus dem Schlafsack gerutscht. Das amüsierte mich.

»Möchten Sie vielleicht einen Kaffee?«

Er winkte heftig ab. »Ich trinke keinen Kaffee.«

Offenbar war er nicht besonders intelligent. Sonst hätte er begriffen, dass mir seine kulinarischen Vorlieben und Abneigungen egal waren.

»Vielleicht ein Stück Kuchen?« Ich zeigte auf den Tisch, den Dyzio mir kürzlich nach draußen getragen hatte. Dort stand ein Rhabarberkuchen, den ich vorgestern gebacken und schon fast aufgegessen hatte.

»Dürfte ich vielleicht Ihr Bad benutzen?« Seine Stimme klang, als würden wir über etwas verhandeln.

»Klar doch.« Ich ließ ihn ins Haus.

Er trank dann doch Kaffee und aß Rhabarberkuchen.

Sein Name war Borys Sznajder, aber er zog seinen Vornamen so seltsam in die Länge, dass es wie »Booroos« klang. Und so hieß er für mich fortan. Er hatte einen weichen östlichen Akzent, und woher der kam, erklärte er selbst in den nächsten paar Sätzen. Er kam aus Bialystok.

»Ich bin Entomologe«, sagte er mit einem Mund voll Kuchen. »Ich beschäftige mich mit einem bestimmten Käfer aus einer Reliktgattung, sehr selten und sehr schön. Wissen Sie, dass Sie am südlichsten europäischen Standort wohnen, wo der Cucujus haematodes, der Scharlachkäfer, vorkommt?«

Das war mir nie klar gewesen. Ehrlich gesagt freute es mich, es war so, als sei ein neues Familienmitglied aufgetaucht.

»Und wie sieht der aus?«, fragte ich.

Boros kramte aus einem verschlissenen Brotbeutel vorsichtig eine Plastikdose hervor. Er stellte sie mir vor die Nase: »So.«

In der durchsichtigen Dose lag ein toter Mistkäfer. So hätte ich ihn genannt: Mistkäfer. Nicht besonders groß, bräunlich, eher durchschnittlich. Ich hatte schon sehr schöne Mistkäfer gesehen. Dieser hier war in keiner Hinsicht außergewöhnlich.

»Warum ist er tot?«, wollte ich wissen.

»Sie sollen nicht denken, ich sei einer dieser Amateure, die Insekten töten, um sie zu einem Exemplar zu machen. Ich habe ihn schon tot gefunden.«

Ich blickte Boros an und versuchte zu erraten, wo bei ihm die lockere Schraube saß. Er durchsuchte tote Holzklötze, die entweder natürlich vor sich hinmoderten oder frisch geschnitten waren, nach den Larven eines Käfers.

Dann zählte er sie, inventarisierte die Larven und notierte die Ergebnisse in einem Heft, auf dessen Einband geschrieben stand: »Wirbellose Plattkäfer-Arten auf den Listen der Anhänge II und IV der den Lebensraum betreffenden EU-Richtlinien. Vorkommen und Verteilung in den Wäldern der Glatzer Grafschaft. Vorschläge für den Artenschutz. Projekt.« Ich las den Titel sehr genau, was mich von der Notwendigkeit befreite, in das Heft hineinzuschauen.

Boros verlangte, ich solle mir vorstellen, dass die staatlichen Forste nicht die geringste Ahnung davon hätten, dass nach Artikel 12 der Richtlinien alle EU-Mitgliedsstaaten dazu verpflichtet seien, ein System genau definierten Schutzes des Fortpflanzungsgebietes und ein System der Verhütung seiner Ausrottung auszuarbeiten. Doch der Abtransport von Holz, in das die Insekten ihre Eier abgelegt haben, aus denen dann Larven schlüpfen, ist erlaubt. So werden die Larven in die Sägewerke und zur weiteren Holzverarbeitung transportiert. Von ihnen bleibt nichts übrig. Sie kommen um, und niemand bemerkt es. Also hat keiner die Schuld daran.

»Hier im Wald ist jeder Baumstumpf voller Käferlarven«, sagte Boros. »Und wenn der Wald abgeholzt wird, wandert ein Teil der Äste ins Feuer. Da werden Äste ins Feuer geworfen, die voller Larven sind.«

Meiner Meinung nach sollte jeder ungerecht zugefügte Tod an die Öffentlichkeit gelangen. Auch wenn es um Insekten geht. Ein von niemandem bemerkter Tod ist doppelt skandalös. Was Boros tat, gefiel mir. Ja, er hatte mich überzeugt, ich war ganz auf seiner Seite.

Da ich sowieso meinen Rundgang machen musste, beschloss ich, das Nützliche mit dem Interessanten zu verbinden, und ging mit Boros in den Wald. Unter seiner Mitwirkung deckten die Baumstümpfe vor meinen Augen ihre Geheimnisse auf. Ganz normale Baumstämme erwiesen sich als wahre Königreiche von Lebewesen, die Korridore bohrten, Durchgänge und Zellen freilegten, wohinein sie ihre wertvollen Eier legten. Vielleicht waren die Larven nicht gerade ausgesprochen hübsch, doch ihre Vertrauensseligkeit rührte mich. Sie hatten dem Holz ihr Leben anvertraut, ohne zu bedenken, dass diese riesigen reglosen Baumwesen ja auch im Grunde brüchig sind und dazu vollkommen vom Willen des Menschen abhängig. Kaum vorstellbar, dass diese Larven einfach im Feuer verbrannten. Boros brachte mir Waldstreu und zeigte mir weitere seltene und weniger seltene Arten: den Eremiten, den gescheckten Nagekäfer – wer hätte gedacht, dass die hier saßen, unter der lockeren Borke. Den grüngold glänzenden Laufkäfer – ach, so hieß der – hatte ich schon oft gesehen, diesen schillernden Anonymus. Der schwarze Mistkäfer war schön wie ein Tropfen Quecksilber. Der Zwerghirschkäfer. Interessante Namen. Man sollte den Kindern Käfernamen geben. Und Vogelnamen und die Namen anderer Tiere. Schwarzbrauner Kurzhornschröter. Skarabäus Kowalski. Drosophila Nowak. Corvus Duszejko. Ich habe mir nur einige Namen gemerkt. Abrakadabra machten die Hände von Boros, sie vollführten geheimnisvolle Zeichen, und schon lag ein Insekt vor mir, eine Larve, Eier in einem Nest. Die Frage, welche von ihnen nützlich seien, brachte Boros sehr auf.

»Vom Standpunkt der Natur aus gibt es keine nützlichen und unnützen Tiere. Diese idiotische Unterscheidung hat der Mensch getroffen.«

Es war schon dunkel, als er am Abend wieder zu mir kam. Da er kein Dach über den Kopf hatte, bot ich ihm an, bei mir auf dem Lager in der Stube zu übernachten. Vorher saßen wir noch ein Weilchen zusammen. Ich holte die halbe Flasche Kirschlikör, die noch aus der Zeit von Matogas Besuchen stammte. Boros erzählte mir zunächst lang und breit alles über die Schweinereien und Missbräuche der Staatlichen Forste, doch dann entspannte er sich. Es war mir ein bisschen schleierhaft, wie man ein derart emotionales Verhältnis zu etwas, was sich Staatliche Forste nennt, haben kann. Die einzige Person, die ich mit dieser Institution assoziierte, war der Revierförster, den ich Fuchsauge genannt hatte, weil er irgendwie längliche Pupillen zu haben schien. Ansonsten war er ein feiner Kerl.

So kam es, dass sich Boros für mehrere Tage bei mir einquartierte. Jeden Abend kündigte er den Besuch von Studenten oder Freiwilligen der Aktion gegen die Staatlichen Forste an, doch jeden Tag stellte sich heraus, dass ihr Auto defekt war, dass sie wegen etwas Wichtigem woanders hinfahren mussten, dass sie unterwegs in Warschau Station gemacht hatten, und einmal sogar, dass sie eine Mappe mit Dokumenten verloren hatten. Und so weiter. Ich fürchtete schon, dass Boros sich bei mir für immer einnisten könnte, wie die Larve des Scharlachkäfers in einem Fichtenstamm, und nur die Staatlichen Forste imstande wären, ihn von hier zu vertreiben. Obwohl ich sah, dass er bemüht war, mir keine Umstände zu machen, und mir sogar half. Zum Beispiel putzte er das Badezimmer mit Akribie und Hingebung.

In seinem Rucksack hatte er ein kleines Laboratorium,

eine Schachtel mit Phiolen und Fläschchen, und darin, wie er sagte, bestimmte chemische, synthetische Substanzen, die den Insekten-Pheromonen täuschend ähnlich waren. Zusammen mit seinen Studenten experimentierte er mit diesen stark wirkenden chemischen Mitteln, um im Fall eines Falles die Insekten dazu zu bringen, sich andernorts zu vermehren.

»Wenn du damit ein Stück Holz bestreichst, werden die Käferweibchen dorthin drängen, um ihre Eier abzulegen. Sie werden aus der ganzen Umgebung auf diesem Stamm zusammenkommen, denn sie riechen das Zeug aus einer Entfernung von mehreren Kilometern. Ein paar Tropfen genügen.«

»Warum riechen die Menschen das nicht?«, fragte ich.

»Wer sagt denn, dass sie es nicht riechen?«

»Ich rieche nichts.«

»Vielleicht weißt du nur nicht, dass du es riechst, meine Liebe. Und in deiner menschlichen Verblendung glaubst du, dass du einen freien Willen hast.«

Die Anwesenheit von Boros erinnerte mich daran, wie es ist, wenn man mit jemandem zusammenlebt. Wie peinlich es sein kann. Wie sehr es in eigene Gedanken eingreift und wie sehr es zerstreut. Wie der andere nervt, selbst wenn er nicht wirklich stört, sondern einfach nur da ist. Wenn Boros frühmorgens in den Wald ging, empfand ich mein Alleinsein als Segen. Wie ist es möglich, dachte ich, dass Menschen jahrzehntelang auf engstem Raum zusammenleben? Dass sie in einem Bett schlafen, sich gegenseitig anhauchen und im Schlaf aus Versehen anrempeln? Nicht, dass mir das nicht auch passiert wäre. Es gab eine Zeit, in der ich mit einem Katholiken in einem Bett schlief, doch dabei war nichts Gutes herausgekommen.

11

Gesang der Fledermäuse

»Ein Hänfling, der im Bauer singt,
Zum Zorne alle Himmel bringt.«

An die Polizei

Da ich mich durch die unterlassenen Ermittlungen der lokalen Polizeibehörde im Todesfall meines Nachbarn im Januar dieses Jahres sowie im Todesfall des Kommissars anderthalb Monate später alarmiert fühle, sehe ich mich gezwungen, diesen Brief zu schreiben.

Die beiden traurigen Vorfälle fanden in meiner nächsten Umgebung statt, und so ist es kaum verwunderlich, dass ich mich persönlich betroffen und beunruhigt fühle.

Meiner Meinung nach sprechen die vielen eindeutigen Beweise klar dafür, dass wir es in beiden Fällen mit Mord zu tun haben.

Ich würde mich nicht zu dieser Behauptung hinreißen lassen, wäre ich nicht gemeinsam mit meinen Freunden Zeugin des Todes sowie der kurz nach dem Tod eintretenden Umstände gewesen, bevor die geschätzten Polizeibeamten kamen.

Dies sind die Fakten (und Fakten sind doch, wenn ich

es richtig verstehe, für die Polizei das, was die Ziegel für das Haus oder die Zellen für den Organismus sind – sie stützen das ganze System). Im ersten Fall war mein Mitzeuge mein Nachbar Świerszczyński, und im zweiten Fall war mein ehemaliger Schüler Dionizy bei mir.

Meine Überzeugung, dass beide Verstorbenen Opfer eines Mordes waren, stützt sich auf zwei Beobachtungen.

Erstens: Am Ort des Verbrechens waren in beiden Fällen Tiere zugegen. Im ersten Fall sah ich gemeinsam mit meinem Mitzeugen Świerszczyński beim Haus von Bigfoot eine Gruppe von Rehen (während im Haus des Letzteren gerade ein weiteres Exemplar zerstückelt worden war).

Was den Fall des Kommissars betrifft, so haben die Zeugen, darunter die Unterzeichnerin, unzählige Rehspuren im Schnee um den Brunnen gesehen, in dem sich die Leiche befand.

Leider bewirkte die ungünstige Aura der geschätzten Polizeibeamten die rasche Vernichtung dieser ebenso wichtigen wie bezeichnenden Beweise, die uns direkt zu den Tätern beider Verbrechen führen.

Zweitens: Ich habe bestimmte, sehr bezeichnende Informationen, die den (umgangssprachlich Horoskop genannten) Kosmogrammen der Opfer zu entnehmen sind, einer genaueren Untersuchung unterzogen. Sowohl im einen als auch im zweiten Fall scheint offensichtlich zu sein, dass es zu einem Angriff seitens der Tiere kam, mit tödlichen Folgen für das Opfer. Es ist eine sehr seltene Planetenkonstellation, umso eindringlicher möchte ich Ihnen empfehlen, sie einer genauen Betrachtung zu unterziehen.

Ich erlaube mir, beide Horoskope diesem Schreiben

beizufügen, und möchte dem polizeilichen Astrologen dringendst nahelegen, diese zu begutachten, damit meine Hypothese bestätigt werden kann.

Hochachtungsvoll –
Duszejko

*

Als Boros schon drei oder vier Tage bei mir wohnte, kam plötzlich Matoga vorbeigeschneit, was als weitere Sensation betrachtet werden muss, da er mich sonst nie besuchte. Er schien etwas irritiert von der Gegenwart eines fremden Mannes in meinem Haus zu sein. Vielleicht war er gekommen, um zu schnüffeln. Er ging nach vorn gebeugt, hielt seine Hand ins Kreuz gedrückt, und seine Miene war schmerzverzerrt. Ächzend ließ er sich nieder.

»Lumbago«, sagte er zur Begrüßung.

Er hatte eben Beton angerührt, um damit einen neuen, trockenen Zugang zu seinem Haus zu gießen. Als er sich nach dem Eimer bückte, hatte es einen Knacks in seiner Wirbelsäule gegeben, und er musste in dieser unbequemen Position mit der nach dem Eimer ausgestreckten Hand verbleiben, weil der Schmerz ihm nicht erlaubte, sich auch nur einen Millimeter aufzurichten. Erst jetzt war es ein bisschen besser geworden, also hatte er sich zu mir geschleppt, um mich um Hilfe zu bitten, denn er wusste ja, dass ich etwas von Baustellen verstand. Schließlich hatte er mir dabei zugesehen, wie ich letztes Jahr eine ähnliche Betonplatte gegossen hatte. Verstohlen und kritisch beäugte er Boros, insbesondere sein Pferdeschwänzchen. Dieses schien ihm der Gipfel der Extravaganz zu sein.

Ich stellte sie einander vor. Matoga streckte ihm sichtlich zögernd seine Hand hin.

»Es ist gefährlich, sich hier in der Gegend herumzutreiben, hier passieren sonderbare Dinge«, sagte er drohend, doch Boros ignorierte diese Warnung.

Wir machten uns auf, um Matogas Beton davor zu bewahren, in den Eimern zu erstarren. Boros und ich arbeiteten, und Matoga setzte sich auf einen Stuhl und gab als Ratschläge verkleidete Anordnungen, die er allesamt mit dem Worten begann: »Ich würde euch raten ...«

»Ich würde euch raten, nach und nach zu gießen, ein bisschen hier, dann ein Stück weiter, dann dazugießen, wenn es schon zusammengelaufen ist. Ich würde euch raten, ein bisschen zu warten, bis es nicht mehr rinnt. Ich würde euch raten, euch nicht gegenseitig in den Weg zu laufen, denn das gibt ein Durcheinander.«

Es nervte. Doch endlich war die Arbeit getan, und wir setzten uns alle zusammen in einen warmen Sonnenfleck vor das Haus, wo schon einige Pfingstrosen blühten. Die ganze Welt schien mit einer dünnen Goldschicht überzogen.

»Und ihr? Was habt ihr im Leben getan?«, fragte Boros auf einmal.

Die Frage kam so unvermittelt, dass ich mich im ersten Moment von Erinnerungen forttragen ließ. Sie verschwammen vor meinen Augen, und wie das mit Erinnerungen so ist, schien mir früher alles besser, schöner und glücklicher gewesen zu sein, als es jetzt war. Merkwürdig, keiner sagte etwas.

Menschen in meinem Alter haben keine Orte mehr, die sie einmal geliebt haben und wo sie hingehörten. Die Orte der Kindheit existieren nicht mehr, weder die Dörfer, in die man in die Ferien fuhr, noch die Parks mit den ungemütlichen Bänken, wo die ersten Liebschaften erblüht waren, auch nicht die Städte von früher, die Cafés, die Häuser. Und wenn deren äußere Gestalt noch irgendwie erhalten war, dann war es noch schmerzhafter, denn sie erinnerte an eine Hülle, die nichts mehr enthielt. Ich weiß nicht, wohin ich zurückkehren soll. Es ist wie Gefangensein. Die Wände der Zelle sind der Horizont dessen, was ich sehe. Dahinter existiert eine Welt, die mir fremd ist und die nicht zu mir gehört. Also für Menschen wie mich ist nur das Hier und Jetzt möglich, denn jedes Später ist zweifelhaft, jede Zukunft ist kaum skizziert und ungewiss, wie eine Fata Morgana, die durch den kleinsten Luftzug zerstört werden kann. So dachte ich vor mich hin, als wir schweigend beieinander saßen. Es war besser als zu sprechen. Keine Ahnung, woran die beiden Männer dachten. Vielleicht an das Gleiche.

Jedenfalls verabredeten wir uns für den Abend und tranken zu dritt etwas Wein. Es gelang uns sogar, etwas zu singen. Wir begannen mit »Heut' komm ich nicht zu dir«, jedoch so zaghaft und leise, als lauerten draußen, hinter dem geöffneten Fenster, die großen Ohren der Nacht, die alle unsere Gedanken und Worte hörten, auch den Liedtext, und als würde sie diesen sogleich dem Jüngsten Gericht zur Prüfung hinterbringen.

Nur Boros genierte sich kein bisschen. Das war verständlich, er war ja nicht bei sich zu Hause, und bei Gastspielen kann man immer etwas dicker auftragen. Er lehnte sich auf dem Stuhl zurück, tat so, als spielte er Gitarre, und sang mit geschlossenen Augen:

»Der iiiis e Hauuus in Njuuuu Orliiins, Dej koool de Raaajsing Saaan …«

Und wir, als hätte uns der Zauber angesteckt, griffen die Melodie und die Worte auf und sangen beide mit, wie abgemacht, auch wenn wir über uns staunten. Es zeigte sich, dass wir alle mehr oder weniger den Text bis zu der Stelle konnten, wo es heißt »Oh Mother, tell your children«, was unserem Gedächtnis ein ziemlich gutes Zeugnis ausstellte. Ab dann stammelten wir irgendwie weiter und taten nur noch so, als wüssten wir, was wir sangen. Wir wussten es aber nicht und brachen in Gelächter aus. Das war schön und berührend. Dann schwiegen wir wieder und versuchten uns an andere Lieder zu erinnern. Ich weiß nicht, wie es den anderen ging, aber bei mir hatte sich das ganze Liederbuch aus dem Kopf verflüchtigt. Da ging Boros ins Zimmer und kam mit einem kleinen Plastiktütchen zurück, dem er ein wenig getrocknetes Kraut entnahm, um daraus eine Zigarette zu drehen.

»Heiliger Himmel, ich habe seit zwanzig Jahren nicht geraucht«, sagte Matoga mit blitzenden Augen. Solche Augen hatte ich bei ihm lange nicht gesehen.

Es war eine sehr helle Nacht. Der Junivollmond heißt hier auch Blaumond, denn der Mond hat in dieser Nacht tatsächlich einen sehr schönen Blauton. Meine *Ephemeriden* sagen, dass diese Nacht nur fünf Stunden dauert.

Wir saßen im Garten unter einem alten Apfelbaum, an dem die Äpfel schon angesetzt hatten. Der Garten duftete und raschelte. Ich hatte mein Gefühl für Zeit verloren, und jede Pause zwischen den gesprochenen Sätzen schien mir unendlich lang. Vor uns hatte sich eine riesige

Menge Zeit aufgetan. Wir redeten ganze Jahrhunderte lang, immer das Gleiche, mal mit dem einen, mal mit dem anderen Mund, und keiner von uns wusste noch, dass das Argument, gegen das er eben anstritt, gerade noch sein eigenes gewesen war. Aber eigentlich stritten wir gar nicht, wir führten einen Dialog, einen Trialog, und wir waren drei faunähnliche Wesen, halb Mensch, halb Tier. Mir wurde klar, dass es im Garten und im Wald viele von unserer Sorte gibt, unsere Gesichter sind mit Fell bedeckt. Seltsame Geschöpfe. Die Fledermäuse hatten sich überall auf die Bäume gesetzt und sangen. Ihre dünnen, vibrierenden Stimmchen verwirbeln die mikroskopisch kleinen Nebelteilchen, sodass die Nacht leise klingelte, um alle Geschöpfe zum nächtlichen Gottesdienst zu rufen.

Boros war für ein ganzes Äon im Haus verschwunden, und Matoga und ich saßen schweigend da. Er sperrte seine Augen weit auf und starrte mich so intensiv an, dass ich vor diesem Blick in den Schatten eines Baumes flüchten musste. Dort versteckte ich mich.

»Verzeih mir«, sagte er nur, und mein Verstand setzte sich langsam in Bewegung wie eine schwere Lokomotive, um das zu verstehen. Was sollte ich Matoga denn verzeihen? Mir fiel ein, dass er mich einige Male nicht zurückgegrüßt hatte. Oder wie er mit mir über die Schwelle gesprochen hatte, als ich ihm Briefe brachte, und er mich nicht ins Haus, in seine hübsche, saubere Küche lassen wollte. Und dann noch: dass er sich nie für mich interessiert hatte, wenn ich, von meinem Leiden niedergestreckt, das Bett hüten musste.

Aber das waren letztlich keine Dinge, die ich ihm verzeihen musste. Vielleicht dachte er auch an seinen kaltschnäuzigen und ironischen Sohn im schwarzen Mantel? Aber was können wir denn für unsere Kinder?

Endlich tauchte Boros in der Tür auf, mit meinem Laptop, den er vorher auch schon benutzt hatte, und an diesen schloss er den Anhänger seiner Halskette an, der die Gestalt eines Wolfszahns hatte. Es war lange still, und wir warteten auf ein Zeichen. Endlich hörten wir ein Gewitter, was uns aber weder ängstigte noch überraschte. Es übertönte die Glöckchen aus dem Nebel. Mir schien, dass diese Musik die echteste aller Musiken war, und dass sie nur für diesen einen Abend komponiert worden war.

Von irgendwoher kamen diese Worte:

Riders on the storm
Into this house we're born
Into this world we're thrown
Like a dog without a bone
An actor out alone
Riders on the storm …

Boros summte und schaukelte auf seinem Stuhl, die Worte wiederholten sich unendlich, immer wieder die gleichen. Es kamen keine anderen nach.

»Warum sind manche Menschen böse und gemein?« Schon wieder so eine rhetorische Frage von Boros.

»Der Saturn«, antwortete ich. »In der traditionellen antiken Astrologie des Ptolemäus steht, dass es der Saturn ist. Er hat in seinen unharmonischen Aspekten die Kraft, engherzige, niederträchtige, einsame und jammervolle Menschen zu schaffen. Sie sind bösartig, feige, schamlos und düster, sie spinnen ewige Intrigen, sprechen eine primitive Sprache, pflegen ihren Körper nicht. Immerzu wollen sie mehr, als sie schon haben, nichts gefällt ihnen. Meinst du die?«

»Vielleicht ist es falsche Erziehung«, meinte Matoga. Er sprach langsam und bedächtig, als fürchte er, seine Zunge könne ihm einen Streich spielen, und er müsse dann etwas ganz anderes sagen. Doch als er diesen Satz hervorgebracht hatte, fasste er Mut für einen zweiten: »Oder der Klassenkampf.«

»Oder schlampige Reinlichkeitserziehung«, meinte Boros, und ich sagte: »Eine giftspritzende Mutter.«

»Ein autoritärer Vater.«

»Sexuelle Übergriffe im Kindesalter.«

»Nicht gestillt werden.«

»Das Fernsehen.«

»Zu wenig Lithium und Magnesium in der Nahrung.«

»Die Börse,«, brüllte Matoga. So enthusiastisch hatte ich ihn noch nie erlebt, es kam mir etwas übertrieben vor.

»Quatsch, die doch nicht«, sagte ich. »Wie denn auch?«

Also korrigierte er sich. »Ein posttraumatischer Schock.«

»Die psychophysische Konstitution.«

Wir überboten uns gegenseitig mit Ideen, bis wir keine mehr hatten, was uns ebenfalls amüsierte.

»Dann eben doch der Saturn«, sagte ich und wollte mich totlachen.

Später begleiteten wir Matoga bis zu seinem Haus, wobei wir besonders leise sein wollten, um Grisella nicht zu wecken. Doch es gelang uns nur teilweise, weil wir immer wieder in Gelächter ausbrachen.

Als wir endlich schlafen gingen, umarmten wir uns, Boros und ich, vom Wein ermutigt, weil wir so dankbar für den schönen Abend waren. Später sah ich, wie er in der Küche mit Leitungswasser seine Tabletten nahm.

Ich hielt Boros für einen sehr feinen Menschen. Gut, dass auch er ein Leiden hatte. Die Gesundheit ist ein ungewisser Zustand, der nichts Gutes verheißt. Es ist besser, in aller Ruhe etwas krank zu sein, dann weiß man wenigstens, woran man einmal stirbt.

In der Nacht kam er zu mir ans Bett und hockte sich davor. Ich hatte nicht geschlafen.

»Schläfst du?«, fragte er.

»Bist du religiös?« Einmal musste ich ihm diese Frage stellen.

»Ja«, sagte er stolz. »Ich bin Atheist.«

Das klang interessant.

Ich hob die Decke und bat ihn zu mir ins Bett, aber da ich weder rührselig noch sentimental bin, werde ich mich nicht weiter darüber auslassen.

*

Der nächste Tag war ein Samstag, und Dyzio erschien bereits am frühen Morgen.

Ich arbeitete gerade in meinem kleinen Garten an der Überprüfung einer meiner Theorien. Vielleicht kann ich einmal beweisen, dass wir unsere phänotypischen Eigenschaften nach den Erkenntnissen moderner Genetik doch weitervererben. Ich habe festgestellt, dass gewisse erworbene Eigenschaften unregelmäßig in den nachfolgenden Generationen auftauchen. Vor drei Jahren habe ich ein Mendel'sches Experiment an duftenden Erbsen begonnen, und ich bin noch immer dabei. Dazu kerbte ich die Blütenblätter ein. Inzwischen bin ich bereits bei der fünften aufeinanderfolgenden Generation (zwei pro Jahr). Mich interessierte, ob aus den Samen Pflanzen mit beschädigten Blütenblättern wuchsen, und ich muss sagen, dass die Ergebnisse dieses Experiments sehr ermutigend ausfielen.

Dyzios klappriger Wagen preschte hinter der Kurve hervor. Es klang, als sei es außer Atem und wahnsinnig aufgeregt. Und Dyzio schien diese Aufregung beim Aussteigen zu teilen.

»Wnętrzak ist gefunden worden. Mausetot. Seit vielen Wochen.«

Mir wurde speiübel. Ich musste mich setzen. Darauf war ich nicht vorbereitet.

»Also ist er nicht mit seiner Geliebten durchgebrannt«, sagte Boros, der mit einem Becher Tee aus der Küche kam. Er war offensichtlich enttäuscht.

Dyzio blickte uns unsicher an und schwieg überrascht. Hastig stellte ich sie einander vor, sie gaben sich die Hand.

»Das ist schon lange bekannt.« Dyzios Aufregung war am Abklingen. »Er hat seine Kreditkarten dagelassen, und volle Konten. Nur sein Pass ist tatsächlich nirgends aufgetaucht.«

Wir setzten uns vors Haus. Dyzio erzählte, Holzdiebe hätten ihn gefunden. Sie seien gestern Nachmittag mit einem Karren in den Wald gefahren, von der Fuchsfarm aus, und dort, als es schon fast dunkel war, hätten sie seine Überreste liegen sehen, in einer Grube, in der es einmal Tonerde gegeben hatte, inmitten von Farnbüscheln. Was von Wnętrzak noch übrig war, hatte ziemlich schauerlich ausgesehen, verdreht und verunstaltet, sodass nicht gleich zu erkennen gewesen war, dass es sich um eine menschliche Leiche handelte. Erst waren sie entsetzt geflüchtet, doch dann hatte sie das Gewissen geplagt. Natürlich hatten sie Angst, zur Polizei zu gehen, aus dem einfachen Grund, weil ihr geplanter Diebstahl dann sofort ans Licht gekommen wäre. Aber nein, sie hätten ja eigentlich irgendetwas Beliebiges angeben können, einen Zufall, egal was … Jedenfalls hatten sie spät am Abend doch bei der Polizei angerufen, und diese war noch in derselben Nacht vor Ort erschienen. Anhand der Kleidungsreste war Wnętrzak vorerst identifiziert worden, er hatte eine ziemlich charakteristische Lederjacke getragen. Ganz sicher könne man aber erst am Montag sein.

Matogas Sohn bezeichnete unser Verhalten später als »kindisch«, auch wenn es mir sehr besonnen gewesen zu sein schien. Wir setzten uns nämlich in meinen Samurai und fuhren in den Wald, hinter die Fuchsfarm, dorthin, wo die Leiche gefunden worden war. Wir waren keineswegs die Einzigen, die so kindisch waren. Etwa zwanzig Menschen, Männer und Frauen aus Transsylvanien, aber auch die schnurrbärtigen Waldarbeiter – sie alle hatten sich hier eingefunden. Das Gebiet war mit einem orangefarbenen Plastikband abgegrenzt, und aus der für Zuschauer vorgesehenen Entfernung konnte man kaum etwas erkennen.

Eine Frau in mittlerem Alter kam zu mir und sagte: »Der hat angeblich einige Monate hier gelegen, die Füchse hatten schon ein ganzes Stück von ihm aufgefressen.«

Ich nickte. Die Frau erkannte ich wieder. Wir hatten uns oft im Geschäft von Buena Noticia gesehen. Sie hieß Innocenta, was mir sehr imponierte. Abgesehen davon beneidete ich sie nicht – sie hatte einige Söhne, allesamt Taugenichtse, die ihr eine große Last waren.

»Die Leute haben erzählt, dass er ganz mit weißem Schimmel bedeckt war. Er war völlig verschimmelt.«

»Verschimmelt? Kann das sein?«, fragte ich schaudernd.

»Aber ja!« Sie war sich ihrer Sache ganz sicher. »Und am Bein hatte er einen Draht, ganz fest angezogen, fast schon eingewachsen.«

»Das muss eine Schlinge gewesen sein.« Das konnte ich mir gut vorstellen. »Er ist sicher in eine Falle geraten. Die waren hier überall ausgelegt.«

Wir gingen an dem Band entlang, um vielleicht noch Details zu erkennen. Der Ort eines Verbrechens ist etwas Schauerliches, daher sprachen die Gaffer kaum miteinander, und wenn, dann so leise wie auf einem Friedhof. Innocenta ging hinter uns her, sie sprach für alle, die entsetzt verstummt waren: »Aber von einer Falle stirbt man nicht. Der Zahnarzt behauptet immer wieder, dass es die Rache der Tiere ist. Die haben nämlich gejagt, wissen Sie das? Er und der Kommissar.«

»Ja, ich weiß.« Ich war überrascht, dass sich die Nachrichten so schnell verbreitet hatten. »Das glaube ich auch.«

»Wirklich? Glauben Sie, ist es möglich, dass die Tiere …«

Ich zuckte die Achseln. »Keiner kann das genau sagen. Ich glaube eigentlich schon, dass die Tiere sich gerächt haben. Manchmal können wir etwas nicht verstehen, aber wir fühlen es ganz genau.«

Sie dachte kurz nach und gab mir Recht. Wir hatten das Band abgeschritten und blieben an einer Stelle stehen, von wo man das Polizeiauto und einige am Boden hockende Männer mit Gummihandschuhen gut sehen konnte. Offenbar wollte die Polizei nun alle möglichen Spuren sichern, um nicht die gleichen Fehler zu machen wie beim Kommissar. Denn damals waren viele Fehler geschehen. Wir durften nicht näherkommen, denn zwei Uniformierte scheuchten uns sofort zurück auf den Weg wie eine Hühnerschar. Doch wir hatten gesehen, dass sie gewissenhaft Spuren suchten und dass einige Beamte im Wald herumgingen, damit ihnen nur ja kein Detail entging. Dyzio erschrak, er wollte an diesem Ort lieber nicht erkannt werden. Immerhin arbeitete er für die Polizei.

Beim Nachmittagstee, den wir bei dem schönen Wetter vor dem Haus einnahmen, führte Dyzio seine Überlegungen fort: »Meine ganze Hypothese ist beim Teufel. Ich muss zugeben, dass mir etwas Bestimmtes im Kopf herumspukte. Vielleicht hatte Wnętrzak dem Kommissar ein bisschen nachgeholfen, damit er auch wirklich in den Brunnen fiel? Vielleicht haben sie gemeinsame Geschäfte gemacht, haben sich gestritten, und vielleicht hat der Kommissar ihn erpresst? Es hätte doch sein können, dass sie sich beim Brunnen getroffen hatten und anfingen zu raufen. Dann hätte Wnętrzak dem Anderen einen Stoß geben können, und so wäre es gekommen.«

»Und jetzt stellt sich heraus, dass es noch schlimmer war, als alle dachten. Und der Mörder ist immer noch auf freiem Fuß«, sagte Matoga.

»Ich will gar nicht dran denken, dass er noch hier in der Gegend herumstreunt.« Dyzio machte sich an seine Portion Erdbeeren.

Diese Erdbeeren waren völlig ohne Geschmack. Möglicherweise kam es davon, weil sie mit irgendeinem Giftzeug gedüngt worden waren. Oder es war eine Folge davon, dass unsere Geschmacksknospen genauso alterten wie wir. Vielleicht werden wir nie mehr so einen Geschmack, wie wir ihn von früher kennen, schmecken können. Wieder etwas unwiederbringlich Verlorenes.

Boros fachsimpelte teetrinkend darüber, wie die Insekten bei der Zersetzung von Leichen halfen. Ich ließ mich dazu überreden, nach Einbruch der Dunkelheit noch einmal mit ihm in den Wald zu fahren. Die Polizisten würden schon fort sein, und er könnte seine Untersuchungen durchführen. Dyzio und Matoga hielten das für ein makabres Unterfangen und ließen sich nicht davon abbringen. So blieben sie auf der Veranda sitzen.

*

Das Band leuchtete orange und phosphoreszierte in der sanften Dunkelheit des Waldes. Ich wollte nicht näher hingehen, aber Boros, der sich mit ungenierter Bestimmtheit bewegte, zog mich einfach mit sich. Ich stand über ihm, als er im Licht seiner Stirnlampe mit dem Finger im Unterholz zwischen den Farnen herumstocherte und die Spuren von Insekten suchte. Sonderbar, wie die Nacht alle Farben löscht, als seien ihr diese Extravaganzen der Welt völlig egal. Boros murmelte vor sich hin, und ich stand beklommen da und überließ mich meinen Visionen:

Wnętrzak, auf seiner Farm, sah oft durch das Fenster auf den Wald, auf eine mit Farnen umsäumte Waldfront, und an diesem Tag sah er dort einige hübsche, flauschige, wilde rote Füchse. Sie waren nicht ängstlich, sie setzten sich hin wie Hunde und blickten ihn unentwegt herausfordernd an. Vielleicht keimte da in seinem kleinen, habgierigen Herzen eine Hoffnung auf. Das wäre eine leichte Beute, anscheinend waren die ganz zutraulich. So schöne Füchse, sie wären leicht zu locken. Doch warum haben sie keine Scheu, wieso sind sie so zahm, dachte er. Vielleicht ist es eine Kreuzung mit anderen Füchsen, mit solchen, die in Käfigen aufgewachsen und ihr ganzes Leben im Kreis herumgelaufen sind, in einem so engen Kreis, dass sie mit der Schnauze die Spitze ihres eigenen wertvollen Schweifs berührten? Nein, das war nicht möglich. Aber die Füchse waren so groß und so schön. Also beschloss er eines Abends, als er sie wieder sah, ihnen nachzugehen, um mit eigenen Augen zu sehen, wohin sie ihn lockten, der Teufel ritt ihn. Er warf seine Lederjacke über und ging hinaus. Da sah er, dass sie auf ihn gewartet hatten, schöne und würdevolle Tiere mit klugen Augen. »Ksss, ksss«, lockte er sie wie kleine Welpen, doch je näher er kam, desto weiter verschwanden sie in den Wald, der um diese Jahreszeit noch nackt und feucht war. Sie waren zum Greifen nahe, einen von ihnen hätte er mit der bloßen Hand packen können, sie strichen ihm ja fast um die Beine. Es fiel ihm auch ein, sie könnten tollwütig sein, aber das war ihm eigentlich egal. Er war gegen Tollwut geimpft – denn einmal hatte ihn ein von ihm angeschossener Hund gebissen. Dem hatte er mit dem Gewehrkolben eins überziehen müssen. Tollwut war ihm also egal. Die Füchse trieben ein sonderbares Spiel mit ihm, sie verschwanden aus seinem Blickfeld, dann tauchten zwei, drei von ihnen plötzlich wieder auf, und plötzlich glaubte er, auch wunderschöne, junge, puschelige Fuchsfähen zu sehen. Und dann setzte sich der größte, stattlichste Fuchs ganz ruhig direkt vor ihn hin. Anzelm Wnętrzak ging gerührt in die Knie und watschelte, in der Hocke, vorgebeugt langsam vorwärts, er hatte die Hand ausgestreckt, als hielte sie einen Leckerbissen für den Fuchs, der sich auf diese Art in einen wunderschönen Kragen verwandeln würde. Plötzlich bemerkte er, dass sich sein Fuß irgendwo verfangen hatte und dass er sich nicht mehr frei bewegen konnte. Sein Hosenbein war festgezurrt, und an seinem Knöchel spürte er etwas Kaltes, Metallisches. Er schüttelte das Bein. Und als ihm klar wurde, dass es eine Schlinge war, schleuderte er das Bein instinktiv zurück. Vergebens. Mit dieser Bewegung hatte er sein eigenes Todesurteil verhängt. Der Draht spannte sich und löste den primitiven Mechanismus aus – die junge Birke, die damit zu Boden gebogen und festgehalten worden war, schnellte nach oben und zog den Körper von Wnętrzak so heftig mit sich in die Höhe, dass er eine Zeit lang zappelnd und brüllend in der Luft hing, aber nur kurz, dann wurde er ruhig. Die überlastete Birke hielt nicht lange durch und knickte schließlich um, und so fand Wnętrzak seine letzte Ruhestätte auf Erden in einer ehemaligen Lehmgrube, in deren Unterholz die Triebe der Farne zu wachsen begannen.

Jetzt kniete Boros an dieser Stelle. »Leuchte hierher«, bat er mich, »ich glaube, hier gibt es Cleridae-Larven.«

»Glaubst du, dass Wildtiere einen Menschen töten können?«, fragte ich, noch ganz in meiner Vision gefangen.

»Aber ja, ganz bestimmt. Löwen, Leoparden, Stiere, Schlangen, Insekten, Bakterien, Viren …«

»Und solche wie Rehe?«

»Denen würde sicher auch etwas einfallen …«

Also er war auf meiner Seite. Leider beinhaltete meine Vision nicht, wie die Füchse aus dem Zuchtgehege nach draußen gelangt waren. Und auch nicht, wie die Schlinge am Bein ihn tötete.

»Ich habe einiges gefunden: Acarina, Cleridae, Wespenlarven und Dermaptera, auch Ohrenkneifer genannt«, sagte Boros beim Abendessen, das Matoga in meiner Küche zubereitet hatte. »Aha, und Ameisen natürlich. Ja, und eine Menge Schimmel, der wurde aber bei der Bergung der Leiche ziemlich zerstört. Ich glaube, das zeugt davon, dass sich die Leiche im Stadium der Butterfermentation befand.«

Wir aßen gerade Nudeln mit Gorgonzolasauce.

»Schwer zu sagen«, sagte Boros, »ob es wirklich Schimmel war oder Adipocire, also Leichenwachs.«

»Was sagst du da? Leichenwachs? Was soll das sein? Woher weißt du das?« Matoga hatte den Mund voller Nudeln, auf seinen Knien hielt er Marysia.

Boros erklärte, er sei früher Konsultant für die Polizei gewesen. Dabei hatte er etwas über Taphonomie gelernt.

»Taphonomie?«, fragte ich. »Und was ist das?«

»Die Lehre über die Zersetzung der Leichen und die Entstehung von Fossilien. ›Taphos‹ ist das griechische Wort für Grab.«

»Mein Gott«, seufzte Dyzio, als bäte er jemanden um Intervention. Aber natürlich passierte nichts dergleichen.

»Es würde bedeuten, dass die Leiche etwa vierzig bis fünfzig Tage dort gelegen hat.«

Rasch rechneten wir die Zeit nach. Dyzio war am

schnellsten. »Also wahrscheinlich Anfang März. Das hieße, nur einen Monat nach dem Tod des Kommissars.«

In den nächsten drei Wochen gab es kaum ein anderes Gesprächsthema, bis endlich etwas Neues passierte. Bisher hatte eine ungeheure Anzahl von Versionen über Wnętrzaks Tod kursiert. Dyzio sagte, die Polizei hätte ihn nach seinem Verschwinden im März überhaupt nicht gesucht, weil gleichzeitig auch seine Geliebte abgängig war. Von deren Existenz hatten übrigens alle gewusst, sogar seine Frau. Und obwohl alle davon überzeugt waren, dass Wnętrzak in dunkle Geschäfte verwickelt war, kam ihnen das plötzliche Untertauchen der beiden doch seltsam vor. Niemand wollte seine Nase in Angelegenheiten stecken, die ihn nichts angingen. Auch seine Frau hatte sich in sein Abtauchen gefügt, und es ist nicht ausgeschlossen, dass es ihr sogar recht war. Sie hatte bereits, völlig überflüssigerweise, eine Scheidungsklage eingereicht. Nun war sie Witwe, und das war vermutlich besser für sie. Die Geliebte konnte ausfindig gemacht werden, und es stellte sich heraus, dass sie ihr Verhältnis mit Wnętrzak schon im Dezember beendet hatte. Sie lebte seit Weihnachten bei ihrer Schwester in den USA. Boros fand, die Polizei hätte ihn steckbrieflich suchen lassen sollen, wo es doch so viele Verdachtsmomente gab. Doch vielleicht hatte die Polizei mehr gewusst als wir.

Am Mittwoch darauf erfuhr ich bei Buena Noticia im Geschäft, dass in unserer Umgebung angeblich ein Tier sein Unwesen trieb, das besonders gerne Menschen ermordete. Dasselbe Tier hatte im letzten Jahr offenbar bereits in der Gegend von Opole dasselbe Unwesen getrieben – mit dem Unterschied, dass es dort Haustiere getötet hatte. Die nackte Angst hatte die Menschen auf dem Land gepackt, und sie verrammelten nachts ihre Häuser und Kuhställe.

»So habe ich endlich einmal alle Löcher im Zaun geflickt«, sagte der Mann mit dem Pudel, der diesmal eine elegante Weste kaufte. Ich freute mich, ihn zu sehen. Und seinen Pudel. Der saß brav da und sah mich klug an. Pudel sind intelligenter, als man glaubt, auch wenn sie gar nicht so aussehen. Dasselbe betrifft auch eine Reihe anderer Geschöpfe, deren Intelligenz wir nicht würdigen.

Wir verließen gemeinsam das Geschäft und standen noch eine Weile vor meinem Samurai.

»Ich weiß noch, was Sie damals alles auf der Polizeiwache gesagt haben. Das hat mich sehr überzeugt. Ich glaube, dass es nicht um ein einzelnes mörderisches Tier geht, sondern um Tiere überhaupt. Vielleicht sind sie aufgrund des Klimawandels aggressiver geworden, sogar die Hasen und die Rehe. Und jetzt revanchieren sie sich für alles.«

Das sagte der ältere Herr.

Boros reiste ab. Ich brachte ihn in die Stadt zum Bahnhof. Seine Studenten waren nicht gekommen, ihr Auto war nun vollends im Eimer. Vielleicht hatte es diese Studenten nie gegeben. Vielleicht hatte Boros hier auch andere Dinge zu erledigen gehabt und war nicht nur in Sachen Scharlachkäfer unterwegs gewesen.

Ein paar Tage lang fehlte er mir sehr – sein Waschzeug im Badezimmer und sogar seine leeren Teebecher, die er immer im ganzen Haus verteilt abstellte. Er rief täglich an. Dann etwas seltener, sagen wir, jeden zweiten Tag.

Seine Stimme klang, als käme sie aus einer anderen Dimension, irgendeinem Jenseits im Norden eines Landes, wo es tausendjährige Bäume gibt, zwischen denen sich die Tiere in Zeitlupe bewegen, außerhalb der Zeit. Ich sah ruhig zu, wie das Bild von Boros Sznajder, dem Entomologen und Taphonomen, allmählich verblasste und verwehte, es blieb nur noch ein graues Zöpfchen, das absurd in der Luft baumelte. Alles vergeht.

Wer klug ist, weiß das von Anfang an, und er bereut nichts.

12
Der Mauerläufer

»Der Witwe Katze, Bettlers Hund,
Füttre sie, und du wirst rund.«

In den letzten Junitagen regnete es pausenlos. Das kommt hier im Sommer oft vor. Dann hört man, wie in der permanenten Feuchtigkeit das Gras raschelnd wächst, wie der Efeu die Mauern hoch klettert, wie sich unter der Erde die Myzelien verzweigen. Nach dem Regen, wenn die Sonne wieder durch die Wolken kommt, strotzt alles so intensiv, dass man weinen möchte.

Ich ging jetzt mehrere Male täglich den Zustand der kleinen Brücke über dem Bach kontrollieren, ich sah nach, ob die aufgewühlten Wassermassen ihr keinen Schaden zugefügt hatten.

Eines Tages, es war schwül und gewittrig, tauchte Matoga mit einer schüchternen Bitte bei mir auf. Er wollte, dass ich ihm dabei half, ein Kostüm für den Ball der Pilzsammler zu entwerfen. Die Pilzsammlergesellschaft »Der Steinpilz« hatte diesen für die Johannisnacht organisiert. Ich hatte keine Ahnung davon gehabt, dass Matoga bei dieser Gesellschaft Schatzmeister war.

»Die Saison hat doch noch gar nicht angefangen.« Ich wusste nicht so recht, was ich davon halten sollte.

»Das glaubst du bloß. Die Saison beginnt mit den ersten Butterpilzen und Champignons, also meistens etwa Mitte Juni. Später ist nicht mehr viel Zeit für Bälle, weil wir dann Pilze sammeln gehen.« Zum Beweis hielt er mir zwei hübsche Rotkappen unter die Nase.

Ich saß gerade auf der Veranda und führte meine astrologischen Untersuchungen durch. Seit Mitte Mai stand Neptun in positivem Aspekt zu meinem Aszendenten, was, wie ich zu spüren glaubte, eine inspirierende Wirkung auf mich hatte.

Matoga wollte mich überreden, mit ihm zu einem Treffen zu gehen, vielleicht wollte er sogar, dass ich mich einschrieb und auch gleich den Mitgliedsbeitrag bezahlte. Doch ich will zu keiner Gesellschaft gehören. Nach einem Blick in sein Horoskop wusste ich, dass auch bei ihm Neptun im Aspekt von Venus stand. Vielleicht war es also tatsächlich eine gute Idee, auf den Pilzsammlerball zu gehen. Ich musterte Matoga, wie er da vor mir saß, in seinem grauen, verschossenen Hemd, mit einem Körbchen Erdbeeren auf den Knien. Nachdem ich Schälchen aus der Küche geholt hatte, zupften wir die Erdbeeren. Es musste schnell gehen, denn sie waren schon leicht glasig. Matoga benutzte selbstverständlich seine Pinzette, was er mich auch einmal versuchen ließ. Aber es fiel mir viel leichter, die Stiele mit den bloßen Fingern zu entfernen.

»Wie heißt du eigentlich mit Vornamen?«, fragte ich ihn. »Für was steht dieses Ś. vor deinem Familiennamen?«

»Świętopełk«, sagte er nach langem Zögern, ohne mich anzusehen.

»Wirklich?«, entfuhr es mir, doch gleich darauf dachte ich, wer immer ihm diesen Namen gegeben hatte, hatte ins Schwarze getroffen. Świętopełk. Sein Bekenntnis hatte ihn sichtlich erleichtert. Er steckte eine Erdbeere in den Mund und sagte: »Mein Vater hat mich so genannt, um meine Mutter zu ärgern.« Sein Vater war Bergbauingenieur gewesen. Nach dem Krieg war er als Spezialist nach Waldenburg, das später zu Wałbrzych wurde, versetzt worden. Dort sollte die ehemals deutsche Kohlemine wieder in Betrieb genommen werden. Einer seiner Mitarbeiter, ein älterer Deutscher, der technische Direktor der Mine, hatte so lange Ausreiseverbot, bis die Maschinen wieder reibungslos liefen. Die Stadt war damals ganz verlassen und die Züge brachten täglich neue Arbeiter. Doch die siedelten sich alle an ein- und demselben Ort an, in einem einzigen Bezirk, als fürchteten sie die große, leere Stadt. Der deutsche Direktor bemühte sich nach Kräften, so schnell wie möglich seine Aufgabe zu erfüllen, um wieder nach Schwaben oder Hessen zurückreisen zu können. Er lud also Matogas Vater oft zu sich zum Mittagessen ein, und bald darauf pfiffen es die Spatzen von den Dächern, dass der Ingenieur ein Auge auf die hübsche Tochter des Direktors geworfen hatte. Es war eigentlich die beste Lösung, dass die Jungen heirateten. Sowohl für die Mine als auch für den Direktor und für die Kommunisten, die jetzt die Tochter des Deutschen als eine Art Geisel hielten. Doch die Ehe funktionierte gleich zu Beginn nicht besonders gut. Matogas Vater verbrachte viel Zeit auf der Arbeit, fuhr oft unter Tage, denn es war eine schwer zugängliche und anspruchsvolle Mine, in der Anthrazit aus unglaublichen Tiefen gefördert wurde. Es ist schwer vorstellbar, aber er fühlte sich anscheinend unter der Erde wohler als an der frischen Luft. Nachdem alles ganz gut lief und die Mine wieder in

Betrieb war, kam das erste Kind zur Welt. Das Mädchen bekam den Namen Żywia, womit das Zurückfallen der westlichen Gebiete an das Vaterland gefeiert werden sollte. Langsam stellte sich jedoch heraus, dass die Eheleute sich immer weniger vertrugen. Świerszczyński benutzte einen eigenen Zugang zum Haus und richtete sich im Keller einen Arbeitsraum und sein eigenes Schlafzimmer ein. Genau zu dieser Zeit kam der Sohn, also Matoga zur Welt, vielleicht war er die Frucht des letzten sexuellen Aktes, zum Abschied, gewesen. Und ausgerechnet jetzt, wohl wissend, dass seine deutsche Frau schon Schwierigkeiten bei der Aussprache ihres neuen Nachnamens hatte, ließ sich der Ingenieur von irgendwelchen heute kaum verständlichen Rachegefühlen leiten und gab seinem Sohn den Vornamen Świętopełk. Die Mutter, die nie die Namen ihrer Kinder aussprechen konnte, starb, sobald sie beide Kinder bis zum Schulabschluss durchgebracht hatte. Der Vater hingegen wurde wunderlich und verbrachte den Rest seines Lebens unter der Erde, im Keller, wo er ein System aus Zimmern und Fluren unter dem Boden der Villa anlegen ließ.

»Also meine Schrulligkeit, die habe ich wahrscheinlich von meinem Vater«, endete Matoga.

Ich war aufrichtig gerührt von dieser Erzählung, auch weil ich noch nie eine derart lange Erzählung meines Nachbarn zu hören bekommen hatte. Gerne hätte ich noch mehr über sein Leben erfahren, zum Beispiel war ich neugierig, wer die Mutter vom Schwarzmantel war. Aber Matoga schien nun erschöpft und traurig zu sein. Und da bemerkten wir, dass wir ohne es zu merken, alle Erdbeeren aufgegessen hatten.

Jetzt, wo er mir seinen wirklichen Vornamen aufgedeckt hatte, konnte ich ihm seinen Wunsch nicht abschlagen. Am Nachmittag fuhren wir also zu dem Treffen. Beim Losfahren schepperte mein Werkzeug im Kofferraum des Samurai.

»Was hast du da alles im Kofferraum?«, fragte Świętopełk. »Wozu brauchst du das alles? Die Kühlbox? Den Kanister? Den Spaten?«

Wusste er denn nicht genau, dass jeder, der alleine in den Bergen wohnt, autark sein muss?

Als wir ankamen, saßen alle bereits an den Tischen und tranken starken, direkt im Glas aufgebrühten Kaffee. Ich staunte nicht schlecht, dass eine Menge Leute der Pilzsammlergesellschaft »Der Steinpilz« angehörten, die ich aus den Geschäften, vom Kiosk oder von flüchtigen Begegnungen auf der Straße gut kannte. Das Pilzsammeln war wohl wirklich etwas, was die Leute zusammenbrachte. Zwei Männer, die sich wie die Auerhähne in einem fort gegenseitig mit ihren zweideutigen, »Anekdoten« genannten Abenteuergeschichten zu übertönen versuchten, dominierten das Gespräch von Anfang bis Ende. Ein paar andere Menschen versuchten erfolglos, sie zum Schweigen zu bringen. Wie ich von meiner Nachbarin zur Linken erfuhr, sollte der Ball in der Remise stattfinden, ganz in der Nähe der Fuchsfarm, unweit der Rinderherzkurve. Aber ein Teil der Mitglieder war entschieden dagegen.

»Das wird kein Vergnügen, an einem Ort zu feiern, wo ein Mensch umgekommen ist, den wir gut kannten«, sagte der Leiter der Versammlung. Es war der Geschichtslehrer der Schule, ich freute mich, ihn wiederzusehen. Auch von ihm hatte ich nicht gewusst, dass er passionierter Pilzsucher war.

»Das ist aber nur ein Aspekt«, sagte Frau Grazyna, die mir gegenüber saß. Sie war Verkäuferin im Ruch-Kiosk und überließ mir oft die Zeitungen vom Vortag. »Aber außerdem ist es dort vielleicht immer noch gefährlich. Einige von Ihnen wollen ja vielleicht manchmal zum Rauchen nach draußen gehen …«

»Ich erinnere daran, dass in den Innenräumen das Rauchen verboten ist, aber Alkohol trinken dürfen wir nur drinnen, dafür haben wir die Genehmigung bekommen. Ansonsten fiele es unter Alkoholgenuss in der Öffentlichkeit und wäre illegal.«

Ein Raunen erhob sich.

»Was soll denn das?«, rief ein Mann in Khaki-Weste. »Ich zum Beispiel, wenn ich trinke, dann rauche ich auch. Und umgekehrt. Was soll ich also tun?«

Der Geschichtslehrer geriet in Verlegenheit, und dann sprachen plötzlich alle durcheinander und erteilten Ratschläge, wie die Situation zu lösen sei.

»Vielleicht in die Tür stellen, die Hand mit dem Glas nach drinnen und die Hand mit der Zigarette nach draußen halten«, schrie einer vom Ende des Saales.

»Der Rauch zieht doch sowieso rein.«

»Dort gibt es eine überdachte Terrasse. Ist eine Veranda drinnen oder draußen?«, fragte ein anderer geistesgegenwärtig.

Der Veranstaltungsleiter klopfte laut auf den Tisch, und genau in dem Moment trat der Vorsitzende ein, das Ehrenmitglied der Gesellschaft. Er hatte sich verspätet. Alle verstummten. Der Vorstand gehörte zu der Kategorie von Menschen, die es gewohnt sind, beachtet zu werden. Seit frühester Jugend hatte er diverse Vorsitze: in der Schülerselbstverwaltung, bei den Pfadfindern für

Volkspolen, im Gemeinderat, in der Steinbruch-Gesellschaft und in allen möglichen Aufsichtsräten. Und obwohl er nur eine Amtszeit lang Abgeordneter gewesen war, wurde er von allen immer der Vorstand genannt. Er war das Regieren gewohnt, und er löste die Situation mit einem Schlag.

»Wie wär's, wenn wir das Buffet auf der Veranda machen, nichtwahr, und die Terrasse zur Genusszone erklären?« Der Vorstand tat sein Bestes, um witzig zu sein, doch kaum jemand lachte.

Zugegeben, er war eine stattliche Erscheinung, wenngleich sein gewaltiger Bauch ihn etwas verunstaltete. Er war selbstsicher, hatte durchaus Charme, und seine vertrauenerweckende Jupiterpose machte Eindruck. O ja, dieser Mensch war zum Regieren geboren. Und nichts anderes konnte er tun.

Der selbstzufriedene Vorstand hielt eine kurze Rede darüber, wieso das Leben auch nach einer großen Tragödie wieder weitergehen musste. Die Rede war mit Scherzchen gespickt und richtete sich wiederholt an »unsere schönen Damen«. Er hatte die weitverbreitete Gewohnheit, immer wieder das gleiche Füllwort einzustreuen, und zwar »nichtwahr«.

Ich hatte meine Theorie zum Thema solcher Füllsel. Jeder Mensch hat so einen Ausdruck, den er überstrapaziert. Oder den er falsch anwendet. So ein Wort ist der Schlüssel zu seinem Geist. Herr »Angeblich«, Herr »Generell«, Frau »Wahrscheinlich«, Herr »Scheiße«, Frau »Eigentlich«. Der Vorstand war Herr »Nichtwahr«. Natürlich gibt es Moden für manche Worte, ebenso wie es andere Moden gibt, die bewirken, dass die Leute plötzlich alle einen Rappel kriegen und in identischen

Schuhen oder schwarzen Klamotten herumlaufen. Das Gleiche passiert mit Worten: Auf einmal benutzen alle dasselbe Wort. Noch bis vor Kurzem war es »sozusagen« und heutzutage feiert das Wort »zeitnah« Triumphe.

»Gedenken wir der Toten, nichtwahr.« Hier machte er eine Geste, als wolle er sich bekreuzigen. »Er war mein Freund, wir hatten viel gemeinsam. Er war auch ein passionierter Pilzsammler, und er wäre bestimmt dieses Jahr unserer Gesellschaft beigetreten. Er war ein feiner Kerl, mit weitem Horizont, nichtwahr. Er hat den Leuten Arbeit gegeben, und dafür werden wir sein Andenken, nichtwahr, in Ehren halten. Die Arbeit liegt nicht auf der Straße. Er ist unter geheimnisvollen Umständen ums Leben gekommen, aber die Polizei, nichtwahr, wird den Fall aufklären. Wir dürfen uns aber nicht terrorisieren lassen, nichtwahr, damit keine Panik aufkommt. Das Leben hat seine Gesetze, und die dürfen wir nicht ignorieren. Nur Mut, meine Lieben, meine schönen Damen, ich bin dafür, dass man, nichtwahr, den Gerüchten einen Riegel vorschiebt und auch der ungerechtfertigten Hysterie. Wir müssen Vertrauen haben, nichtwahr, zur Obrigkeit, und wir müssen unsere Werte leben.« Das klang fast so, als wolle er uns für irgendwelche Wahlen präparieren.

Nach diesem Auftritt verließ er die Versammlung. Alle waren begeistert. Mir drängte sich der Gedanke auf, dass einer, der das Wort »nichtwahr« so inflationär benutzte, ein Lügner sein musste.

Die chaotische Diskussion kam wieder in Gang. Jemand erinnerte an die Bestie, die im Vorjahr die Gegend um Krakau unsicher gemacht hatte. Konnte man sich denn auf einem Ball in der Remise, die ja am Rande des größten Waldes der Gegend stand, noch sicher fühlen?

»Wisst ihr noch, was für eine Hetzjagd die Polizei letzten September auf dieses geheimnisvolle Tier veranstaltet hat? Irgendwo bei Krakau, es war dauernd im Fernsehen. Einer aus dem Dorf hat zufällig das laufende Raubtier gefilmt, wahrscheinlich war es ein junger Löwe«, sagte ein aufgeregter Mann. Er kam mir bekannt vor, vielleicht aus dem Haus von Bigfoot.

»Da verwechselst du aber was. Ein Löwe? Hier?«, unterbrach ihn der Khaki-Mann.

»Das war aber kein Löwe, sondern ein junger Tiger.« Das war Frau Mary Pfiffig, wie ich sie nannte. Sie war sehr groß und nervös, und sie nähte den hiesigen Frauen originelle Gewänder, daher war der Name sehr passend für sie. »Ich habe Fotos im Fernsehen gesehen.«

»Er hat Recht, lass ihn ausreden, genau so war es.« Die Frauen waren aufgeregt.

»Die Polizei hat den Löwen oder Tiger, oder was immer für ein Tier es war, zwei Tage mit Hubschraubern und der Antiterrorbrigade gesucht, erinnert ihr euch? Das hat mindestens eine halbe Million gekostet, und sie haben nichts gefunden.«

»Vielleicht ist es jetzt hier irgendwo?«

»Es hat angeblich mit Tatzenhieben gemordet.«

»Köpfe abgebissen.«

»Ein Mauerläufer«, sagte ich.

Es wurde kurz still. Sogar die beiden Auerhähne glotzten mich nur an.

»Was ist ein Mauerläufer?«, fragte Mary Pfiffig nervös.

»Ebenso ein geheimnisvolles Tier, das man nicht zu fassen kriegt. Ein tierischer Rächer.«

Jetzt redeten alle gleichzeitig. Matoga regte sich auf. Er rang die Hände und blickte drein, als würde er gleich aufstehen und dem Erstbesten, der ihm in die Quere kam, den Hals umdrehen.

Das Treffen ging offensichtlich seinem Ende zu. Die Ordnung war nicht wieder herzustellen. Ich fühlte mich schuldig, dass ich überhaupt diesen Mauerläufer erwähnt hatte. Aber was soll's, auch ich hatte eine Art Kampagne gestartet.

Nein, die Menschen in unserem Land haben nicht die Fähigkeit, sich zu vereinigen und Kooperativen zu bilden, nicht einmal unter der Flagge des Steinpilzes. Es ist ein Land der neurotischen Individualisten, von denen jeder, sooft er unter Menschen ist, Anweisungen erteilt, Kritik übt, sich empört und seine unzweifelhafte Überlegenheit zur Schau stellt.

Ich glaube, in Tschechien ist es ganz anders. Dort können die Menschen ruhig diskutieren, und niemand zankt sich mit dem anderen. Selbst wenn sie wollten, brächten sie das nicht zustande, weil ihre Sprache sich nicht zum Streiten eignet.

*

Wir kamen spät und gereizt zu Hause an. Matoga hatte auf dem Rückweg kein einziges Wort gesprochen. Ich hatte Abkürzungen genommen, war durch unwegsames Gelände gefahren, und es machte mir Spaß, dass wir auf unseren Sitzen hin und her geschleudert und gestoßen wurden, sei es beim Umfahren der Pfützen, oder beim Hineinrumpeln in diese. Wir verabschiedeten uns mit einem kurzen »bis dann«.

Als ich in meiner kalten und leeren Küche stand, spürte ich, dass ich bald wieder das tun würde, was ich immer tat: weinen. Nachdem es da am besten war, nicht mehr zu denken, sondern lieber etwas zu tun, setzte ich mich an den Tisch und schrieb diesen Brief:

An die Polizei

Da mein voriges Schreiben unbeantwortet geblieben ist, obwohl jedes Amt in diesem Land zu einer Antwort innerhalb von 14 Tagen verpflichtet ist, sehe ich mich gezwungen, meine Erklärungen, die ich zu den ausnehmend tragischen Vorfällen in unserer Gegend machen möchte, zu erneuern und Ihnen hiermit meine Beobachtungen mitzuteilen, die den geheimnisvollen Todesfall des Kommissars sowie des Eigentümers der Fuchsfarm, Herrn Wnętrzak, erhellen.

Auch wenn es nach einem Unfall bei der gefährlichen Arbeit des Polizisten oder nach einem unglücklichen Zusammentreffen von Umständen aussieht, so ist doch zu fragen, ob die Polizei der Frage nachgegangen ist: WAS HAT DER ERMORDETE ZU DIESER ZEIT AN DIESEM ORT GETAN? Weiß man inzwischen etwas über seine Absichten? Denn dieser Umstand kommt vielen Personen, darunter der Unterzeichnerin, besonders seltsam vor. Die Unterzeichnerin war übrigens auch vor Ort und hat (was für die Polizei wichtig sein könnte) eine große Anzahl von Tierspuren, insbesondere von Rehen, festgestellt. Es sieht so aus, als sei der Ermordete aus seinem Auto heraus in das Dickicht gelockt worden, in dem sich der fatale Brunnen befand. Es ist sehr gut möglich, dass die von ihm verfolgten Rehe Selbstjustiz an ihm verübten.

Ähnlich stellt sich die Situation beim nächsten Opfer dar, nur, dass nach der langen Zeit keine Spuren mehr festgestellt werden konnten. Allerdings lässt sich die Dramaturgie der Ereignisse mit der Todesart erklären. Wir haben hier eine leicht vorstellbare Situation, da der Ermordete in ein Dickicht gelockt wurde, an einer Stelle, wo normalerweise Drahtschlingen ausgelegt werden. Er geriet in eine der Fallen, wodurch er sein Leben verlor (wie genau, das müsste noch untersucht werden).

Gleichzeitig möchte ich an die Polizei appellieren, die Idee nicht gleich zu verwerfen, dass die Täter in den oben angeführten Fällen Tiere gewesen sein könnten. Ich habe einiges an Informationsmaterial gesammelt, das die Dinge erhellen könnte. Es hat nämlich schon längere Zeit keine von Tieren ausgeführten Straftaten gegeben.

Ich muss bei Adam und Eva anfangen, denn in der Bibel steht klipp und klar, dass der Ochse, der eine Frau oder einen Mann umbringt, gesteinigt werden soll. Der heilige Bernhard exkommunizierte einen Bienenschwarm, der ihn mit seinem Summen bei der Arbeit störte. Bienen waren auch verantwortlich für den Tod eines Menschen in Worms, das war im Jahr 846. Die Volksvertretung verurteilte sie zum Tode durch Ersticken. Im Jahr 1394 waren es Schweine, die in Frankreich ein Kind auffraßen. Ein Mutterschwein wurde gehenkt, ihre sechs Ferkel kamen in Hinblick auf ihr Alter straffrei weg. Im Jahr 1639 verurteilte ein Gericht in Frankreich, in Dijon, ein Pferd wegen Mordes an einem Menschen.

Das alles waren nicht nur Mordsachen, sondern auch Verbrechen gegen die Natur. So gab es in Basel im Jahr 1471 einen Prozess gegen ein Huhn, das seltsam grell gefärbte Eier legte. Es wurde zum Feuertod verurteilt, da es sichtlich mit dem Teufel unter einer Decke steckte. Das möchte ich dahingehend kommentieren, dass die menschliche Engstirnigkeit und Grausamkeit offenbar keine Grenzen kennt.

Den berühmtesten Prozess gab es in Frankreich, das war im Jahr 1521 der Prozess gegen die Ratten, die viel Zerstörung angerichtet hatten. Sie wurden von den Einwohnern angeklagt, ihr Rechtsvertreter war ein findiger Advokat namens Bartolomeo Chassenee. Als seine Klienten zur ersten Verhandlung nicht erschienen, plädierte Chassenee dafür, dass der Termin vertagt wurde. Er wies nach, dass die Angeklagten sehr weit verstreut lebten und ihnen überdies auf dem Weg zum Gericht viele Gefahren drohten. Daher beantragte er beim Gericht die Garantie, dass die Katzen, die der Grund für das Nichterscheinen der Ratten gewesen waren, den Vorgeladenen auf dem Weg zur Verhandlung keinen Schaden zufügten. Leider konnte das Gericht keine solche Garantie geben, und so wurde die Verhandlung noch einige Male verschoben. Schließlich wurden die Ratten freigesprochen, nach einer flammenden Rede ihres Verteidigers.

1659 ließen in Italien die Eigentümer der durch Gänse zerstörten Weinberge ein Schreiben an diese mit einer Gerichtsvorladung ergehen. Die Zettel mit dem Inhalt der Vorladung wurden an die Bäume in der Umgebung geheftet, damit sich alle Gänse mit der Anklageschrift vertraut machen konnten.

Indem ich diese historischen Fälle zitiere, ersuche ich Sie, mein Anliegen und meine Überlegungen ernst zu nehmen. Sie zeigen, dass in der europäischen Jurisdiktion ein ähnliches Denken schon früher stattgefunden hat, man kann die Fälle als Präzedenzfälle betrachten.

Gleichzeitig möchte ich beantragen, dass die Rehe und eventuelle andere Tiertäter straffrei ausgehen, denn die ihnen angelastete Tat ist ja lediglich die Reaktion auf das seelenlose und grausame Verhalten der Opfer, die, wie ich in Erfahrung bringen konnte, allesamt aktive Jäger waren.

Hochachtungsvoll –
Duszejko

Am nächsten Tag fuhr ich gleich morgens zur Post. Ich wollte den Brief per Einschreiben schicken, damit ich einen Beweis in der Hand hatte. Auch wenn es mir ziemlich sinnlos vorkam, denn die Polizeidienststelle lag genau gegenüber der Post auf der anderen Straßenseite.

Beim Verlassen der Post hielt ein Taxi neben mir, und der Zahnarzt lehnte sich hinaus. Wenn er trinkt, lässt er sich mit einem Taxi überall hinkutschieren, und auf diese Art verjubelt er das Geld, das er sich mit Zähneziehen verdient.

»Hallo, Frau Duszeńko«, rief er. Sein Gesicht war rot, seine Augen glasig.

»Duszejko«, korrigierte ich ihn.

»Der Tag der Rache ist nah. Schon kommen die höllischen Heerscharen!«, brüllte er und winkte mir zu. Dann fuhr das Taxi mit quietschenden Reifen in Richtung Kudowa davon.

13
Der nächtliche Schütze

»Wer des Käfers Geister quält,
Nacht zur Wohnstatt sich erwählt.«

Schon zwei Wochen vor dem geplanten Pilzsucher-Fest durchwühlte ich mit Buena Noticia in ihrem Hinterzimmer Tonnen von Gewändern, die für ein Kostüm geeignet sein könnten. Leider gab es keine große Auswahl für Erwachsene. Verkleidungen für Kinder gab es jede Menge. Ein Kind konnte einfach alles werden, was es wollte, ein Frosch, Zorro, Batman, ein Tiger. Schließlich fanden wir aber eine ganz passable Wolfsmaske, die auch mir passte. So beschloss ich, als Wolf zu gehen. Es gab ein Kostüm, das mir wie angegossen passte, es bestand aus einem pelzigen Overall mit Pfoten aus ausgestopften Handschuhen. Dazu die Maske. Ich konnte aus dem aufgesperrten Wolfsrachen ganz leicht in die Welt gucken.

Für Matoga sah es leider nicht so gut aus. Wir konnten einfach nichts für sein derart herausragendes Gestell finden. Alles war ihm zu kurz. Schließlich kam Buena Noticia auf eine glorreiche Idee. Also, wenn es schon einen Wolf gibt … Jetzt galt es nur noch, Matoga davon zu überzeugen.

Am Morgen des Festtages, nachdem es in der Nacht

gewittert hatte, untersuchte ich die Regenschäden an meinen Experimentiererbsen. Dabei sah ich das Forstauto den Weg herauffahren und winkte ihm, damit es anhielt. Es war der nette junge Mann, den ich insgeheim Fuchsauge nannte, weil seine Pupillen irgendetwas Seltsames an sich hatten. Sie schienen mir länglich zu sein, unheimlich. Auch er war in der Folge des Gewitters unterwegs, er zählte die großen, alten, geknickten Fichten in der Umgebung.

»Kennen Sie den Scharlachkäfer?«, fragte ich ihn, um nach dem einleitenden Geplänkel zum Kernpunkt der Sache zu kommen.

»Ja«, sagte er, »jedenfalls einigermaßen.«

»Und wissen Sie, dass er seine Eier in Baumstämme legt?«

»Ja, leider, ich weiß.« Man konnte sehen, wie sehr er sich bemühte zu erraten, wohin ihn dieses Verhör führen könnte.

»Er zerstört damit hochwertiges Holz. Aber worauf wollen Sie hinaus?«

Ich umriss ihm kurz die Problematik. Dabei erzählte ich ihm fast das Gleiche, was Boros mir erzählt hatte. Doch an seinem Fuchsblick erkannte ich, dass er mich für eine Verrückte hielt. Er zwinkerte gönnerhaft, lächelte freundlich und sprach zu mir wie zu einem Kind.

»Frau Duszeńko …«

»Duszejko«, korrigierte ich ihn.

»Sie sind so eine liebe Frau. Alles nehmen Sie sehr persönlich. Aber Sie glauben doch nicht wirklich, dass wir die Holzgewinnung einstellen wegen eines Käfers, der in den Stämmen nistet? Haben Sie vielleicht etwas Kaltes für mich zu trinken?«

Plötzlich war all meine Energie verpufft. Er nahm mich nicht ernst. Wäre ich Boros oder der Schwarzmantel oder so einer gewesen, hätte er mich angehört, mir vielleicht irgendwo Recht gegeben, mit mir diskutiert. Aber ich war für ihn nur eine schrullige Alte, die in dieser Einöde hier oben schon komplett kauzig geworden war. Ein nutzloses und unwichtiges Frauenzimmer. Obwohl ich nicht sagen würde, dass er mich nicht mochte, ich spürte sogar seine Sympathie.

Ich schlurfte zum Haus, und er folgte mir. Er setzte sich auf die Terrasse und schlabberte bestimmt einen halben Liter Kompott. Ich sah ihm zu und dachte bei mir, ich hätte ihm ein bisschen Maiglöckchensaft in dieses Kompott träufeln können, oder die pulverisierten Schlaftabletten unterrühren, die mir Ali verschrieben hatte. Wenn er dann eingeschlafen wäre, dann hätte ich ihn in den Heizkeller gesperrt und ihn eine Zeit lang bei Wasser und Brot gehalten. Oder ich hätte ihn gemästet und jeden Tag geprüft, wie fett seine Finger waren, ob er schon reif zum Braten wäre. Ich hätte ihn Mores gelehrt.

»Es gibt keine natürliche Natur mehr«, sagte er, und da sah ich, wer dieser Förster in Wirklichkeit war: ein Beamter. »Es ist schon zu spät. Die natürlichen Mechanismen sind reguliert worden, und wir müssen jetzt alles unter Kontrolle halten, damit es zu keiner Katastrophe kommt.«

»Droht uns denn eine Katastrophe vom Scharlachkäfer?«

»Natürlich nicht. Aber wir brauchen Holz für Treppen, für Fußböden, für Möbel, für Papier. Wie stellen Sie sich das vor? Dass wir auf Zehenspitzen durch den Wald gehen, weil dort gerade der Scharlachkäfer Eier legt? Wir müssen die Füchse abschießen, denn wenn wir das nicht tun, dann wächst ihre Population so an, dass sie andere Arten gefährden. Vor einigen Jahren gab es so viele Hasen, dass sie die Jungpflanzen gefährdeten.«

»Wie wär's denn mit Verhütungsmitteln, damit sie sich nicht so vermehren, anstatt sie umzubringen?«

»Ach nein, wissen Sie, wie viel das kosten würde? Und es wäre nicht zielführend. Der eine frisst zu viel davon, der andere zu wenig. Wir müssen irgendwie Ordnung halten, wenn eine natürliche Ordnung nun einmal nicht mehr besteht.«

»Die Füchse …«, begann ich und dachte an den stattlichen Konsul, der immer zwischen Tschechien und unserem Hochplateau pendelte.

»Genau«, er fiel mir ins Wort. »Können Sie sich vorstellen, was für eine Bedrohung zum Beispiel die freigelassenen Füchse von der Farm sind? Glücklicherweise haben wir einen Teil schon wieder eingefangen und zu einer anderen Farm gebracht.«

»O nein«, stöhnte ich. Den Gedanken konnte ich nur schwer ertragen, aber ich tröstete mich gleich damit, dass sie wenigstens ein bisschen Freiheit geschnuppert hatten.

»Diese Tiere waren nicht mehr tauglich für ein Leben in Freiheit, Frau Duszejko. Sie wären jämmerlich umgekommen. Sie können nicht jagen, ihr Stoffwechsel funktioniert inzwischen anders, sie haben zu schwache Muskeln. Was sollen sie mit ihrem schönen Pelz in der Freiheit?«

Er sah mich an, und ich konnte sehen, dass das Pigment auf seiner Regenbogenhaut sehr ungleichmäßig verteilt war. Seine Pupillen waren ganz normal und so rund wie bei jedem von uns.

»Machen Sie sich keine Sorgen. Nehmen Sie nicht die ganze Welt auf Ihre Schultern. Es wird alles wieder gut.« Er erhob sich vom Stuhl. »Also dann, an die Arbeit. Vielleicht möchten sie etwas Holz für den Winter kaufen? Jetzt wäre eine gute Gelegenheit.«

Ich wollte nicht. Als er abgefahren war, fühlte ich die Last meines eigenen Körpers sehr schmerzhaft, und ich hatte überhaupt keine Lust, auf irgendein Fest zu gehen, am allerwenigstens auf ein Fest mit langweiligen Pilzsammlern. Menschen, die tagelang wegen ein paar Pilzen im Wald herumstrolchen, müssen todlangweilig sein.

*

Es war mir ziemlich heiß und unbequem in meiner Verkleidung, der Schwanz schleifte über die Erde und ich musste dauernd aufpassen, dass ich mir nicht drauftrat. Ich war mit dem Samurai vor Matogas Haus vorgefahren und hatte einen Moment warten müssen, wobei ich seine Pfingstrosen bewundern konnte. Nach einem Moment erschien er in der Tür. Mir verschlug es die Sprache vor Begeisterung. Er trug schwarze Schühchen, weiße Kniestrümpfe und ein hübsches geblümtes Kleid mit Schürzchen. Auf dem Kopf saß ein rotes Käppchen, das er mit einem Band unter dem Kinn festgebunden hatte.

Er war sauer, nahm auf dem Beifahrersitz Platz und sprach auf der ganzen Fahrt zur Remise kein Wort. Seine rote Kopfbedeckung hielt er auf den Knien und setzte sie erst wieder auf, als wir vor dem Eingang der Remise standen.

»Wie du siehst, habe ich kein bisschen Humor«, sagte er.

Alle waren direkt von der Messe für Pilzsammler hier hergefahren, und es wurden die ersten Toaste ausgesprochen. Ein hervorragender Toastausbringer war der Vorstand, der sich seiner außerordentlichen Präsenz so sicher war, dass er einfach im Anzug erschienen war, verkleidet als er selbst. Die meisten Ballbesucher zogen sich jetzt erst in der Toilette um, wahrscheinlich war es ihnen seltsam vorgekommen, in ihren Kostümen in die Kirche zu gehen. Auch Pfarrer Raschel mit seinem ungesunden Teint fehlte nicht, und in seiner schwarzen Soutane sah auch er aus wie als Pfarrer verkleidet. Eine geladene Runde von Landwirtinnen sang einige Volkslieder, und dann begann das Orchester, das aus einem Mann bestand, der klug an einer Vorrichtung mit Tastatur herummanipulierte und auf diese Art alle bekannten Hits ziemlich gut nachspielte.

So sah es aus. Die Musik war laut und penetrant. Es war unmöglich, sich zu unterhalten, also machten sich alle über die Salate und das Bigos mit Wurstscheiben her. In gehäkelten, pilzförmigen Körbchen standen Wodkaflaschen herum. Nach dem Essen und einigen Gläschen stand Pfarrer Raschel vom Tisch auf und verabschiedete sich. Und erst dann begannen die Leute zu tanzen, als hätten sie sich vorher, in Anwesenheit des Pfarrers, nicht getraut. Die Klänge wurden von der hohen Decke der Remise zurückgeworfen und fielen polternd unter die Tanzenden.

Unweit von mir saß eine zierliche Frau in weißer Bluse, aufrecht und gespannt. Ihr nervöses Vibrieren erinnerte mich an Matogas Hündin Marysia. Ich hatte sie schon früher gesehen, wie sie mit dem angeheiterten Vorstand gesprochen hatte. Er hatte sich über sie gebeugt und das Gesicht ungeduldig verzogen. Dabei hielt er sie am Arm gepackt, wahrscheinlich ziemlich fest, denn sie versuchte offensichtlich loszukommen. Schließlich ließ er von ihr ab, machte mit der Hand eine Bewegung, als verscheuche er ein lästiges Insekt, und verschwand unter den tanzenden Paaren. So kam mir der Gedanke, es müsse seine Frau sein. Sie war zum Tisch zurückgekommen und stocherte mit der Gabel im Bigos herum. Und da Matoga als Rotkäppchen enormen Erfolg hatte, rückte ich zu ihr hin und stellte mich vor. »Ah, Sie sind das«, sagte sie, und auf ihrem traurigen Gesicht deutete sich ein Lächeln an. Wir versuchten zu sprechen, aber zum Lärm der Musik kam nun noch das Getrampel der Füße auf dem Holzboden. Bumm, bumm, bumm. Um zu verstehen, was sie sagte, musste ich von ihren Lippen lesen oder es zumindest versuchen. Ich verstand, dass sie ihren Mann so schnell wie möglich nach Hause bekommen wollte. Der Vorstand war bekanntermaßen ein ziemlicher Zecher mit sarmatischer Phantasie, nicht ungefährlich für sich und die Anderen. Später musste man seine Ausschreitungen dann wieder vertuschen. Es stellte sich auch heraus, dass ihre jüngste Tochter bei mir Englisch gelernt hatte, was unser Gespräch insofern erleichterte, weil die Tochter mich »cool« fand. Ich fühlte mich sehr geschmeichelt.

»Stimmt es, dass Sie die Leiche unseres Kommissars gefunden haben?«, fragte mich diese Frau, während sie mit den Augen die hohe Gestalt ihres Mannes suchte.

Ich bestätigte es.

»Haben Sie sich nicht gefürchtet?«

»Klar habe ich mich gefürchtet.«

»Wissen Sie, dass er ein guter Freund meines Mannes war? Sie standen sich sehr nahe. Jetzt fürchtet er sich auch, glaube ich, obwohl ich nicht genau weiß, welche Interessen sie miteinander verbanden. Mich quält nur eines …«, sie zögerte und verstummte. Ich sah sie an und wartete auf den Rest des Satzes, doch sie schüttelte den Kopf, und ich sah, dass Tränen in ihren Augen standen.

Die Musik war noch lauter und wilder geworden, sie spielten »Hej, Sokoły«. Alle, die bislang nicht getanzt hatten, sprangen wie elektrisiert auf und strömten auf das Parkett. Ich hatte nicht die Absicht, den Orchestermenschen zu überschreien.

Als ihr Mann für einen Moment mit einer schönen Zigeunerin auftauchte, zog sie mich an der Pfote: »Komm, wir gehen eine rauchen.«

Sie sagte es so, als sei es völlig unwichtig, ob ich rauchte oder nicht. Also protestierte ich nicht, obwohl ich seit zehn Jahren nicht mehr rauchte.

Wir drängten uns durch die tobende Menge, ließen uns knuffen und zerren und mit Gewalt zum Tanzen auffordern. Die schon ziemlich beschwipsten Pilzsammler hatten sich in ein wahrhaft dionysisches Gefolge verwandelt. Endlich standen wir erleichtert draußen im Lichtstreifen, der aus einem Fenster der Remise fiel. Es war ein feuchter, jasminduftender Juniabend, eben hatte es warm geregnet, der Himmel war noch immer bedeckt. Es sah aus, als käme gleich der nächste Schauer. Solche Abende hatte ich auch in meiner Kindheit erlebt, wenn ich daran dachte, wurde mir traurig zumute. Ich war nicht sicher, ob ich mit dieser nervösen und verlorenen Frau sprechen wollte. Sie rauchte hastig, nahm einen tiefen Zug und sagte: »Das geht mir nicht aus dem Kopf. Eine Leiche. Wissen

Sie, wenn er von der Jagd heimkommt, wirft er ein Viertel Reh auf den Küchentisch. Ein Reh wird normalerweise in vier Teile geteilt. Das dunkle Blut rinnt über die Tischplatte. Dann hackt er es in kleine Stücke, um es einzufrieren. Immer wenn ich an der Tiefkühltruhe vorbeigehe, denke ich daran, dass darin gevierteilte Tierleichen sind.« Wieder nahm sie einen tiefen Zug. »Oder die Hasen hängen auf dem Balkon, im Winter, zum Ausbluten, sie hängen dort mit offenen Augen, mit getrocknetem Blut an den Nasen. Ich weiß, ich weiß, ich bin neurotisch, übersensibel, und muss in Behandlung gehen.«

Sie sah mich hoffnungsvoll an, als erwarte sie, dass ich das abstritt. Ich hatte eben gedacht, dass es ja doch noch normale Menschen auf dieser Welt gäbe. Aber noch bevor ich reagieren konnte, fuhr sie fort: »Als ich klein war, erzählte man das Märchen vom nächtlichen Schützen, kennen Sie es?«

Ich schüttelte den Kopf.

»Es ist anscheinend eine hiesige Legende, angeblich noch von den Deutschen. Es handelt von einem Schützen, der sich in der Nacht herumtrieb und Jagd auf böse Menschen machte. Er flog auf einem schwarzen Storch, und Hunde hatte er auch dabei. Alle hatten Angst vor ihm und verrammelten in der Nacht doppelt und dreifach alle Türen. Und ein Mensch, wahrscheinlich aus Nowa Ruda oder Glatz, schrie einmal in den Kamin, dass der Nachtschütze etwas für ihn jagen solle. Einige Tage später fiel durch den Kamin das Viertel einer menschlichen Leiche, und das geschah noch drei Mal, sodass der Körper wieder zusammengesetzt und begraben werden konnte. Der Schütze selbst ist nie mehr hier aufgetaucht, und seine Hunde haben sich in Moos verwandelt.«

Vom Wald her wehte es kühl und ich fröstelte. Das Bild der Hunde, die sich in Moos verwandeln, wollte mir nicht aus dem Sinn.

»Eine seltsame Geschichte, wie aus einem schlimmen Traum, nicht wahr?« Sie rauchte eine weitere Zigarette, und jetzt sah ich, wie ihre Hände zitterten.

Gern hätte ich sie irgendwie beruhigt, ich wusste aber nicht wie. Noch nie hatte ich einen Menschen am Rande eines Nervenzusammenbruchs gesehen. Ich legte eine Hand auf ihren Unterarm und strich sachte darüber.

»Sie sind ein guter Mensch«, sagte ich, und sie sah mich an mit einem Blick wie Marysia, und plötzlich begann sie zu weinen. Sie weinte still wie ein kleines Mädchen, nur ihre Schultern zuckten. Es dauerte lange, sie musste wahrscheinlich vieles herausweinen. Und ich war ihre Zeugin, ich stand neben ihr und sah zu. Sie hatte anscheinend nichts anderes erwartet. Ich legte meinen Arm um sie, und so standen wir gemeinsam da – ein künstlicher Wolf und eine kleine Frau im Lichtstreifen aus dem Remisenfenster. Die Schatten der Tanzenden huschten vorüber.

»Ich fahre nach Hause. Ich bin völlig fertig«, sagte sie kläglich.

Aus der Remise war lautes Getrampel zu hören. Man tanzte zur Discoversion von »Hej, Sokoły«, das war offenbar heute Abend der Favorit, und immer wieder hörten wir die Rufe: »Hej! Hej!« Wie Geschosse. Ich dachte kurz nach.

»Ja, fahr heim«, entschied ich. Es war mir angenehm, dass wir uns duzten. »Ich warte auf deinen Mann und bringe ihn nach Hause. Es macht mir nichts. Ich muss sowieso auf meinen Nachbarn warten. Wo wohnt ihr genau?«

Sie nannte eine der Straßen, in die man hinter der Rinderherzkurve abbog. Ich wusste, wo es war.

»Mach dir keine Sorgen«, sagte ich. »Nimm ein heißes Bad und entspann dich.« Sie nahm ihren Autoschlüssel aus der Handtasche und zögerte: »Manchmal glaube ich, dass man den Menschen, mit dem man so viele Jahre zusammengelebt hat, überhaupt nicht kennt.« In ihrem Blick lag ein derartiges Entsetzen, dass ich erstarrte. Ich glaubte zu verstehen, was sie meinte.

»Nein, das ist nicht er. Das ist bestimmt nicht er. Ich bin ganz sicher«, sagte ich.

Jetzt sah sie mich fragend an. Ich zögerte, ob ich ihr das sagen dürfte.

»Ich hatte einmal zwei Hündinnen, die passten sehr darauf auf, dass alles gerecht geteilt wurde. Das Fressen, das Streicheln, die Privilegien. Tiere haben einen sehr ausgeprägten Gerechtigkeitssinn. Ich weiß noch, wie sie mich ansahen, wenn ich etwas falsch gemacht hatte, wenn ich sie ungerecht ausgeschimpft oder nicht Wort gehalten hatte. Sie legten dann einen derartigen Groll in ihren Blick, als könnten sie das einfach nicht fassen, als hätte ich ein heiliges Gesetz gebrochen. Von ihnen habe ich eine ganz grundsätzliche, offensichtliche Gerechtigkeit gelernt.« Ich schwieg einen Moment und sagte dann noch: »So wie wir eine Weltanschauung haben, so haben die Tiere eine Weltanfühlung, weißt du?«

Sie rauchte die nächste Zigarette.

»Und was ist mit ihnen geschehen?«

»Sie sind tot.«

Ich zog mir die Wolfsmaske etwas tiefer ins Gesicht.

»Sie hatten Spiele, bei denen sie schummelten, nur so, zum Spaß. Wenn die eine einen bereits vergessenen Knochen fand und die andere nicht wusste, wie sie ihr den abluchsen sollte, dann tat sie so, als käme ein Auto, das angebellt werden musste, den Weg hinauf. Dann ließ die erste den Knochen fallen, um den Weg hinaufzurasen, denn sie wusste nicht, dass es falscher Alarm war.«

»Wirklich? Wie die Menschen.«

»Sie waren viel menschlicher als die Menschen. Zärtlicher, klüger, freudiger ... Nur die Menschen glauben, dass man mit Tieren alles machen kann, so wie mit Dingen. Ich glaube, dass meine Hündinnen von den Jägern erschossen wurden.«

»Aber nein, wieso hätten sie das tun sollen?«, fragte sie.

»Sie sagen immer, dass sie nur verwilderte Hunde abschießen, die das Wild bedrohen, aber das stimmt nicht. Sie kommen direkt bis an die Häuser.«

Ich wollte ihr etwas über die Rache der Tiere erzählen, aber ich dachte an Dyzios Warnung, dass ich nicht allen meine Theorien auf die Nase binden solle. Wir standen jetzt im Dunkeln und konnten unsere Gesichter nicht sehen.

»Unsinn«, sagte sie. »Ich glaube nicht, dass sie die Hunde erschossen haben.«

»Ist denn wirklich so ein großer Unterschied zwischen einem Hasen, einem Hund und einem Schwein?«, fragte ich, aber sie antwortete nicht.

Sie setzte sich ins Auto und gab Gas. Es war ein großer, luxuriöser Jeep Cherokee. Wie so eine zierliche kleine Person mit so einem riesigen Auto zurechtkommt, dachte ich und ging wieder nach drinnen, weil es eben erneut anfing zu regnen.

Matoga mit seinen komisch geröteten Wangen tanzte mit einer korpulenten Krakauerin und war ganz vergnügt. Man konnte es ihm ansehen. Er bewegte sich leichtfüßig, ohne zu übertreiben, ruhig führte er seine Partnerin über das Parkett. Er merkte wohl, dass ich ihn beobachtete, und drehte eine phantastische Runde mit ihr. Offenbar hatte er vergessen, wie er aussah, und die beiden boten einen köstlichen Anblick, zwei tanzende Frauen, eine klein und rund und eine lang und dünn.

Nach diesem Tanz wurden die Ergebnisse der Wahl des besten Kostüms bekannt gegeben. Ein Ehepaar aus Transsylvanien, die als Fliegenpilze verkleidet waren, gewann den ersten Preis, einen Pilzatlas. Auf den zweiten Platz kamen wir, und der Preis war eine Torte in Pilzform. Wir mussten einen Tanz vor allen aufführen, als Rotkäppchen und der Wolf, und gleich darauf hatte man uns völlig vergessen. Erst jetzt trank ich ein Gläschen Wodka, und eigentlich bekam ich große Lust, mich zu amüsieren, sie hätten von mir aus sogar »Hej, Sokoły« spielen können. Matoga wollte aber schon nach Hause fahren. Er sorgte sich um Marysia, die er nie lange allein gelassen hatte und die ja von der Zeit im Schuppen bei Bigfoot schwer traumatisiert war. Ich sagte ihm, ich hätte versprochen, den Vorstand nach Hause zu kutschieren. Jeder Mensch hätte mich wohl bei dieser schwierigen Mission begleitet, nicht aber Matoga. Er fand jemanden, der ebenfalls vorzeitig das Fest verlassen wollte, vielleicht sogar die schöne Zigeunerin, und machte sich, nicht gerade gentlemanlike, aus dem Staub. Nun ja, ich bin es gewohnt, schwierige Dinge allein in Angriff zu nehmen.

*

Gegen Morgen hatte ich wieder diesen Traum. Ich ging in den Heizkeller, und wieder waren sie dort – meine Mutter und meine Oma, in geblümten Sommerkleidern, mit Handtaschen, als wären sie auf dem Weg in die Kirche und hätten sich verirrt. Sie wichen meinem Blick aus, als ich anfing, ihnen Vorhaltungen zu machen.

»Was tut ihr hier?«, fragte ich böse. »Wieso seid ihr schon wieder hier?«

Sie standen zwischen einem Holzstapel und dem Ofen, absurd elegant, auch wenn die Muster auf ihren Kleidern verblichen und verwaschen aussahen.

»Geht fort!«, schrie ich sie an, doch die Stimme blieb mir im Hals stecken. Ich hörte nämlich von der Garage das Scharren von Füßen und lauter werdendes Flüstern.

Ich wollte nachsehen und erblickte eine Menge Menschen, Frauen, Männer und Kinder in grauen, seltsam festlichen Gewändern. Sie hatten alle den gleichen flackernden, erschrockenen Blick, als wüssten sie nicht, was sie hier eigentlich taten. Es wurden immer mehr Menschen, sie strömten massenhaft herbei, drängten sich in den Türen, unsicher, ob sie alle hineinpassten. Sie flüsterten alle durcheinander, scharrten mit den Sohlen über den steinernen Fußboden von Heizkeller und Garage. Die nachrückenden Menschen drängten die ersten Reihen weiter nach vorn. Mich packte das blanke Entsetzen.

Hinter dem Rücken tastete ich nach der Türklinke und versuchte unbemerkt hinauszugelangen. Dann verriegelte ich mit zitternden Händen die Tür zum Heizkeller.

*

Die Angst nach diesem Traum ließ nicht nach, als ich erwachte. Ich konnte mich nicht zurechtfinden und dachte, es wäre wohl am besten für mich, jetzt Matoga aufzusuchen. Die Sonne war noch nicht ganz aufgegangen, ich hatte nur kurz geschlafen. Über allem lag zarter Nebel, der sich bald in Tau verwandeln sollte.

Verschlafen öffnete er mir die Tür. Offenbar hatte er sich nicht sorgfältig abgeschminkt: Er hatte noch immer die roten Wangen, die ich ihm am Vortag aufgemalt hatte.

»Ist etwas passiert?«, fragte er.

Ich wusste nicht, was ich antworten sollte.

»Komm rein«, brummte er. »Wie ist es dir ergangen?«

»Keine Sorge. Alles okay«, antwortete ich nichtssagend, denn ich wusste, dass Matoga nichtssagende Fragen und nichtssagende Antworten mochte.

Ich setzte mich, und er machte Kaffee. Erst säuberte er umständlich die Maschine, dann maß er Wasser ab und redete dabei die ganze Zeit. Das war eine äußerst seltsame Belebung. Świętopełk, der redete und redete.

»Ich wollte immer schon wissen, was du dort in dieser Schublade hast«, sagte ich.

»Bitte«, er öffnete sie und zeigte mir den Inhalt. »Schau selber, lauter unentbehrliche Dinge.«

»So wie ich in meinem Samurai.«

Die Schublade ging geräuschlos auf, sozusagen mit einem Finger. In eleganten grauen Fächern lagen gleichmäßig nebeneinander Küchengeräte. Ein Nudelholz, ein Schneebesen, ein winziger batteriebetriebener Milchschäumer, Eislöffel. Daneben Geräte, die ich gar nicht kannte, irgendwelche langen Löffel, Spachtel, seltsame Haken. Die Dinge sahen aus wie chirurgische Instrumente für komplizierte Operationen. Man konnte sehen, dass ihr Eigentümer sie gut pflegte, sie waren poliert und lagen ordentlich nebeneinander, jedes an seinem Platz.

»Was ist das?«, fragte ich und nahm eine große Metallpinzette in die Hand.

»Das ist eine Folienzange. Die braucht man, wenn die Folie fest an der Rolle klebt.« Er schenkte Kaffee ein. Dann schlug er mit dem Milchschäumer schneeigen Milchschaum und goss ihn zum Kaffee. Aus der Schublade zog er ein Set mit einigen kleinen Schablonen mit verschiedenen Mustern und einen kleinen Kakaobehälter. Er überlegte kurz, welches Muster er auswählen sollte, und nahm schließlich ein Herzchen. Er streute Kakao darüber, und nun hatte ich auf meinem Milchschnee noch ein braunes Kakaoherzchen. Er schmunzelte.

Auch später noch dachte ich täglich an seine Schublade. Ein Blick hinein beruhigte mich absolut. Eigentlich wollte ich selbst eines dieser nützlichen Instrumente sein.

Am Montag wussten bereits alle, dass der Vorstand tot war. Die Putzfrauen, die in der Remise saubermachen sollten, hatten ihn am Sonntagabend gefunden. Eine hatte einen Schock erlitten und lag jetzt im Krankenhaus.

*

An die Polizei

Es ist mir klar, dass die geschätzte Polizei keine Möglichkeit hat, Briefe, die von (nicht anonymen) Bürgern aus schwerwiegenden Gründen geschrieben wurden, zu beantworten. Ich werde die Motive hierfür nicht analysieren, sondern erlaube mir, auf das Thema zurückzukommen, das ich schon im letzten Brief angeschnitten habe. Weder der Polizei noch irgendjemandem sonst würde ich wünschen, in derartiger Weise ignoriert zu werden. Ein Bürger, der von den Behörden ignoriert wird, ist auf eine Weise zur Nichtexistenz verurteilt. Doch möchte ich daran erinnern, dass jemand ohne Rechte auch keine Pflichten haben kann.

Ich teile Ihnen hiermit höflichst mit, dass es mir gelungen ist, das Geburtsdatum (leider ohne Geburtsstunde, ein Unsicherheitsfaktor in meinem Horoskop!) des Todesopfers Wnętrzak in Erfahrung zu bringen. Dabei habe ich eine außerordentlich interessante Entdeckung gemacht, die ganz und gar meine bereits gestellte Hypothese bestätigt.

Denn es hat sich herausgestellt, dass oben erwähntes Todesopfer im Moment seines Todes den Mars im Transit der Venus hatte, was nach Erkenntnissen der Astrologie viele Analogien zu Pelztieren hat. Gleichzeitig weist seine Sonne im Zeichen der Fische auf die schwächsten Körperteile wie etwa Fußknöchel hin. Demnach sieht es so aus, als sei der Tod des Opfers aus seinem Radixhoroskop genau vorherzusehen gewesen. Wenn sich die Polizei also an die Ratschläge der Astrologen halten würde, könnte das viel menschliches Unglück verhüten. Die Anordnung der Planeten sagt uns deutlich, dass die Täter dieses grausamen Mordes die Pelztiere waren, höchstwahrscheinlich also die Füchse, entweder die wilden oder die aus dem Gehege freigekommenen (oder beide Gruppen in Absprache miteinander), die das Opfer in eine der Fallen getrieben haben, wie sie dort seit Jahren von Menschen gestellt werden. Das Opfer geriet in eine der besonders grausamen »Galgen-Fallen« und hing einige Zeit in der Luft. Diese Entdeckung legt uns eine bestimmte allgemeine Schlussfolgerung nahe. Sehr verehrte Polizei, überprüfen Sie bitte, wo bei allen Opfern der Saturn stand! Sie alle hatten den Saturn in ihren Tierkreiszeichen, der Herr Vorstand sogar noch zusätzlich im Zeichen des Stiers, was auf einen von Tieren gewaltsam herbeigeführten Tod hinweist, einen Tod durch Ersticken …

Ich füge diesem Schreiben einen Zeitungsausschnitt bei, worin der Versuch unternommen wird, ein bisher nicht identifiziertes Tier zu bestimmen, das im Umkreis von Opole gesehen wurde und das angeblich andere Tiere durch einen Tatzenschlag auf die Brust tötet. Kürzlich sah ich im Fernsehen einen Film, mit einem Handy aufgenommen, wo man deutlich einen jungen Tiger sehen kann. Das alles spielte sich im Umkreis von Opole ab, also nicht allzu weit von uns entfernt. Vielleicht sind es irgendwelche Tiere aus dem Zoo, die sich vor den Überschwemmungen gerettet haben und nun in Freiheit leben? Jedenfalls ist der Fall es wert, untersucht zu werden, besonders da die Bevölkerung in der Umgebung, wie ich bemerkt habe, von krankhafter Angst, ja, geradezu Panik befallen ist …«

Ich schrieb noch, als jemand zaghaft an meine Tür klopfte. Es war Grisella.

»Frau Duszejko«, sagte sie schon auf der Schwelle. »Was ist hier los? Haben Sie gehört?«

»Kommen Sie rein, es zieht. Machen Sie die Tür zu.«

Sie trug einen geknöpften, fast bodenlangen Wolljanker. Mit kleinen Trippelschrittchen kam sie ins Zimmer und setzte sich auf eine Stuhlkante.

»Was soll denn jetzt aus uns werden?«, fragte sie dramatisch.

»Fürchten Sie sich, dass die Tiere auch uns töten?«

Sie schnaubte empört. »Ich glaube nicht an Ihre Theorien. Das ist absurd.«

»Ich dachte, dass Sie als Schriftstellerin Phantasie und visionäre Fähigkeiten haben und sich nicht gegen etwas sperren, was auf den ersten Blick unwahrscheinlich zu sein scheint. Sie sollten doch wissen, dass alles, was wir uns ausdenken können, irgendwie auch einer Wahrheit entspricht.« Dieses kleine Schlusszitat von Blake schien sie zu beeindrucken.

»Glauben Sie mir, Frau Duszejko, ich hätte keine einzige Zeile geschrieben, wenn ich nicht mit beiden Beinen fest auf der Erde stünde.« Sie klang wie eine Beamtin, doch dann fügte sie leiser hinzu: »Ich kann es mir nicht vorstellen. Sagen Sie: Haben die Käfer ihn erstickt?«

Ich machte mich an die Teezubereitung. Schwarztee. Sie sollte wissen, was Tee ist.

»Nun ja«, sagte ich. »Er war voll mit diesen Insekten, er hatte sie im Mund, in der Lunge, im Magen, in den Ohren. Die Frauen sagten, er sei von Mistkäfern bedeckt gewesen. Das habe ich nicht gesehen, aber ich kann es mir gut vorstellen. Überall waren Scharlachkäfer.«

Sie sah mich durchdringend an. Ich konnte diesen Blick nicht deuten.

Dann servierte ich Kaffee.

14
Der Fall

»Der Schlaue, der das Fragen liebt,
Weiß doch nicht, wie man Antwort gibt.«

Sie kamen mich früh morgens holen. Ich sollte als Zeugin aussagen. Woraufhin ich ihnen höflich mitteilte, ich werde mich bemühen, eine Woche später zu erscheinen.

»Es ist ein Missverständnis«, sagte der junge Polizist, derselbe, der einmal mit dem Kommissar zusammengearbeitet hatte. Nach dessen Tod war er avanciert und hielt jetzt die Stellung in der Stadt. »Sie kommen jetzt mit uns nach Glatz.«

Sein Ton schien keinen Widerspruch zu dulden. Also verriegelte ich das Haus und packte für alle Fälle meine Zahnbürste und Medikamente ein. Das hätte noch gefehlt, dort einen Krankheitsschub zu bekommen.

Da es seit zwei Wochen schüttete und es in der Folge zu Überschwemmungen gekommen war, machten wir einen Umweg über den Asphaltweg, was sicherer war. Als wir vom Hochplateau in den Kessel hinunterfuhren, sah ich ein Rudel Rehe. Sie standen still und schauten furchtlos auf den Geländewagen der Polizei. Erfreut stellte ich fest, dass ich sie nicht kannte. Es musste ein neues Rudel sein, das wahrscheinlich aus Tschechien zu unseren saftig grünen Wiesen herübergekommen war. Die Polizisten interessierten sich nicht für die Rehe. Sie sprachen nicht, weder miteinander noch mit mir.

Ich bekam einen Becher mit löslichem Kaffee samt Kaffeeweißer, und dann begann das Verhör.

»Sie sollten also den Vorstand nach Hause bringen? Stimmt das? Bitte erzählen Sie uns genau, was Sie gesehen haben, eins nach dem anderen.«

So oder so ähnlich fragten sie.

Es gab nicht viel zu erzählen, aber ich strengte mich an, in jedem Detail präzis zu sein. Ich sagte, dass ich vorgehabt hatte, draußen auf den Vorstand zu warten, weil drinnen so ein Lärm war. Keiner hatte sich mehr an die Buffetzone gehalten, und drinnen wurde geraucht, was ich ganz schlecht vertrage. Also hatte ich mich auf die Stufen gesetzt und in den Himmel geschaut.

Dort zeigte sich nach dem Regen der Sirius, ich sah den Großen Wagen mit seiner Deichsel … und überlegte, ob die Sterne uns wohl sehen konnten. Und wenn ja, was sie wohl über uns dachten. Ob sie wirklich unsere Zukunft kennen, ob sie Mitleid mit uns haben? Weil wir in der Gegenwart stecken, ohne die Möglichkeit uns zu bewegen? Aber ich dachte auch, dass wir trotz allem, trotz unserer Nichtigkeit und Ignoranz, einen ungeheuren Vorteil vor den Sternen haben: Die Zeit arbeitet für uns, und so bekommen wir die große Chance, die leidende und schmerzbeladene Welt in eine glückliche und friedliche Welt zu verwandeln. Die Sterne sind gefesselt in ihrer Macht und können uns eigentlich nicht helfen. Sie projektieren nur die Netze, sie entwerfen an den kosmischen Webstühlen die Motive, die wir dann mit unserem eigenen Lebensfaden realisieren müssen. Dabei ist mir eine interessante Hypothese eingefallen. Vielleicht sehen uns die Sterne so, wie wir zum Beispiel unsere Hunde sehen – wir glauben, einen größeren Bewusstheitsgrad zu haben und in manchen Momenten besser zu wissen, was gut für sie ist. Also führen wir sie an der Leine, damit sie uns nicht abhandenkommen, wir sterilisieren sie, damit sie sich nicht sinnlos vermehren, wir bringen sie zum Tierarzt, der sie gesund macht. Und sie verstehen nicht, wozu das alles gut sein soll. Doch sie ordnen sich uns unter. Vielleicht sollten wir uns also genauso den Einflüssen der Sterne unterordnen, dabei aber unsere menschliche Sensibilität entwickeln. Das waren in etwa meine Gedanken, als ich dort auf der Treppe saß. Und als ich sah, dass die meisten Menschen hinausgingen und sich entweder zu Fuß oder mit dem Auto auf den Heimweg machten, da ging ich nach drinnen, um den Vorstand daran zu erinnern, dass ich ihn nach Hause fahren werde. Aber er war nicht dort und auch nirgends sonst. Ich sah auf den Toiletten nach und ging einmal um die ganze Remise. Ich fragte auch alle beschwipsten Pilzsammler, wo er hingegangen sei, aber keiner war zu einer sinnvollen Antwort imstande. Einige sangen noch immer »Hej, Sokoły«, andere tranken ihr Bier leer, ohne sich um die Vorschriften zu kümmern, tranken sie es draußen, im öffentlichen Raum. Ich dachte mir also, dass ihn schon vorher jemand heimgefahren haben musste, ohne dass es mir aufgefallen war. Ich bin jetzt auch überzeugt, dass das eine vernünftige Annahme war. Wieso hätte etwas Schlimmes passiert sein sollen? Und wenn er betrunken irgendwo im Klettengewirr eingeschlafen wäre, na und?

Die Nacht war warm, und es wäre ihm schon nichts geschehen. Ich hatte keinerlei Argwohn, also schnappte ich meinen Samurai und wir fuhren nach Hause.

»Wer ist der Samurai?«, fragte der Polizist.

»Ein Freund«, antwortete ich wahrheitsgemäß.

»Familienname des Freundes?«

»Samurai Suzuki.«

Er wurde verlegen, und der zweite grinste.

»Bitte können Sie uns sagen, Frau Duszeńko …«

»Duszejko«, korrigierte ich ihn.

»… Duszejko. Haben Sie irgendeinen Verdacht? Wer könnte ein Motiv haben, dem Vorstand etwas anzutun?«

Ich war erstaunt. »Offenbar haben Sie meine Briefe nicht gelesen. Dort habe ich doch alles erklärt.«

Die beiden wechselten einen Blick. »Frau Duszejko, das hier ist eine ganz ernste Frage.«

»Aber mir ist es doch ganz ernst. Ich habe Ihnen geschrieben. Übrigens habe ich bis heute keine Antwort erhalten. Es ist nicht besonders freundlich, nicht zurückzuschreiben. In Artikel 171, Paragraph 1, steht geschrieben, dass es einer verhörten Person ermöglicht werden muss, sich frei zu äußern, in Grenzen, die durch das geplante weitere Vorgehen definiert sind, und erst später dürfen Fragen gestellt werden, deren Antwort die Aussage eventuell vervollständigen, erläutern oder infrage stellen könnte.«

»Sie haben Recht«, sagte der Erste.

»Stimmt es, dass er ganz von Mistkäfern bedeckt war?«, fragte ich.

»Diese Frage dürfen wir nicht beantworten. Wegen der Ermittlungen.«

»Und woran ist er gestorben?«

»Wir stellen hier die Fragen und nicht Sie«, sagte der eine, und der andere fügte hinzu: »Es gibt Zeugen, die gesehen haben, wie Sie während des Festes mit dem Vorstand gesprochen haben, auf der Vortreppe stehend.«

»Das stimmt, ich sagte ihm, dass ich ihn nach Hause fahren werde, weil seine Frau mich darum gebeten hatte. Er konnte sich aber anscheinend nicht besonders auf das konzentrieren, was ich sagte. Ich dachte, ich würde am besten einfach das Ende des Balls abwarten, und er würde dann schon irgendwann herauskommen.«

»Kannten Sie den Kommissar?«

»Natürlich kannte ich den. Das wissen Sie doch ganz genau«, erwiderte ich. »Wieso fragen Sie, was Sie schon wissen, ist das nicht schade um die Zeit?«

»Und Anzelm Wnętrzak?«

»Anzelm hieß der? Das hätte ich nie gedacht. Ich habe ihn einmal hier getroffen, auf der Brücke. Da war er mit seiner Freundin. Das ist schon lange her, vielleicht drei Jahre. Wir haben kurz miteinander gesprochen.«

»Worüber?«

»Irgendwas Allgemeines, ich weiß nicht mehr. Es war ja die Frau dabei, die kann alles bestätigen.«

Ich wusste, dass die Polizei gerne alles bestätigt bekommt.

»Stimmt es, dass Sie gegenüber den Jägern, die hier in der Umgebung jagen wollten, aggressiv geworden sind?«

»Ich würde sagen, ich bin zornig geworden, nicht aggressiv. Das ist ein Unterschied. Ich habe meinen Zorn darüber zum Ausdruck gebracht, dass die Jäger Tiere töten.«

»Haben Sie mit dem Tod gedroht?«

»Manchmal hat man im Zorn eine lockere Zunge, aber

der Zorn sorgt auch dafür, dass man das später schnell wieder vergisst.«

Er nahm eines der herumliegenden Papiere und sagte: »Es gibt Zeugen, die aussagen, Sie hätten geschrien, ich zitiere: ›Ich bring euch alle um, ihr (ein sehr unflätiges Wort), ihr werdet eure Strafe bekommen, für eure Verbrechen. Ihr habt keine Scham im Leib, ihr habt keine Angst vor irgendwas. Ich reiß euch die Köpfe ab.‹«

Er leierte das völlig emotionslos herunter, was mich amüsierte.

»Warum lachen Sie?«, fragte er pikiert.

»Mir kommt es komisch vor, dass ich so etwas gesagt haben könnte. Ich bin ein ruhiger Mensch. Vielleicht hat Ihr Zeuge übertrieben?«

»Wollen Sie etwa abstreiten, dass Sie schon einmal mit der zivilen Bürgerpolizei zu tun hatten, weil Sie einige Kanzeln umgeworfen und zerstört haben?«

»Nein, das will ich gar nicht abstreiten. Ich habe sogar Strafe bezahlt. Das ist dokumentiert.«

»Gibt es etwas, was nicht dokumentiert ist?«

Das sollte eine Fangfrage sein, aber ich durchschaute sie sofort. »Ich bitte Sie, da gibt es jede Menge. In meinem und in Ihrem Leben. Man kann unmöglich alles mit Worten erzählen und schon gar nicht behördlich dokumentieren.«

»Warum haben Sie das getan?«

Ich sah ihn an, als sei er vom Mond gefallen.

»Warum fragen Sie mich etwas, was Sie doch selbst sehr genau wissen?«

»Bitte beantworten Sie meine Frage. Ich muss das zu Protokoll geben.«

Jetzt entspannte ich mich vollends.

»Aha. Dann also noch einmal: Damit nicht weiter auf Tiere geschossen wird.«

»Woher kennen Sie eigentlich bestimmte Details des Verbrechens so genau?«

»Welche?«

»Zum Beispiel über den Tod des Herrn Vorstand. Woher wussten Sie, dass dieser Käfer der Scharlachkäfer war? Das haben Sie der Schriftstellerin gesagt.«

»Ach wirklich, habe ich das gesagt? Es ist ein ganz verbreiteter Käfer hier.«

»Also woher? Von diesem Ento … von diesem Insektenmenschen, der im Frühjahr bei Ihnen gewohnt hat?«

»Vielleicht. Aber vor allem aus den Horoskopen. Das habe ich schon ausgeführt. In den Horoskopen steht alles. Jedes kleinste Detail. Sogar, wie es Ihnen heute geht, was Ihre Lieblingsfarbe der Unterwäsche ist. Man muss es nur lesen können. Der Herr Vorstand hatte sehr ungünstige Aspekte im dritten Haus. Das ist das Haus der Kleintiere. Auch der Insekten.«

Die Polizisten konnten sich nicht mehr zurückhalten, sie grinsten unverhohlen, was mir gegenüber sehr unhöflich war. Bei ihrer Arbeit sollten sie sich eigentlich über nichts wundern.

Ich fuhr einfach fort, mit ungebrochener Selbstsicherheit, weil mir nun klar war, was für Stümper die beiden waren. »Ich beschäftige mich seit vielen Jahren mit Astrologie und habe viel Erfahrung. Alles ist mit allem verbunden, und wir alle stecken in einem Netz verschiedener Korrespondenzen. Das sollten Sie in den Polizeischulen lernen. Es ist gute, alte Tradition. Von Swedenborg.«

»Von wem?«, fragten sie im Chor.

»Swedenborg. Ein Schwede«, sagte ich.
Der eine notierte den Namen.

Auf diese Art sprachen wir noch etwa zwei Stunden miteinander, und nachmittags teilten sie mir ihre Entscheidung mit, dass sie mich für 48 Stunden festnehmen und einen Durchsuchungsbefehl für mein Haus erlassen würden. Ich überlegte fieberhaft, ob ich daheim nicht irgendwo schmutzige Wäsche herumliegen hatte.

Am Abend bekam ich eine Plastiktüte, sie konnte nur von Dyzio und Buena Noticia sein. Darin waren zwei Zahnbürsten (warum zwei? eine für morgens und eine für abends?), ein Nachthemd, sehr luxuriös und sexy (sicher hatte Buena Noticia es bei einer neuen Lieferung für mich ausgegraben), ein paar Süßigkeiten und ein Band Blake in Übersetzung. Der liebe Dyzio.

Es war das erste Mal, dass ich mich in einem richtig materiellen Gefängnis befand, und es war eine sehr schwierige Erfahrung für mich. Die Zelle war sauber, ärmlich und finster. Als sich die Tür hinter mir schloss, ergriff mich Panik. Mein Herz hämmerte bis zum Hals, und ich war kurz davor zu schreien. Ich setzte mich auf die Pritsche und wollte mich nicht mehr rühren. Lieber wollte ich sterben, als an diesem Ort den Rest meines Lebens zu verbringen.

O ja, kein Zweifel. Die ganze Nacht konnte ich nicht schlafen, ich hatte mich auch gar nicht hingelegt. Bis zum Morgen blieb ich, verschwitzt und schmutzig wie ich war, in derselben Position sitzen. Meine Zunge und meine Lippen waren von den Worten, die ich an diesem Tag gesprochen hatte, spürbar beschmutzt.

Alle Funken kommen aus ein und derselben Lichtquelle, und sie setzen sich aus purer Helligkeit zusammen, so steht es in den ältesten Legenden. Wenn ein menschliches Wesen auf die Welt kommt, dann löst sich ein Funke und fällt. Zuerst fliegt er durch die Finsternis des kosmischen Raumes, dann durch die Galaxien, und am Schluss, bevor er hier auf der Erde aufschlägt, schrammt er die Bahn einiger Planeten, der Ärmste. Jeder Planet verunreinigt den Funken mit irgendwelchen Eigenschaften, und dieser wird immer dunkler, bis er erlischt.

Zuerst umreißt Pluto den Rahmen dieses kosmischen Experiments und enthüllt seine elementaren Prinzipien – das Leben ist ein temporäres Ereignis, an dessen Abschluss der Tod steht. Dieser wird dem Funken irgendwann erlauben, wieder aus der Lebensfalle hinauszukommen, denn einen anderen Ausweg gibt es nicht. Das Leben ist eine Art Versuchsgelände, es stellt hohe Anforderungen. Hier zählt alles, was du tust, jeder Gedanke und jede Tat, aber nicht, um dich später zu bestrafen oder zu belohnen, sondern weil daraus deine Welt zusammengesetzt ist. So funktioniert diese Maschine. Im Fallen durchkreuzt der Funke die Bahn des Neptun und verliert sich in dessen nebligen Dämpfen. Neptun gibt ihm dafür zum Trost sämtliche Illusionen, ein irreales Wissen über Auswege, er gibt ihm Träume vom Fliegen, Phantasien, Rauschmittel und Bücher. Als nächstes versorgt ihn Uranus mit der Fähigkeit zur Rebellion, und er wird zum Nachweis dessen, woher der Funke kommt. Wenn ein Funke die Ringe des Saturns streift, wird er da unten irgendwann in einem Gefängnis landen. Arbeitslager, Krankenhaus, Reglementierungen, Formulare, ein hinfälliger Körper, eine tödliche Krankheit, der Tod einer geliebten Person. Doch von Jupiter bekommt er wieder Trost, Würde und Optimismus, ein schönes Geschenk: »Wird schon wieder!« Mars wiederum liefert Kraft und etwas Aggression, denn das kann nicht schaden. Auf dem Weg zur Sonne wird er geblendet, vom früheren, fernen Bewusstsein bleibt nur ein kleines, zwergenhaftes, vom Rest abgetrenntes Ich, und so wird es bleiben. In meiner Vorstellung sieht er jetzt so aus: Ein Rumpf, ein verkrüppeltes Wesen mit abgeschnittenen Flügeln, eine von grausamen Kindern gequälte Fliege, wer weiß, ob sie im Dunkeln überlebt. Den Göttinnen sei Dank, dass am Weg des Fallenden jetzt die Venus steht. Der Funke bekommt von ihr die Gabe der Liebe, des reinsten Mitgefühls, die einzige Rettung für ihn und die anderen Funken; dank der Gaben der Venus können sie sich gegenseitig beistehen. Direkt vor dem Aufprall stößt er sich noch kurz an einem kleinen, komischen Planeten, der wie ein hypnotisiertes Kaninchen aussieht, sich nicht um die eigene Achse dreht, sich aber schnell fortbewegt und dabei in die Sonne starrt – das ist der Merkur. Dieser gibt ihm die Stimme, die Fähigkeit zur Kommunikation. Der Funke saust nun noch am Mond vorbei und nimmt etwas Unfassbares mit: die Seele.

Erst dann fällt er auf die Erde und wird sofort zu Fleisch, zu Menschen-, Tier- oder Pflanzenfleisch.

So sieht das aus.

Am nächsten Tag wurde ich freigelassen, noch bevor die achtundvierzig Stunden vergangen waren. Sie waren zu dritt gekommen, um mich abzuholen, ich warf mich ihnen in die Arme, als sei ich nach jahrelanger Abwesenheit wieder auf der Welt gelandet. Dyzio weinte und

Buena Noticia und Matoga saßen steif auf dem Rücksitz. Es war ihnen anzusehen, dass sie von dem Vorfall entsetzt waren, viel entsetzter als ich selbst, und letztlich musste ich sie trösten. Ich bat Dyzio, bei einem Geschäft anzuhalten, und wir kauften Eis.

Allerdings hatte mich dieser kurze Arrest doch sehr mitgenommen. Ich war jetzt sehr zerstreut. Ich konnte mich nicht damit abfinden, dass die Polizisten mein Haus durchsucht hatten, und seit diesem Zeitpunkt spürte ich ihre Anwesenheit überall. Sie hatten in den Schubladen gewühlt, in den Schränken und im Schreibtisch. Sie hatten nichts gefunden, was hätten sie auch finden sollen? Doch sie hatten die Ordnung beschädigt und meine Ruhe zerstört. Ich tappte verloren im Haus herum und konnte nicht arbeiten. Ich sprach mit mir selbst und kam im Laufe dieser Gespräche darauf, dass etwas mit mir nicht stimmte. Meine großen Fenster übten unwiderstehliche Anziehung auf mich aus, ich stand da und konnte den Blick nicht abwenden von allem, was ich sah – wogendes rötliches Gras, das Tanzen des Grases im unsichtbaren Wind, der den Anstoß dazu gab. Dazu die ständig im Wandel befindlichen grünen Flecken darin, in allen Schattierungen. Ich versank in Gedanken und verlor ganze Stunden. Beispielsweise hatte ich den Schlüssel in die Garage gelegt und konnte ihn eine Woche lang nicht finden. Ich ließ den Teekessel anbrennen. Ich holte Gemüse aus dem Tiefkühlfach und fand es erst wieder, als es schon völlig vergammelt war. Ohne richtig hinzusehen, sah ich, wie viel Bewegung in meinem Haus war, Menschen gingen ein und aus, aus dem Heizkeller nach oben und in den Garten und wieder zurück. Meine Mädchen liefen fröhlich durch den Flur. Mama saß auf der

Terrasse und trank Tee. Ich hörte das Löffelchen im Glas klappern und ihre langen, traurigen Seufzer. Nur die Besuche von Dyzio konnten sie aufheitern, und Dyzio hatte fast immer Buena Noticia dabei, wenn diese nicht gerade eine Warenlieferung erwartete.

Meine Schmerzen waren stärker geworden, und Dyzio rief eines Tages einen Notarzt. Ich musste ins Krankenhaus. Es war eine gute Zeit, um mit dem Krankenwagen zu fahren, August, die Wege trocken und fest, schönes Wetter, und, den Planeten sei Dank, ich hatte morgens geduscht und meine Füße waren sauber.

Ich lag jetzt auf einer Station, die merkwürdig leer war. Die Fenster standen offen, und die Düfte der Kleingärten strömten herein – der Geruch von reifen Tomaten, trockenem Gras, verbranntem Unkraut. Die Sonne stand nahe der Venus, sie begann mit ihren herbstlichen Aufräumarbeiten und sammelte Vorräte für den Winter.

Ja, ich bekam Besuch, aber es gibt für mich nichts Peinlicheres als ein Besuch im Krankenhaus. Man kann ja gar nichts tun. Und jedes Gespräch an diesem unangenehmen Ort gerät unnatürlich und erzwungen. Ich hoffe nur, dass es mir keiner übelnahm, wenn ich ihn wieder nach Hause schickte.

Oft saß der Dermatologe Ali an meinem Bett. Er kam immer wieder von der Nachbarstation herüber und brachte mir völlig zerlesene Zeitungen. Ich erzählte ihm von meiner Brücke in Syrien (ob sie wohl noch dort steht?), und er erzählte mir von seiner Arbeit mit den Nomadenvölkern in der Wüste. Er war eine Zeit lang bei den Nomaden Arzt gewesen, war mit ihnen weitergezogen, hatte sie betreut und behandelt. Immer in Bewegung. Er war selbst ein Nomade. Nie blieb er länger als zwei

Jahre an einem Krankenhaus. Dann spürte er eine Unruhe in sich, die immer quälender wurde, und er suchte einen neuen Job, irgendwo anders. Er überließ die Patienten, die sich auf ihn verlassen und alle möglichen Vorurteile überwunden hatten, ihrem Schicksal. Eines Tages hing ein Zettel an der Tür seiner Praxis, der verkündete, dass Doktor Ali keine Behandlungen mehr durchführte. Sein Vagabundenleben und seine Herkunft bewirkten es auch, dass er Gegenstand des Interesses von allen möglichen Spezialeinheiten war – deshalb wurde sein Telefon ständig abgehört. Das behauptete er jedenfalls.

»Haben Sie eigentlich selbst irgendein Leiden?«, hatte ich ihn einmal gefragt.

O ja, das hatte er. Jeden Winter verfiel er in Depressionen, und das Zimmer im Arbeiterhotel, das er von der Gemeinde zugeteilt bekommen hatte, machte ihn noch melancholischer. Er hatte einen wertvollen Gegenstand, den er sich mit drei Jahren Arbeit verdient hatte. Das war eine große Lampe, die sonnenlichtähnliche Strahlen aussandte, und diese sollte Ali aufheitern. Er verbrachte oft die Abende damit, dass er sein Gesicht dieser künstlichen Sonne aussetzte und in Gedanken die Wüsten Libyens, Syriens oder vielleicht des Iraks durchstreifte.

Ich überlegte, wie sein Horoskop wohl aussehen könnte. Aber ich war noch zu krank, um irgendetwas zu berechnen. Es hatte mich übel erwischt diesmal. Ich lag in einem abgedunkelten Zimmer mit einer starken Photoallergie, mit roter, aufgeplatzter Haut, die so brannte, als hätte man sie mit kleinen Skalpellen verletzt.

»Sie dürfen nicht in die Sonne«, warnte mich Ali. »Ich habe noch nie eine derartige Hautreaktion gesehen. Sie sind dazu geboren, in der Unterwelt zu leben.«

So eine Empfehlung widerstrebte ihm wahrscheinlich sehr, denn für ihn war das ganz unvorstellbar. Er neigte sich der Sonne zu wie eine Sonnenblume. Doch mein Teint erinnerte an ein Blatt Chicorée, an einen Kartoffeltrieb – ich sollte wohl lieber den Rest meines Lebens im Heizkeller verbringen.

Ich bewunderte ihn dafür, dass er, wie er sagte, immer nur genau so viele Dinge besaß, wie er in einer Stunde in zwei Koffer packen konnte, um jeden Moment abreisen zu können. Das hätte ich gerne von ihm gelernt. Ich nahm mir vor zu üben, sobald ich aus dem Krankenhaus kam. Ein Rucksack und ein Laptop – das sollte jedem Menschen genügen. So war Ali, wo auch immer er sich befand, bei sich.

Dieser Wanderarzt führte uns vor, dass wir es uns an keinem Ort allzu bequem machen sollten. Demnach war ich mit meinem Haus schon viel zu weit gegangen. Zum Abschied schenkte er mir eine Galabija – ein weißes, knöchellanges Hemd mit langen Ärmeln, am Hals geknöpft. Er sagte, die weiße Farbe wirke wie ein Spiegel und reflektiere alle Strahlen.

In der zweiten Augusthälfte verschlechterte sich mein Zustand derartig, dass ich nach Wrocław überstellt wurde. Es sollten weitere Untersuchungen an mir durchgeführt werden, über die ich mir aber vorerst nicht allzu sehr den Kopf zerbrach. In dem Dämmerzustand, in dem ich die Tage zubrachte, träumte ich unruhig von meinen duftenden Erbsen. Mir dämmerte, dass ich die sechste Generation beobachten müsste, sonst wären die Ergebnisse meiner Forschungen ungültig. Man würde wieder denken, die Lebenserfahrungen seien nicht weitervererbbar, alle Wissenschaften der Welt seien für die Katz, wir seien nicht imstande, aus der Geschichte etwas zu lernen. Ich träumte, dass ich Dyzio anrief, er aber nicht abhob, weil meine Mädchen gerade Junge bekommen hatten, die alle auf dem Fußboden im Flur und in der Küche herumwuselten. Es sind Menschen, aber eine ganz neue Menschenrasse, von Tieren geboren. Sie sind noch blind, noch haben sie die Augen nicht geöffnet. Und ich träumte, dass ich meine Mädchen in einer großen Stadt suchte, dass ich ständig die Hoffnung hatte, sie zu finden, und dass dies eine dumme und auch schmerzliche Hoffnung war.

Einmal besuchte mich Grisella im Krankenhaus, um mich taktvoll zu trösten und behutsam darüber zu informieren, dass sie ihr Haus verkaufen werde.

»Es ist nicht mehr derselbe Ort wie früher«, sagte sie. Sie hatte mir von Agata gebackene Pfannkuchen mit Pilzen mitgebracht.

Sie erzählte mir, sie spüre seltsame Vibrationen, fürchte sich in der Nacht und hätte keinen richtigen Appetit mehr.

»Man kann nicht an einem Ort leben, wo solche Dinge passieren. Mit den grässlichen Mordfällen sind auch noch andere Betrügereien und unsaubere Machenschaften ans Licht gekommen. Offenbar lebe ich unter Monstern. Sie waren die einzige rechtschaffene Person hier.« Sie war richtig aufgebracht.

»Ach, wissen Sie, ich wollte sowieso im nächsten Winter damit aufhören, die Häuser zu betreuen.« Ihr Kompliment hatte mich in Verlegenheit gebracht.

»Eine gute Entscheidung. Sie sollten in ein warmes Land ziehen …«

»Ja, wenn es dort keine Sonne gibt«, wandte ich ein. »Kennen Sie einen solchen Ort – abgesehen vom Badezimmer?«

Sie ignorierte meine Frage.

»Das Inserat für den Hausverkauf ist bereits in der Zeitung.« Sie schien nachzudenken. »Außerdem war es immer zu windig. Dieses unaufhörliche Windgeheul war einfach unerträglich. Man kann sich unmöglich konzentrieren, weil in einem fort irgendwas in den Ohren raschelt, pfeift oder rauscht. Haben sie bemerkt, wie viel Lärm das Laub an den Bäumen macht? Besonders an den Pappeln, das ist nicht auszuhalten. Es beginnt im Juni und zieht sich hin bis in den November. Ein Albtraum.«

Daran hatte ich nie gedacht.

»Ich bin verhört worden, wussten Sie das?« Sie war entrüstet und wechselte abrupt das Thema.

Es wunderte mich überhaupt nicht, weil alle verhört worden waren. Dieser Fall hatte nun Priorität. Was für ein grauenvolles Wort.

»Und? Konnten Sie etwas Nützliches beitragen?«

»Wissen Sie, manchmal habe ich den Eindruck, als lebten wir in einer Welt, die wir uns selbst ausdenken. Wir bestimmen, was gut ist und was nicht, wir zeichnen Pläne mit Bedeutungen … Und dann kämpfen wir das ganze Leben lang mit allem, was wir für uns konzipiert haben. Das Problem ist, dass jeder seine eigene Version hat. Deshalb ist es so schwierig, sich zu verständigen.«

Irgendwie stimmte das.

Als sie sich von mir verabschieden wollte, wühlte ich in meinen Dingen und überreichte ihr das Rehbein. Sie wickelte es aus dem Papier, und ihr Gesicht verzog sich angeekelt.

»Um Himmels willen, was ist denn das? Frau Duszejko, was haben Sie mir da gegeben?«

»Bitte, nehmen Sie es. Es ist so etwas in der Art eines Finger Gottes. Es ist völlig ausgetrocknet, es stinkt nicht.«

»Was soll ich damit tun?«, fragte sie verwirrt.

»Eine gute Tat.«

Sie wickelte das Bein wieder in das Papier, zögerte noch einmal vor der Tür und dann ging sie.

Ich dachte noch lange über das nach, was Grisella gesagt hatte. Es passte gut zu einer meiner Theorien. Ich glaube nämlich, unsere menschliche Psyche ist dazu da, um uns vor dem Anblick der Wahrheit zu bewahren. Um uns keinen direkten Einblick in den Mechanismus zu erlauben. Die Psyche ist unser Immunsystem – sie sorgt dafür, dass wir niemals verstehen, was um uns herum vorgeht. Hauptsächlich ist sie damit befasst, Informationen zu filtern, auch wenn die Möglichkeiten unseres Gehirns gigantisch sind. Doch alles Wissen wäre nicht zu ertragen. Denn jedes kleinste Teilchen der Welt ist aus Leid zusammengesetzt.

*

Also, zuerst kam ich aus dem Gefängnis. Dann kam ich aus dem Krankenhaus. Kein Zweifel, ich hatte mit den Einflüssen des Saturn zu kämpfen. Im August hatte er sich allerdings so weit verschoben, dass er keinen unangenehmen Aspekt mehr bildete, und so verbrachten wir den Rest des Sommers wie eine gute Familie. Ich lag im abgedunkelten Zimmer. Matoga machte Ordnung und kümmerte sich um das Haus, und Dyzio und Buena Noticia kochten und kauften ein. Als es mir besser ging, machten wir einen Ausflug nach Tschechien zu dieser ungewöhnlichen Buchhandlung, und wir besuchten Honza mit seinen Büchern. Zweimal aßen wir mit ihm zu Mittag, und wir veranstalteten eine kleine Blake-Konferenz, undotiert und ohne EU-Gelder.

Dyzio hatte im Internet ein kurzes Filmchen gefunden. Eine Minute lang, nicht länger. Ein stattlicher Hirsch attackiert einen Jäger. Man sieht ihn auf den Hinterbeinen stehen und mit den Vorderhufen auf den Menschen einschlagen. Der Jäger kommt zum Sturz, doch das Tier hört nicht auf, es tritt wütend auf ihn ein, erlaubt ihm nicht, seinen Hufen zu entkommen. Der Mann versucht seinen Kopf zu schützen und auf den Knien unter diesem rasenden Tier hervorzukriechen, doch der Hirsch wirft ihn immer wieder um.

Diese Szene hatte keinen Schluss, und was später mit dem Jäger und mit dem Hirsch passierte, blieb ungewiss.

In meinem dunklen Zimmer liegend, mitten im Sommer, sah ich mir den Film wieder und wieder an.

15
Hubertus

»Das Blöken, Muhen, Röhren, Bellen
Sind himmlischer Gestade Wellen.«

Meine Venus ist verletzt, oder im Exil – so nennt man es, wenn ein Planet sich dem Zeichen gegenüber befindet, in dem er sein Haus hat. Dazu kommt noch, dass Pluto, der meinen Aszendenten beherrscht, noch immer in ungünstigem Aspekt zu ihr steht. Diese Situation bewirkt, dass ich, wie ich glaube, das Syndrom der faulen Venus habe. So nenne ich nämlich diese Folgerichtigkeit. Wir haben es dabei mit einem Menschen zu tun, der vom Schicksal reich beschenkt wurde, jedoch sein Potenzial überhaupt nicht ausschöpft. Er ist intelligent und clever, doch er unternimmt nichts, um etwas zu lernen, und seine Intelligenz benutzt er zum Kartenspielen oder um Patiencen zu legen. Sein Körper ist schön, doch er macht ihn kaputt, vernachlässigt ihn, vergiftet ihn mit Genussmitteln, ignoriert alles, was die Ärzte und Zahnärzte empfehlen.

So eine Venus bewirkt eine seltsame Art der Trägheit – die Gelegenheiten im Leben laufen einem vor der Nase weg, man hat verschlafen, ist zu spät gekommen, hatte keine Lust, hat es verschlampt. Es ist der Hang zum

Sybaritismus, zum Leben im Halbschlaf, sich in kleinen Annehmlichkeiten zu verzetteln; keine Lust sich anzustrengen, und nicht der geringste Wettbewerbsgeist. Lange Vormittage, ungeöffnete Briefe, auf später verschobene Angelegenheiten, nie ausgeführte Projekte. Der Widerwille gegen jede Obrigkeit, schon gar keine Lust, sich unterzuordnen, ein schweigendes, gemächliches Dahintrotten – auf eigenen Wegen. Man kann sagen, dass diese Menschen niemandem von Nutzen sind.

Vielleicht hätte ich im September unter großen Anstrengungen in die Schule gehen können, aber ich konnte mich nicht dazu aufraffen. Es tat mir sehr leid, dass die Kinder einen Monat lang nichts lernten. Aber was konnte ich tun? Mir tat alles weh.

Erst im Oktober konnte ich wieder arbeiten. Ich fühlte mich besser, und ich hatte es schon geschafft, zweimal pro Woche einen Englischkreis auf die Beine zu stellen und mit den Schülern das Versäumte nachzuholen. Aber es war keine richtige Arbeit. Im Oktober wurden einige Kinder von meinem Unterricht freigestellt. Die Vorbereitungen für die Eröffnung und Einweihung der neu gebauten Kapelle gingen mit Volldampf voran. Die Kapelle sollte dem Heiligen Hubertus gewidmet werden, an seinem Namenstag, dem 3. November. Ich wollte den Kindern nicht freigeben. Sie sollten lieber ein paar englische Vokabeln mehr können, als Lebensläufe von Heiligen auswendig lernen. Die junge Direktorin intervenierte.

»Sie übertreiben. Es gibt Prioritäten.« Das klang, als glaubte sie selber nicht, was sie sagte. Ich finde das Wort »Priorität« ebenso hässlich wie »Todesopfer« oder »Lebensgefährte«, aber ich wollte, ja wirklich, ich wollte mich nicht mit ihr streiten, weder um die Freistellung der Kinder noch um ein Wort.

»Sie werden sicherlich bei der Einweihung der Kapelle dabei sein?«

»Ich bin nicht katholisch.«

»Das macht nichts. Wir sind alle Kultur-Katholiken, egal, ob uns das gefällt oder nicht. Also bitte kommen Sie.«

Gegen so ein Argument war ich nicht gewappnet, daher schwieg ich. Den Stoff holte ich mit den Kindern in den Nachmittagskreisen auf. Dyzio wurde noch zweimal verhört, und zum Schluss wurde ihm seine Arbeit gekündigt, in gegenseitigem Einvernehmen. Er sollte nur noch bis zum Jahresende arbeiten. Es gab irgendeine abstruse Begründung, Kürzung des Etats, Stellenabbau unvermeidlich, das Übliche. Menschen wie Dyzio scheiden immer als Erste aus. Ich glaube aber, es gab einen Zusammenhang mit seinen Aussagen. Stand er unter Verdacht? Dyzio war ziemlich unbekümmert. Er war bereits entschlossen, Übersetzer zu werden. Er glaubte, davon leben zu können. Von den Übersetzungen der Lyrik Blakes. Wunderbar. Von einer Sprache in die andere übersetzen und so die Menschen einander näherbringen – das ist ein schöner Gedanke.

Er führte jetzt auch auf eigene Faust Ermittlungen durch, und alle waren gespannt auf neue Ergebnisse der Polizei, auf irgendeine Sensation, die dieser Kette von Todesfällen ein für alle Mal ein Ende bereitete. In dieser Sache fuhr Dyzio sogar zu Frau Wnętrzak und zur Frau Vorstand und folgte, so gut er konnte, ihren Fingerzeigen.

Wir wussten, dass alle drei Opfer durch einen Schlag

auf den Kopf mit einem schweren Gegenstand ums Leben gekommen waren, aber keiner wusste, mit was für einem. Also spekulierten wir. Vielleicht war es einfach ein Stück Holz gewesen, zum Beispiel ein dicker Ast? Aber der hätte spezifische Spuren auf der Haut hinterlassen. Und hier sah es eher nach einem harten Gegenstand mit glatter Oberfläche aus. Außerdem hatte die Polizei am Tatort Blutspuren von Tieren gefunden, wahrscheinlich von Rehen.

»Das habe ich doch gleich gesagt.« Ich wurde nicht müde, es zu wiederholen. »Es sind die Rehe, seht ihr?«

Dyzio neigte eher zu der Hypothese, dass es um gerupfte Hühnchen gegangen war. Sicher war aber nur eines, dass der Kommissar am bewussten Abend bei Wnętrzak gewesen war und von ihm Schmiergeld erhalten hatte.

»Vielleicht ist Wnętrzak ihm nachgefahren und hat versucht, ihm das Geld wieder abzuknöpfen, es kam zu Handgreiflichkeiten, der Kommissar ist gestürzt, Wnętrzak hat einen Schreck gekriegt, ist abgehauen und hat darauf verzichtet, das Geld zu suchen«, überlegte Dyzio.

»Aber wer hat Wnętrzak ermordet?«, fragte Matoga philosophisch.

Ehrlich gesagt, gefiel mir die Vision von Übeltätern, die sich, einer nach dem anderen, gegenseitig eliminieren.

»Vielleicht war es ja der Vorstand?«, phantasierte Matoga weiter.

Höchstwahrscheinlich deckte der Kommissar irgendein Verbrechen von Wnętrzak. Aber ob der Vorstand etwas damit zu tun hatte, wissen wir nicht. Wenn der Vorstand Wnętrzak getötet hatte, wer hatte dann den

Vorstand getötet? Ein Rachemotiv wäre in allen drei Fällen möglich, und höchstwahrscheinlich ging es auch in diesem Fall um Geschäfte. Konnte an diesem Gerede über die Mafia etwas dran sein? Hatte die Polizei dafür irgendwelche Beweise? Gut möglich, dass bei diesen finsteren Machenschaften auch andere Polizeibeamte beteiligt waren und dass die Fahndung deshalb so mühsam voranging.

Ich sprach nicht mehr über meine eigenen Theorien. Tatsächlich machte ich mich bloß lächerlich. Grisella hatte Recht – die Menschen können nur das verstehen, was sie selbst ausgedacht haben und wovon sie sich ernähren. Die Vision einer Verschwörung zwischen Personen einer korrumpierten und von moralischem Verfall gezeichneten provinziellen Obrigkeit passte zu dem, was im Fernsehen und in den Zeitungen mit besonderem Vergnügen verbreitet wurde. Weder Zeitungen noch Fernsehen beschäftigten sich nämlich mit den Tieren, es sei denn, ein Tiger war aus dem Zoo ausgerissen.

*

Der Winter beginnt hier gleich nach Allerheiligen. So ist es eben, der Herbst sammelt all seine Instrumente und sein Spielzeug ein, er streift die unbrauchbar gewordenen Blätter ab und fegt sie in die Feldwege, und zuletzt saugt er die Farben aus den Gräsern, bis sie gräulich und indifferent dastehen. Ab dann sieht alles aus, als gäbe es nur noch Schwarz und Weiß, und auf die gepflügten Felder fällt der Schnee.

»Lenke deinen Wagen und Pflug über die Gebeine der Toten.« Ich sprach die Worte von Blake vor mich hin. Hieß es so?

Ich stand im Fenster und betrachtete die eiligen Aufräumarbeiten der Natur bis zur Dämmerung. Ab dann vollzog sich der Einzug des Winters im Dunkeln. Am nächsten Morgen kramte ich die rote Plüschjacke hervor, die ich bei Buena Noticia gekauft hatte, ebenso wie die Wollmützen.

Auf den Scheiben des Samurai hatte sich Raureif gebildet, noch jung, dünn und zart wie ein kosmisches Myzelium. Zwei Tage nach Allerseelen fuhr ich in die Stadt, um Buena Noticia zu besuchen und Schneestiefel zu kaufen. Ab dem Zeitpunkt musste man mit dem Schlimmsten rechnen. Der Himmel hing tief, wie immer um die Jahreszeit. Die Grablichter auf den Friedhöfen waren noch nicht ausgebrannt, ich sah die bunten Lichter tagsüber flackern, als riefen die kläglichen Flämmchen, die in der Skorpionsonne noch schwächer wurden, die Menschen zu Hilfe. Pluto hatte die Macht über die Welt ergriffen. Und mich hatte die Wehmut gepackt. Gestern hatte ich E-Mails an alle meine Arbeitgeber geschrieben, dass ich in diesem Winter nicht die Obhut über ihre Häuser übernehmen könne.

Erst unterwegs fiel mir ein, dass ja heute der dritte November war und in der Stadt die Gedenkfeier für den Heiligen Hubertus stattfand.

Immer wenn irgendeine dubiose Gemeinheit organisiert wird, werden zuerst die Kinder hineingezogen. Ich erinnere mich noch, wie man uns früher in die Umzüge zum 1. Mai hineinmanövriert hatte. Lang, lang ist's her. Und jetzt sollten sie beim kreisinternen Wettbewerb des bildnerischen Schaffens der Kinder und Jugendlichen der Grafschaft Glatz teilnehmen. Thema: »Der Heilige Hubertus als Vorbild des zeitgenössischen Ökologen.« Danach gab es eine Vorstellung über Leben und Tod des Heiligen. Ich hatte schon im Oktober in der Sache ein Schreiben ans Kuratorium losgelassen, allerdings wieder einmal keine Antwort bekommen. Meiner Meinung nach war das, wie vieles andere, ein Skandal.

Am Rand des Asphaltwegs parkten viele Autos, was mich an die Messe erinnerte. So entschloss ich mich, in die Kirche zu gehen, um mir das Ergebnis der langen, herbstlichen Vorbereitungen anzusehen, die meinen Englischunterricht so sehr beschnitten hatten. Ein Blick auf die Uhr zeigte mir, dass die Messe bereits begonnen hatte.

Schon öfter war ich in die Kirche gegangen und hatte mich ruhig zu den Menschen gesetzt. Ich mag es, wenn Menschen zusammensitzen und nicht miteinander sprechen müssen. Andernfalls hätten sie sofort begonnen, sich dummes Zeug zu erzählen, zu tratschen und zu klatschen, sie hätten Dinge erfunden und sich wichtig gemacht. So jedoch saßen sie in ihren Reihen, jeder in seine Gedanken versunken, sahen im Geiste alles das vorüberziehen, was in der letzten Zeit geschehen war, und überlegten sich, was bald geschehen könnte. Auf diese Art und Weise gaben sie ihrem Leben eine Ordnung. Ich setzte mich in eine Bank und verfiel in eine Art Halbschlaf. Mein Denken war träge, als kämen die Gedanken von weit her, von den Köpfen der Anderen oder sogar von den Holzköpfen der Engel, die hier überall verteilt waren. Mir fielen hier immer andere Dinge ein, als wenn ich zu Hause nachdachte. In diesem Sinne ist die Kirche ein guter Ort.

Manchmal war mir, als könnte ich, wenn ich es nur wollte, hier die Gedanken der Anderen lesen. Schon einige Male hatte ich fremde Gedanken in meinem eigenen Kopf gehört: »Neue Tapeten im Schlafzimmer, was für ein Muster? Sind ganz glatte am besten oder die mit einem dezenten Muster, nur mit Struktur? Das Geld auf dem Girokonto bringt kaum Zinsen, andere Banken bieten bessere Konditionen, am besten gleich am Montag die Angebote überprüfen und das Geld transferieren. Woher hat die das Geld? Wie kann sie sich das alles leisten, was sie anhat? Vielleicht essen die nichts, und alles, was sie verdienen, stecken sie in ihre Klamotten? Der ist aber alt geworden, ganz grau schon! Wenn ich mir vorstelle, dass das der bestaussehendste Mann im ganzen Dorf war. Und jetzt? Ein Wrack ... Ich sage dem Arzt einfach: Ich will freigestellt werden. Nie und nimmer werde ich mich einverstanden erklären, dass man mich wie ein Kind behandelt ...«

Was ist schon Schlechtes an solchen Gedanken? Denke ich vielleicht etwas anderes? Wie gut, dass Gott, wenn es ihn gibt, oder sogar, wenn es ihn nicht gibt, uns so einen Ort zur Verfügung stellt, an dem man in aller Ruhe denken kann, vielleicht ist das eine Art des Gebets, einfach nur ruhig denken, nichts wollen, um nichts bitten. Einfach im eigenen Kopf Ordnung machen. Das sollte genug sein.

Doch nach den ersten Momenten der Entspannung kamen immer wieder die alten Fragen aus der Kindheit zu mir. Wie soll Gott alle auf der ganzen Welt gebeteten Gebete gleichzeitig hören? Und was, wenn sie sich widersprechen? Muss er die Gebete aller Hurenböcke, Dämonen, Bösewichter anhören? Beten die überhaupt? Gibt es Orte, an denen Gott nicht ist? Ist er beispielsweise auf der Fuchsfarm? Und was denkt er sich dabei? Oder in der Schlachterei von Wnętrzak? Geht er dorthin? Ich weiß, das sind dumme und naive Fragen. Die Theologen würden mich auslachen. Mein Kopf ist aus Holz wie die Köpfe der Engel, die an diesem künstlichen, kirchlichen Himmelsgewölbe hängen.

Bei diesen Gedanken störte mich allerdings doch die penetrante und unangenehme Stimme des Pfarrers Raschel. Bei jeder Bewegung seines trockenen, knochigen Körpers unter dem herabhängenden Gewand glaubte ich es rascheln zu hören. Seine Soutane rieb an der Hose, das Kinn am Kragen, seine Gelenke knacksten. Was war dieser Pfarrer nur für ein Geschöpf Gottes? Er hatte eine trockene, runzlige Haut, und überall hatte er ein bisschen zu viel davon. Es hieß, er sei einmal sehr beleibt gewesen und hätte seine Fettsucht mittels eines chirurgischen Eingriffs bekämpft. Er hatte sich den halben Magen herausnehmen lassen. Jetzt hatte er sehr abgenommen, daher vielleicht der Überschuss an Haut. Mir kam dieser Mensch vor, als sei er ganz und gar aus Reispapier gemacht, so wie diese ballonförmigen Lampenschirme. Als sei er ein künstlich ausgehöhltes Wesen und dazu leicht entzündlich.

Zu Beginn des Jahres, als ich noch wegen meiner beiden Mädchen in der tiefsten Verzweiflung gesteckt hatte, war er in seiner Eigenschaft als Seelsorger auf seinem Weihnachtsrundgang auch bei mir vorbeigekommen. Erst waren seine Ministranten aufgetaucht, in weißen Chorhemden, die sie über ihre dunklen Jacken gezogen hatten, Buben mit roten Wangen, die den Ernst als priesterliche Abgesandte untergruben. Ich hatte noch etwas Halva, was ich von Zeit zu Zeit gerne aß, und das brach ich für sie in kleine Stücke. Sie aßen es, sangen ein Lied und gingen vors Haus.

Pfarrer Raschel erschien außer Atem und schnellen Schrittes, er klopfte sich nicht einmal den Schnee von den Schuhen, er trat in meine kleine Stube, direkt auf den Teppich. Er bespritzte mit dem Weihwasserwedel die Wände, leierte ein Gebet herunter, legte hastig ein Heiligenbildchen auf den Tisch und setzte sich in eine Sofaecke. Das alles machte er blitzartig, ich konnte ihm kaum mit dem Blick folgen. Offensichtlich fühlte er sich nicht besonders wohl bei mir, es sah aus, als würde er am liebsten gleich wieder gehen.

»Vielleicht eine Tasse Tee?«, fragte ich schüchtern.

Er wollte keinen. Wir saßen schweigend da. Ich sah durchs Fenster, wie sich die Ministranten draußen mit Schneebällen bewarfen.

Plötzlich hatte ich das absurde Bedürfnis, mein Gesicht in seinen sauberen, gestärkten weiten Ärmel zu schmiegen.

»Warum weint sie?«, fragte er in diesem seltsamen, unpersönlichen Pfarreridiom, in dem es heißt: »fürchten« anstatt »Angst haben«, »sich zuneigen« anstatt »hinhören«, »vervollkommnen« anstatt »dazulernen« und so weiter. Aber das störte mich nicht einmal. Ich weinte.

»Meine beiden Hündinnen sind tot«, sagte ich endlich.

Es war ein Winternachmittag, das Dunkel sickerte bereits durch die beiden kleinen Fenster in meine Stube. Ich konnte den Ausdruck auf seinem Gesicht nicht erkennen.

»Ich verstehe den Schmerz«, sagte er dann. »Aber es waren ja nur Tiere.«

»Es waren meine einzigen Angehörigen. Familie. Töchter.«

»Bitte sich nicht zu versündigen.« Er war entrüstet. »Man kann von Hunden nicht sagen, dass es Töchter waren. Bitte nicht mehr weinen. Besser ist es zu beten, das lindert das Leiden.«

Ich zog ihn an seinem schönen sauberen Ärmel zum Fenster und zeigte ihm meinen kleinen Friedhof. Dort standen jetzt die traurigen, mit Schnee bedeckten Grabsteine, auf einem brannte ein kleiner Lampion.

»Ich habe mich schon damit abgefunden, dass sie tot sind. Höchstwahrscheinlich haben die Jäger sie erschossen, wissen Sie das?«

Er sagte nichts.

»Ich wollte sie wenigstens begraben. Wie soll ich die Trauer aushalten, ohne zu wissen, wie sie umgekommen sind und wo sie begraben liegen?«

Der Pfarrer machte eine nervöse Bewegung.

»Man darf Tiere nicht wie Menschen behandeln. Es ist eine Sünde, solche Friedhöfe sind ein Zeichen menschlichen Dünkels. Gott hat den Tieren einen niedrigeren Platz gegeben, im Dienste des Menschen.«

»Können Sie mir sagen, was ich tun soll? Vielleicht wissen Sie es?«

»Beten.«

»Für die Tiere?«

»Für sich. Tiere haben keine Seele, sie sind nicht unsterblich. Sie werden nicht gerettet. Für sich soll sie beten.«

Das erinnerte mich an die traurige Szene vor fast einem Jahr, als ich noch nicht wusste, was ich jetzt weiß.

Die Messe war noch nicht zu Ende. Ich saß nicht allzu weit vom Ausgang entfernt bei den Drittklässlern, die übrigens heute sonderbar aussahen. Die meisten waren als Rehe, Hirsche oder Hasen verkleidet, mit Masken aus Pappe. Sie waren ungeduldig und wollten endlich ihren Auftritt haben, der offenbar unmittelbar nach der Messe stattfinden sollte. Sie hatten mir bereitwillig Platz gemacht, und so saß ich inmitten der Kinder.

»Was wird das für ein Theater?«, fragte ich flüsternd ein Mädchen aus der 3a, das auf den schönen Namen Jagoda hörte. »Wie der Heilige Hubertus im Wald einen Hirsch traf«, sagte sie. »Ich bin ein Hase.«

Ich lächelte. Aber eigentlich verstand ich die Logik nicht: Hubert, noch nicht heilig, ist ein Nichtsnutz und Verschwender. Er tut nichts lieber als jagen. Er tötet. Und einmal sieht er beim Jagen über dem Kopf eines Hirschen, den er gerade töten will, ein Kreuz mit Christus. Er fällt auf die Knie und ist bekehrt. Er sieht ein, wie schwer er bisher gesündigt hat. Von dem Moment an hört er auf mit dem Töten und wird heilig. Warum wird so einer der Schutzpatron der Jäger? Der grundsätzliche Mangel an Logik bei all dem ist umwerfend. Wer ein Anhänger von Hubertus ist und in seine Fußstapfen treten will, der muss mit dem Töten aufhören. Indem die Jäger ihn zu ihrem Schutzpatron ernannt haben, haben sie ihn zum Schutzpatron der Sünde von Hubertus gemacht. Einer Sünde, der er abgeschworen hat. Er ist nun also der Schutzpatron einer Sünde. Ich hatte schon dazu angesetzt, Jagoda meine Zweifel mitzuteilen, erkannte jedoch, dass hier weder der rechte Ort noch der rechte Moment für Diskussionen war, besonders auch weil der Pfarrer sehr laut sang. So stellte ich nur in Gedanken die

Hypothese auf, dass es hier um Aneignung durch Antithese gehen musste.

Die Kirche war voll, nicht nur wegen der Schulkinder, sondern auch wegen der vielen fremden Männer, die in den ersten Bankreihen saßen. Von ihren Uniformen wurde mir ganz grün vor Augen. Links und rechts vom Altar standen weitere Grünröcke, die herabhängende farbige Fahnen hielten. Auch Pfarrer Raschel war heute sehr feierlich, und er hatte seinem grauen herabhängenden Gesicht etwas Salbungvolles aufgesetzt. Diesmal konnte ich nicht in meinen Lieblingszustand verfallen und meinen Gedanken freien Lauf lassen, wie ich es sonst immer tat. Ich war nervös und geladen, und ich merkte, wie ich langsam in diesen Zustand geriet, in dem ich am ganzen Leib Vibrationen spüre.

Jemand berührte mich leicht an der Schulter und ich blickte mich um. Es war Grzes, ein älterer Schüler mit schönen, klugen Augen. Er war letztes Jahr bei mir im Unterricht gewesen.

»Haben sich Ihre Hunde gefunden?«, fragte er flüsternd.

Mir fiel sofort wieder ein, wie wir letzten Herbst mit anderen aus seiner Klasse Suchanzeigen an Haltestellen und Gartenzäunen aufgehängt hatten.

»Nein, leider nicht.«

Seine Augen verfinsterten sich. »Das tut mir sehr leid.«

»Danke.«

Die Stimme des Pfarrers durchriss die kühle, nur von scharrenden Füßen und sich räuspernden Kehlen unterbrochen Stille, und alle zuckten zusammen, um gleich darauf mit einem Poltern, das bis ins Gewölbe hinauf rollte, auf die Knie zu fallen.

»Lamm Gottes …«, donnerte es über den Köpfen, und ich hörte ein komisches Geräusch, ein schwaches Trommeln von allen Seiten, es waren die Menschen, die zum Lamm Gottes beteten und sich auf die Brust klopften.

Dann strömten alle in Richtung Altar, sie schoben sich aus den Bänken, mit gefalteten Händen und gesenktem Blick wie reuige Sünder, es entstand Gedränge im Durchgang, aber alle waren guten Willens, mehr als gewöhnlich, und ließen sich gegenseitig vor, mit todernsten Mienen, ohne einander anzusehen.

Ich musste in einem fort daran denken, was sie in ihren Bäuchen hatten. Was hatten sie heute gegessen, und was gestern, war der Schinken schon verdaut, waren die Hühner, Hasen und Kälber schon auf dem Weg durch ihre Mägen?

Auch das grüne Heer aus den ersten Reihen erhob sich und zog in Scharen zum Altar. Pfarrer Raschel, begleitet von zwei Ministranten, kam nach vorne zur Kommunionbank und fütterte sie mit dem nächsten Fleisch, diesmal in symbolischer Gestalt, aber doch mit Fleisch, dem Leib eines lebenden Wesens.

Ich dachte, wenn es wirklich einen Gott gibt, der gut ist, dann müsste er jetzt leibhaftig erscheinen, als Lamm, als Kuh oder als Hirsch, und er müsste mit lauter Stimme brüllen oder röhren. Und wenn er nicht persönlich hier erscheinen kann, dann sollte er zumindest seine Stellvertreter, seine flammenden Erzengel herschicken, damit sie ein für alle Mal diese schreckliche Heuchelei beenden. Aber natürlich intervenierte niemand. Er interveniert niemals.

Das Fußscharren wurde leiser, und schließlich hatte sich die geballte Menge wieder in ihre Bänke verteilt.

Pfarrer Raschel begann schweigend und salbungsvoll das Geschirr zu waschen. Ich dachte, eine kleine Spülmaschine wäre ihm wahrscheinlich von Nutzen, so eine für Singles. Man bräuchte nur einen Knopf zu drücken, und es bliebe mehr Zeit für die Predigt. Raschel stieg auf die Kanzel, zupfte an den Spitzen seiner Ärmel – wieder stieg das Bild in mir auf, wie er vor einem Jahr in meiner Stube gesessen hatte – und sagte: »Ich bin voll der Freude, heute, an diesem glücklichen Tag, unsere Kapelle weihen zu dürfen, und meine Freude ist umso größer, weil ich als Jägerpfarrer teilnehmen darf an dieser wertvollen Initiative.« Es war still geworden, als ob sich nach diesem Abendmahl alle wenigstens ein bisschen in Ruhe dem Verdauen widmen wollten. Der Pfarrer ließ seinen Blick über die Versammelten schweifen und sprach: »Wie ihr wisst, verehrte Schwestern und Brüder, betreue ich seit Jahren unsere tapferen Jäger. Als ihr Seelsorger weihe ich die Jägersitze, organisiere Zusammenkünfte, erteile die Sakramente und begleite die Toten in die »ewigen Jagdgründe«, ich kümmere mich auch um alles, was mit der Ethik der Jagd zusammenhängt, und ich bin bemüht, den Jägermeistern in geistiger Hinsicht zur Seite zu stehen.«

Ich rutschte unruhig auf meinem Sitz hin und her. Der Pfarrer fuhr fort: »In unserer Kirche nimmt die hübsche Kapelle des Heiligen Hubertus eines der Schiffe ein. Auf ihrem Altar steht bereits eine Figur des Heiligen, und bald wird die Kapelle auch von zwei Hinterglasbildern geschmückt sein. Auf dem einen wird der Hirsch mit dem strahlenden Kreuz dargestellt sein, den der Heilige Hubertus bei der Jagd getroffen hat, wie es die Legende erzählt. Auf dem zweiten Bild wird der Heilige allein zu sehen sein.«

Die Köpfe der Gläubigen wandten sich in die von Pfarrer Raschel gezeigte Richtung.

»Die Initiatoren des Kapellenbaus«, sagte er, »sind unsere tapferen Jäger.«

Jetzt waren alle Augen auf die ersten Bankreihen gerichtet. Meine auch. Wohl oder übel.

Pfarrer Raschel räusperte sich, und man sah ihm an, dass er zu einer ernsthaften Rede anhob. »Die Jäger, meine lieben Brüder und Schwestern, sind Botschafter des Herrgotts, sie haben bei der Schöpfung mitgewirkt, sie haben die Obhut über die Tierwelt, sie sind Gottes Mitarbeiter. Der Natur, worin die Menschen leben, muss geholfen werden, damit sie sich entfalten kann. Die Jäger machen durch das Abschießen echte Jagdpolitik. Sie haben Wildfütterungsanlagen errichtet und beaufsichtigen diese nun systematisch.« Hier sah er diskret in seine Notizen. »Es sind dies einundvierzig Raufentröge für Rehe, vier Kraftfutterautomaten für Hirsche, fünfundzwanzig Fasanenschütten sowie hundertfünfzig Salzlecken für das Rotwild.«

»Und dann schießen sie bei diesen Futterstellen auf die Tiere«, sagte ich laut, und die Köpfe in meiner Umgebung drehten sich tadelnd in meine Richtung. »Es ist wie eine Einladung zum Essen, um den Gast zu ermorden.«

Die Kinder sahen mich mit weit aufgerissenen Augen entsetzt an. Es waren die Kinder, die ich unterrichtet hatte, aus der 3b. Pfarrer Raschel war mit seiner Ansprache so sehr beschäftigt, dass er mich nicht hörte. Er stand auf der Kanzel, schob die Arme in die weiten, spitzenverbrämten Ärmel des Chorhemds und hob die Augen zum Deckengewölbe, auf dem die vor langer Zeit gemalten Sternlein funkelten.

»Allein in der letzten Jagdsaison haben wir fünfzehn Tonnen Kraftfutter für den Winter bereitgestellt«, rechnete er uns vor. »Seit vielen Jahren kauft unser Jägerkreis Fasane und setzt sie aus, um auch die Jagd auf Devisen anzukurbeln, was somit ebenfalls dem Etat des Kreises zugutekommt. Wir kultivieren die Traditionen und Bräuche der Jäger, den Jägerschlag und die Gelübde derjenigen, die uns beitreten wollen.« Seine Stimme bebte vor Stolz. »Die beiden wichtigsten Jagden im Jahr, nämlich am Hubertustag, wie heute, und am Heiligabend, führen wir gemäß der Tradition und unter Achtung aller Jägergrundsätze durch. Allem voran wollen wir die Schönheiten der Natur erleben sowie die Bräuche und Traditionen pflegen.« Er sprach weiter wie im Fieber. »Es gibt jedoch noch immer viele Wilderer, und die beachten die Gesetze der Natur nicht, sie töten die Tiere auf grausame Art und Weise, ohne die Jagdgesetze zu befolgen. Ihr hingegen befolgt die Gesetze. Heute hat sich der Begriff der Jägerei zum Glück gewandelt. Wir werden nicht mehr wahrgenommen als jene, die alles erschießen wollen, was sich bewegt. Sondern man nimmt uns wahr als diejenigen, die alles tun, um die Schönheit der Natur zu bewahren, die Ordnung und die Harmonie. In den letzten Jahren haben unsere lieben Jäger eine eigene Jagdhütte gebaut, wo sie sich oft treffen, um über Themen wie Kultur, Ethik, Disziplin und Sicherheit bei der Jagd sowie über andere interessante Problematiken zu diskutieren.«

Ich musste vor Lachen losprusten, so laut, dass sich jetzt die halbe Kirche nach mir umwandte. Ich verschluckte mich. Irgendein Kind gab mir ein Papiertaschentuch. Gleichzeitig spürte ich, wie meine Beine steif wurden und dass wieder dieser unangenehme Schmerz kam, der mir befiehlt, die Füße zu bewegen und die Wadenmuskeln anzuspannen. Wenn ich das dann nicht tue, dann wird eine furchtbare Kraft meine Muskeln zerreißen. In dem Moment wo ich glaubte, ich könne so einen Anfall bekommen, na bitte, da bekam ich tatsächlich so einen Anfall, und vielleicht war das sogar gut so.

Plötzlich war mir klar, warum die Hochsitze, die doch mehr an die Wachtürme eines Konzentrationslagers erinnern, Kanzeln genannt werden. Auf einer Kanzel stellt sich ein Mensch über die anderen Lebewesen und erteilt sich selbst die Macht über ihr Leben und ihren Tod. Er wird zum Tyrann und zum Usurpator. Der Pfarrer sprach mit Begeisterung, fast mit Überschwang. »Macht euch die Erde untertan. An euch, an die Jäger, sind diese Worte gerichtet, denn Gott macht den Menschen zu seinem Mitarbeiter, damit er sich am Schöpfungsakt beteiligt und damit dieses Werk bis zum Ende realisiert wird. Ein rechter Jäger setzt seine Berufung bewusst, vernünftig und umsichtig in die Tat um, er kümmert sich um diese Gabe Gottes, die Natur. Ich wünsche euch, dass euer Kreis sich erweitert und dass er euren Nächsten und der ganzen Natur von Nutzen ist.«

Es gelang mir aufzustehen und die Bankreihe zu verlassen. Auf seltsam steifen Beinen ging ich fast vor bis zur Kanzel.

»He, du, komm da runter!«, rief ich. »Na los, mach schon!«

Es wurde ganz still, und mit Genugtuung hörte ich, wie meine Stimme vom Deckengewölbe und vom Schiff zurückgeworfen wurde. Sie klang jetzt so kraftvoll, es war also kein Wunder, dass man von hier aus bis zur Besinnungslosigkeit predigen konnte.

»Dich meine ich! Hörst du nicht? Komm da runter!«

Der Pfarrer glotzte mich mit weit aufgerissenen Augen angstvoll an, seine Lippen bewegten sich etwas, als versuchte er, völlig verdattert die der Situation angemessenen Worte zu finden. Aber er schaffte es nicht.

»Na, na …«, wiederholte er mehr hilflos als kampfbereit.

»Komm sofort runter von der Kanzel! Und dann mach, dass du fortkommst!«, schrie ich.

Da spürte ich auf meiner Schulter eine Hand, und ich sah, dass hinter mir einer der Uniformierten stand. Ich versuchte sie abzuschütteln, doch da kam ein zweiter hinzu, und beide packten mich fest an den Armen.

»Mörder!«, brüllte ich.

Die Kinder sahen mich erschrocken an. In ihrer Verkleidung sahen sie irreal aus, wie eine neue Rasse von Mensch-Tieren, die eigentlich erst im Entstehen ist.

Die Menschen begannen zu tuscheln und auf ihren Sitzen herumzurutschen. Sie flüsterten empört miteinander, doch in ihren Augen sah ich auch Mitgefühl, was mich allerdings noch mehr aufbrachte.

»Was glotzt ihr denn so?«, rief ich. »Seid ihr eingeschlafen, oder warum hört ihr euch diesen Quatsch an, ohne mit der Wimper zu zucken? Habt ihr schon den Verstand verloren? Und das Herz? Hat einer von euch noch ein Herz?«

Ich wehrte mich nicht mehr. Ich erlaubte, dass man mich ruhig aus der Kirche führte. In der Tür drehte ich mich noch einmal um und schrie allen entgegen: »Macht dass ihr fortkommt, ihr alle! Los, haut ab!« Ich fuchtelte mit den Armen. »Verduftet! Weg da! Seid ihr hypnotisiert? Habt ihr auch den letzten Rest von Mitgefühl verloren?«

»Beruhigen Sie sich. Kommen Sie. Hier ist es kühler«, sagte einer der Männer, als wir draußen waren. Der zweite holte zu einer Drohung aus: »Sonst holen wir die Polizei.«

»Ganz recht, die Polizei muss her. Die Polizei brauchen wir am Tatort.«

Sie ließen mich los und schlossen die schwere Tür, damit ich nicht wieder in die Kirche zurückkonnte. Wahrscheinlich setzte Pfarrer Raschel seine Predigt fort. Ich setzte mich auf eine kleine Mauer und kam langsam zu mir. Der Zorn verflog, ein leichter Wind kühlte mein erhitztes Gesicht. Der Zorn hinterlässt immer einen großen leeren Raum, in den sich unverzüglich, wie eine Flut, die Traurigkeit ergießt wie ein mächtiger Fluss ohne Anfang und Ende. Wieder hatten die Tränen eine neue Quelle gefunden.

Ich betrachtete zwei Elstern, die auf dem Rasenstück vor dem Pfarrhaus herumhüpften, als wollten sie mich aufheitern. Als wollten sie sagen: Mach dir nichts draus, die Zeit arbeitet für uns, das Werk muss vollendet werden, es gibt keinen anderen Ausweg … Sie inspizierten neugierig ein glitzerndes Kaugummipapier, die eine nahm es in den Schnabel und flog damit davon. Ich verfolgte sie mit den Augen. Sie hatten offenbar ein Nest auf dem Dach des Pfarrhauses. Elstern. Brandstifter.

*

Am nächsten Tag rief mich die junge Schuldirektorin an und bat mich in die Schule zu kommen, obwohl ich keinen Unterricht hatte. Ich solle nachmittags kommen, wenn das Gebäude schon leer war. Sie stellte mir unverlangt einen Becher Tee und ein Stück Apfelkuchen hin. Ich roch schon Lunte.

»Sie verstehen, Frau Janina, dass nach den Vorfällen …« Ihre Miene war bekümmert.

»Ich bin nicht Frau Janina, ich habe dich gebeten, mich nicht so zu nennen.« Es war eine unnötige Richtigstellung, ich wusste ja, worauf sie hinaus wollte, bestimmt glaubte sie mit dieser Förmlichkeit selbstsicherer zu erscheinen, als sie es war.

»Frau Duszejko, okay.«

»Ja, ich weiß. Mir wäre lieber, ihr würdet auf mich hören und nicht auf die. Was die sagen, zerstört die Moral der Kinder.«

Die Direktorin räusperte sich.

»Sie haben einen Skandal ausgelöst, noch dazu in der Kirche. Das Schlimmste ist: vor den Augen der Kinder. Für die sollte sowohl die Person des Priesters als auch der Ort, an dem Ihnen das unterlaufen ist, etwas Besonderes sein.«

»Etwas Besonderes? Umso weniger darf man ihnen erlauben, sich solche Dinge anzuhören. Du hast es doch selbst gehört.«

Sie holte Atem und sagte, ohne mich dabei anzusehen: »Frau Duszejko, Sie sind im Irrtum. Es gibt bestimmte Regeln und Traditionen, und wir alle stecken da drin. Man kann da nicht einfach eigenmächtig ausbrechen …« Man konnte ihr ansehen, wie sie sich zusammennahm, und ich wusste, was jetzt kommen würde.

»Ich will ja überhaupt nicht, dass wir alle, wie du sagst, eigenmächtig ausbrechen. Ich will bloß nicht, dass man den Kindern das Böse einredet und sie zur Heuchelei erzieht. Das Loblied auf das Töten ist das Böse. Ganz einfach. Sonst nichts.«

Die Direktorin stützte nun den Kopf in die Hände und sagte leise: »Ich muss den Vertrag mit Ihnen lösen. Das haben Sie sich sicher schon gedacht. Das Beste wäre, wenn Sie um ein Freisemester aus Krankheitsgründen ersuchten, das ist ein Zugeständnis an Sie. Sie wären krank und Sie würden vom Dienst freigestellt werden. Bitte verstehen Sie mich, ich kann nicht anders vorgehen.«

»Und die Englischstunden? Wer wird Englisch unterrichten?«

Sie wurde rot. »Unsere Katechetin hat ein Sprachkolleg absolviert.« Sie sah mich eigenartig an. »Übrigens …« sie zögerte. »Es ist mir schon früher zu Ohren gekommen, dass Ihre Unterrichtsmethoden ein bisschen zu unkonventionell sind.

Angeblich brennen Sie mit den Kindern irgendwelche Kerzen ab, Feuerwerk, und dann beklagen sich die anderen Lehrer, dass es im Klassenzimmer nach Rauch stinkt. Die Eltern fürchten sich, dass es so etwas Satanisches, dass es Satanismus ist. Das sind vielleicht ganz einfache Leute … Und Sie bestrafen die Kinder mit so komischen Dingen. Durian-Bonbons. Was soll das sein? Wenn sich jemand vergiftet, wer wäre dann dafür verantwortlich? Haben sie sich das überlegt?«

Diese ihre Argumente waren wie ein Schlag ins Gesicht. Ich war immer bemüht gewesen, die Kinder mit irgendwas zum Staunen zu bringen. Sie sollten die Englischstunden spannend finden. Jetzt fühlte ich, wie die ganze Kraft von mir wich. Ich hatte keine Lust mehr, irgendetwas zu sagen. Ich erhob mich schwer vom Stuhl und ging wortlos hinaus. Aus dem Augenwinkel sah ich, wie sie nervös die Papiere auf dem Schreibtisch zusammenschichtete und wie ihre Hände dabei zitterten. Die Ärmste.

Im Samurai hatte ich alles, was ich benötigte. Die Dämmerung, die vor meinen Augen ihren Vorhang senkte, meinte es gut mit mir. Sie meint es immer gut mit solchen wie mir.

*

Senfsuppe. Die ist schnell fertig, sie macht kaum Arbeit, also schaffte ich es. Man erhitzt in einer Pfanne etwas Butter und gibt Mehl dazu wie zu Beginn einer Béchamelsauce. Das Mehl saugt die geschmolzene Butter gierig auf, bis es satt und mollig ist und vor Zufriedenheit Blasen wirft, und dann gießt man Milch und Wasser dazu, halb und halb. Nun ist leider Schluss mit den Kapriolen von Mehl und Butter, langsam entsteht eine Suppe, eine zunächst noch helle und unschuldige Flüssigkeit, die nach Salz und Pfeffer und Kümmel verlangt, ein bisschen köcheln muss, und dann muss man das Feuer abdrehen. Erst jetzt darf der Senf hinzugegeben werden, und zwar in drei Formen, Senfkörner, französischer, cremiger, glatter brauner oder schwarzer Senf aus Dijon sowie Senfpulver. Wichtig ist, dass der Senf nicht mitgekocht wird, denn sonst verliert die Suppe ihren Geschmack und wird bitter. Man serviert sie mit Toast, und ich weiß, wie sehr Dyzio diese Suppe mag.

Sie waren zu dritt gekommen, und ich überlegte schon,

ob das eine Überraschung sein sollte, ob ich nicht etwa Geburtstag hätte oder etwas Ähnliches, so ernst waren sie. Dyzio und Buena Noticia hatten schöne Winterjacken an, beide die gleiche, und sie sahen aus wie ein Paar. Beide so klein und zart wie zwei zarte Schneeglöckchen am Wegesrand. Matoga, finster wie immer, trat lange von einem Bein auf das andere und rieb sich ohne Unterlass die Hände. Er brachte eine Flasche in Spiritus eingelegte Apfelbeeren, selbst gemacht. Seine Alkoholerzeugnisse haben mir nie besonders geschmeckt, meiner Meinung nach geizte er mit Zucker, und seine Liköre hatten immer einen bitteren Beigeschmack.

Sie saßen schon am Tisch, und ich bestrich die Toasts und blickte sie alle an, vielleicht zum letzten Mal. Ja, das schoss mir plötzlich durch den Kopf. Dass es nun an der Zeit sei, sich zu trennen. Ich sah uns vier nun anders als bisher. Als hätten wir viel gemeinsam, als wären wir eine Familie. Ich verstand, dass wir alle zu den Personen gehören, die von der Welt als nutzlos angesehen werden. Wir tun nichts Wesentliches, wir produzieren weder wichtige Gedanken noch brauchbare Gegenstände noch Lebensmittel, wir bauen nichts an, wir betreiben keine Wirtschaft. Wir haben uns nicht besonders vermehrt, außer Matoga, der einen Sohn hat, selbst wenn es der Schwarzmantel ist. Wir haben der Welt bisher keinen Nutzen gebracht. Keinem von uns war je der Gedanke zu einer Erfindung gekommen. Wir haben keine Macht, wir haben nichts weiter als unser kleines Stück Land. Wir tun unsere Arbeit, aber die ist völlig bedeutungslos für den ganzen Rest. Wenn es uns nicht gäbe, wäre eigentlich gar nichts anders. Es würde niemandem auffallen.

Durch die Stille dieses Abends und das Knistern des

Feuers im Herd hörte ich das Heulen von Sirenen, es kam von unten aus dem Dorf, und der starke Wind trug es zu uns herauf. Ich überlegte, ob auch die anderen dieses unheilverkündende Geräusch hörten. Aber sie sprachen mit gedämpften Stimmen, neigten sich einander zu und waren ganz ruhig.

Als ich die Senfsuppe in die Terrine goss, ergriff mich eine derartige Rührung, dass mir schon wieder die Tränen kamen. Zum Glück bemerkte das niemand der drei, so sehr waren sie in ihr Gespräch vertieft. Ich zog mich mit dem Topf zur Arbeitsfläche unter das Fenster zurück und beobachtete sie von dort heimlich. Ich sah das blasse, erdfarbene Gesicht von Matoga, sein brav gescheiteltes graues Haar und seine frisch rasierten Wangen. Ich sah Buena Noticia im Profil, die schöne Linie von Nase und Hals und ihr um den Kopf geschlungenes Tuch, und ich sah den Rücken von Dyzio, schmal, gebeugt, in einem selbstgestrickten Pullover. Was wird aus ihnen werden, wie wird es mit ihnen weitergehen?

Und wie wird es mit mir weitergehen? Ich bin doch auch wie sie. Die Früchte meines Lebens sind kein Baustein von irgendetwas, weder in meiner, noch in irgendeiner anderen Zeit, niemals.

Aber warum hätten wir eigentlich nützlich sein sollen, und wem? Wer teilt die Welt in nützlich und unnütz auf, und mit welchem Recht? Hat eine Distel kein Recht auf Leben oder eine Maus, die in Lagerräumen Getreidekörner frisst? Bienen und Drohnen, Unkraut und Rosen? Wessen Verstand maßt sich an zu beurteilen, wer von beiden besser ist und wer schlechter? Der riesige Baum, schief und löchrig, steht schon seit Jahrhunderten und ist nicht gefällt worden, weil man nichts und wieder nichts aus ihm hätte machen können. Dieses Beispiel sollte diejenigen ermutigen, die so sind wie wir. Jeder kennt den Gewinn, den er aus dem Nützlichen ziehen könnte, aber keiner kennt die Vorteile des Unnützen.

Matoga ging zum Fenster und sagte: »Über dem Dorf unten ist ein Lichtschein. Irgendwo brennt es.«

»Setzt euch. Die Toasts sind fertig.« Endlich war ich sicher, dass meine Augen trocken waren. Aber sie ließen sich nicht zum Tisch locken. Sie standen alle schweigend am Fenster. Dann sahen sie mich an. Dyzio, wirklich leidend, Matoga, ungläubig, und Buena Noticia so traurig, dass es mir das Herz brach.

Dann klingelte Dyzios Telefon.

»Heb nicht ab,« rief ich. »Das ist über Tschechien, es wird für dich wahnsinnig teuer.«

»Ich kann nicht nicht abheben, ich arbeite ja noch für die Polizei«, meinte Dyzio, und ins Telefon sagte er: »Ja bitte?«

Wir sahen ihn erwartungsvoll an. Die Senfsuppe wurde kalt.

»Okay, ich komme«, sagte Dyzio, und eine Welle der Panik ergriff mich, dass nun alles verloren war, dass jetzt alle fortfahren würden, für immer.

»Die Pfarre brennt. Und Pfarrer Raschel ist umgekommen.« Anstatt hinauszugehen, setzte sich Dyzio an den Tisch und löffelte mechanisch Suppe.

Mein Merkur ist rückläufig, also fällt es mir leichter, mich schriftlich auszudrücken als mündlich. Ich würde wahrscheinlich gar keine schlechte Schriftstellerin abgeben. Aber ich habe gleichzeitig ein Problem damit, meine Gefühle und Handlungsmotive darzulegen. Ich musste es ihnen sagen, und gleichzeitig konnte ich es ihnen nicht sagen. Wie soll man das in Worte fassen? Allein aus purer Loyalität musste ich ihnen erläutern, was ich getan hatte, bevor sie es von anderer Seite erfuhren. Aber zuerst sprach Dyzio.

»Wir wissen, dass du es bist«, sagte er. »Deshalb sind wir heute alle hierher gekommen. Um etwas zu beschließen.«

»Wir wollten dich wegbringen«, sagte Matoga mit Grabesstimme.

»Aber wir hätten nicht gedacht, dass du es noch mal tust. Hast du es getan?« Er schob die nicht gegessene Suppe von sich.

»Ja«, sagte ich.

Ich brachte den Topf in die Küche zurück und nahm die Schürze ab. So stand ich vor ihnen, bereit für das Urteil.

»Als wir erfahren haben, auf welche Art der Vorstand umgekommen ist, da wussten wir es.« Dyzio sprach leise. »Die Käfer. Das konntest nur du getan haben. Oder Boros, aber der war schon lange nicht mehr hier. Ich habe ihn damals angerufen, um es zu überprüfen. Er wollte es nicht glauben, gab aber zu, dass seine sehr wertvollen Pheromone tatsächlich plötzlich weg gewesen waren, was er sich nicht erklären konnte. Er war in seinem Urwald und hatte ein Alibi. Ich habe lange überlegt, warum, was hast du denn mit einem wie dem Vorstand zu schaffen, aber dann fiel mir ein, dass es einen Zusammenhang mit deinen Mädchen geben könnte. Du hast übrigens auch nie ein Geheimnis daraus gemacht, dass sie alle jagten, stimmt's? Alle. Und jetzt sehe ich, dass sogar Pfarrer Raschel gejagt hat.«

»Er war ihr Seelsorger«, flüsterte ich.

»Ich hatte schon vorher einen Verdacht, als ich gesehen habe, was du im Auto mit dir herumfährst. Ich habe mit niemandem darüber gesprochen. Ist dir klar, dass dein Samurai wie das Auto eines Rangers daherkommt?«

Plötzlich spürte ich, wie ich die Gewalt über meine Füße verlor und setzte mich auf den Boden. Die Kraft, die mich eben noch aufrecht gehalten hatte, war auf einmal von mir gewichen, sie hatte sich verflüchtigt wie Luft.

»Glaubt ihr, ich werde jetzt verhaftet? Glaubt ihr, sie kommen jetzt und sperren mich wieder ins Gefängnis?«

»Du hast Menschen umgebracht. Ist dir das klar? Weißt du das?«, fragte Dyzio.

»Immer mit der Ruhe«, sagte Matoga. »Immer mit der Ruhe.«

Dyzio bückte sich zu mir hinunter, packte mich an den Schultern und schüttelte mich.

»Wie konnte das alles geschehen? Wie hast du das gemacht? Warum?«

Ich kroch auf den Knien zur Anrichte und zog unter einem Wachstuch das Foto hervor, das ich aus dem Haus von Bigfoot hatte mitgehen lassen. Ich legte es vor sie hin, ohne es selbst anzusehen. Es war in mein Gehirn eingebrannt, und ich hatte nie auch nur das kleinste Detail vergessen.

16
Die Fotografie

»Die Tiger des Zorns sind klüger als die Pferde der Anweisung.«

Auf der Fotografie war alles genau zu erkennen. Es war der beste Beweis für ein Verbrechen, den man sich vorstellen konnte.

Darauf sah man Männer in Uniformen, sie standen in einer Reihe, und vor ihnen, auf dem Rasen, da lagen fein säuberlich nebeneinander die Leichen von Tieren – Hasen, wie Löffel geschichtet, zwei Wildschweine, ein größeres und ein kleineres, Rehe und viele Fasane sowie Enten, Stockenten und Krickenten, klein wie Punkte, als seien diese Tierleichen ein an mich gerichteter, geschriebener Satz und als bildeten die Vögel nach diesem Satz eine lange Reihe von Pünktchen – das wird immer so weitergehen.

Doch was ich in einer Ecke der Fotografie erkannte, das war wie ein Schlag in die Eingeweide. Mir wurde schwarz vor Augen. Du hast es nicht bemerkt, Matoga, weil du mit der Leiche von Bigfoot zugange warst. Irgendwas hast du gesagt, und ich habe es nicht gehört, mir war bloß kotzübel. Wer hätte nicht das schwarz gefleckte weiße Fell erkannt? In einer Ecke der Fotografie lagen drei tote Hunde, auch sie ordentlich nebeneinander, als Trophäe. Einen davon kannte ich nicht. Die beiden anderen – das waren meine Mädchen.

Die Männer in ihren Uniformen präsentierten sich stolz. Lächelnd posierten sie für das Foto. Sie waren leicht zu erkennen: in der Mitte der Kommissar, neben ihm der Vorstand. Auf der anderen Seite stand Wnętrzak, in einem Aufzug wie ein Ranger, und neben ihm Pfarrer Raschel mit seinem Priesterkragen. Dazu der Direktor des Krankenhauses, der Chef der Feuerwehr und der Eigentümer der Tankstelle. Familienväter, mustergültige Bürger. Hinter der Reihe, nicht so prominent, sondern etwas weiter am Rand, standen die Helfer und Treiber, ganz ohne Pose. Bigfoot in halber Drehung, als bremse er eben ab, um im letzten Moment ins Bild zu laufen, einige der Schnurrbärtigen mit einer Armvoll Ästen, sie machten wohl gerade ein großes Jägerfeuer. Hätten nicht diese Leichen zu ihren Füßen gelegen, hätte man denken können, dass diese mit sich und der Welt zufriedenen Menschen irgendein freudiges Ereignis feiern wollten. Töpfe mit Bigos, auf Stöcke gespießte Würste, Schaschlikspieße, dazu Wodkaflaschen, in Eimern gekühlt. Männergeruch nach gegerbtem Leder, geölten Flinten, Alkohol und Schweiß. Herrische Gesten, die Insignien der Macht.

Schon beim ersten Blick auf das Foto hatte ich mir jedes kleinste Detail genau eingeprägt.

Kein Wunder, dass ich vor allem eines empfand: Erleichterung. Endlich wusste ich, was mit meinen Mädchen geschehen war. Ich hatte sie doch bis Weihnachten gesucht, bis ich keine Hoffnung mehr haben konnte. Ich hatte die Tierheime abgeklappert, überall herumgefragt und Anzeigen aufgehängt. »Die beiden Hündinnen von Frau Duszejko sind verschwunden, hast du sie gesehen?«, fragten die Kinder aus der Schule. Doch die zwei Hunde waren wie vom Erdboden verschluckt. Keine Spur. Niemand hatte sie gesehen. Wie denn auch, wenn sie tot waren. Jetzt konnte ich mir denken, wo ihre toten Körper waren. Jemand hatte mir gesagt, dass Wnętrzak immer die Reste, die bei der Jagd anfielen, zur Fuchsfarm brachte, um damit die Füchse zu füttern.

Bigfoot hatte das schon immer gewusst, und er amüsierte sich bestimmt über meine Besorgnis. Er hörte und sah, wie ich sie verzweifelt rief und überall suchte, sogar jenseits der Grenze. Doch er sagte mir nie etwas.

An jenem Unglücksabend hatte er sich ein gewildertes Reh zubereitet. Ehrlich gesagt habe ich nie diese Unterscheidung zwischen »Wildern« und »Jagen« begriffen. Das eine wie das andere ist Töten. Das eine heimlich und unrechtmäßig, das andere offen und im Namen des Gesetzes. Bigfoot bekam seine verdiente Strafe, als er an einem Knochen erstickte. Ich musste immerzu daran denken, dass es die Strafe war. Die Rehe bestraften ihn dafür, dass er sie so grausam getötet hatte. Er war an ihrem Fleisch erstickt. Ihre Knochen waren ihm im Hals stecken geblieben. Warum hatten die Jäger nie auf die Wilderei von Bigfoot reagiert? Ich weiß es nicht genau, aber ich glaube, dass er zu viel darüber wusste, was in den Jagdhütten passierte, wenn sie sich, wie uns Pfarrer Raschel überzeugte, den Diskussionen über Ethik hingaben.

Also, während du, Świętopełk, draußen einen Ort gesucht hast, an dem dein Handy Empfang bekam, habe ich dieses Foto gefunden und eingesteckt. Auch den

Rehkopf habe ich eingesteckt, um ihn auf dem Friedhof zu begraben.

Als ich nach dieser grässlichen Nacht, in der wir Bigfoot den Anzug angezogen hatten, frühmorgens nach Hause kam, da wusste ich, was ich zu tun hatte. Die Rehe vor dem Haus haben es mir gesagt. Sie haben mich unter allen anderen auserwählt, dass ich in ihrem Namen ihr Werk fortführe, vielleicht deshalb, weil ich kein Fleisch esse und sie das spüren. Sie sind mir erschienen wie der Hirsch dem Heiligen Hubertus erschienen ist, damit ich, von niemandem bemerkt, zur strafenden Hand der Gerechtigkeit werde. Nicht nur der Gerechtigkeit für Rehe, sondern für alle Tiere. Sie haben ja keine Stimme im Parlament. Sie haben mir sogar das Instrument dazu in die Hand gegeben, und das war sehr klug. Niemand ist darauf gekommen.

Ich habe dem Kommissar einige Tage nachspioniert, und das mit großer Genugtuung. Ich beobachtete sein Leben. Es war nicht interessant. Zum Beispiel war ich dahinter gekommen, dass er öfters in das illegale Bordell von Wnętrzak ging. Und dass er nur *Absolut* trank.

An jenem Tag wartete ich wie immer am Weg darauf, dass er von der Arbeit heimkam. Ich war ihm mit meinem Auto gefolgt, und wie immer hatte er mich nicht bemerkt. Niemand beachtet eine alte Frau, die sich mit ihren Einkaufsnetzen herumtreibt.

Ich musste lange vor Wnętrzaks Haus warten, bis er herauskam, aber es regnete und es war windig, also wurde mir kalt und ich machte mich auf den Heimweg. Ich wusste jedoch, dass er über den Steilpass auf Umwegen nach Hause fahren würde, weil er bestimmt einigen Alkohol intus hatte. Was sollte ich tun? Ich wollte mit ihm reden, ihm von Angesicht zu Angesicht gegenüberstehen. Ich wollte die Bedingungen stellen und sie mir nicht von ihm diktieren lassen wie damals im Kommissariat, als ich eine lästige Bittstellerin war, eine nörgelnde Verrückte, die, lächerlich und erbärmlich, nichts anderes tut, als sich zu beklagen.

Vielleicht wollte ich ihn erschrecken. Ich trug eine gelbe Regenpelerine und sah aus wie ein riesiger Gartenzwerg. Vor dem Haus sah ich, dass die Plastiktüte, in der ich den Rehkopf transportiert und die ich später an den Pflaumenbaum gehängt hatte, mit Wasser gefüllt und gefroren war. Ich nahm sie herunter. Aber ich weiß nicht mehr, ob ich sie in der Absicht mitnahm, sie zu gebrauchen. Über diese Dinge denkt man nicht nach, wenn sie passieren. Ich wusste, dass Dyzio an diesem Abend kommen wollte, also wollte ich nicht allzu lange auf den Kommissar warten. Aber genau als ich den Steilpass erreicht hatte, erschien sein Auto, und ich dachte, dass das ein Zeichen war. Ich ging auf den Weg und winkte mit beiden Armen. Ja, er bekam einen Schreck. Ich nahm die Kapuze ab, um ihm mein Gesicht zu zeigen. Er war fuchsteufelswild.

»Was wollen Sie schon wieder?« Er lehnte sich aus dem Fenster und brüllte mich an.

»Ich will Ihnen etwas zeigen«, sagte ich.

Ich wusste selbst nicht, was ich tat. Nach kurzem Zögern, aber vielleicht auch, weil er ordentlich einen sitzen hatte, siegte jedoch seine Abenteuerlust. Er stieg aus und ging schwankend ein Stück hinter mir her.

»Was willst du mir zeigen?« Plötzlich duzte er mich.

»Etwas, was mit dem Tod von Bigfoot zu tun hat.« Das war das Erste, was mir einfiel.

»Bigfoot?«, fragte er argwöhnisch, doch auf einmal

verstand er und lachte böse. »Ja, tatsächlich, seine Füße waren riesig.«

Neugierig folgte er mir ein paar Schritte nach links, in Richtung Dickicht und Brunnen.

»Warum hast du mir nicht gesagt, dass du meine Hunde erschossen hast?«, fragte ich ihn gerade heraus.

»Was willst du mir zeigen?« Er reagierte aggressiv, um die Oberhand zu behalten. Wenn hier einer Fragen stellte, dann er.

Ich zielte mit dem ausgestreckten Zeigefinger wie mit einer Pistole auf ihn und stieß ihm den Finger in den Bauch.

»Hast du meine Hunde erschossen?«

Er lachte auf, entspannte sich aber gleich wieder.

»Was willst du? Weißt du etwas, was ich nicht weiß?«

»Ja«, sagte ich. »Antworte auf meine Frage.«

»Nicht ich habe geschossen. Vielleicht Wnętrzak, vielleicht der Pfarrer.«

»Der Pfarrer? Unser Pfarrer geht auf die Jagd?« Ich war sprachlos.

»Warum sollte er nicht auf die Jagd gehen? Er ist Seelsorger. Natürlich jagt er, und wie!«

Sein Gesicht war vom Regen überströmt, und pausenlos richtete er sich den Hosenbund. Nie und nimmer hätte ich gedacht, dass er dort Geld stecken hatte.

»Dreh dich um, Weib, ich muss pissen«, sagte er plötzlich.

Wir standen direkt über dem Brunnen, als er anfing, in seiner Hose herumzufummeln. Ohne irgendetwas zu denken, stellte ich mich hinter ihn, die Plastiktüte mit dem steinharten Eisklotz in der Hand, wie beim Hammerwerfen. Mir schoss durch den Kopf: Das ist »die kalte Teufelshand«, ja, genau, woher hatte ich das nur? Habe ich euch nicht erzählt, dass der Sport, in dem ich es zu einer Medaille gebracht hatte, das Hammerwerfen war? Ich war polnische Vizemeisterin im Jahr 1971. Mein Körper nahm also die wohlbekannte Position ganz automatisch ein und kumulierte seine ganze Kraft. Ach, wie klug der Körper ist. Ich könnte sagen, dass er für mich entschied. Er holte aus und schlug zu.

Ich hörte nur ein Knacksen. Der Kommissar schwankte, Blut strömte über sein Gesicht. Die kalte Faust hatte seinen Kopf getroffen. Mein Herz hämmerte wie verrückt, und das Rauschen von Blut in meinen Ohren betäubte mich. Ich hatte keinen Gedanken. Ich sah, wie er nahe beim Brunnen zusammensackte, langsam, weich, fast graziös, und wie sein Bauch die Brunnenöffnung bedeckte. Es war keine große Anstrengung vonnöten, um ihn ganz hineinzustoßen. Wirklich nicht.

Das ist alles. Ich grübelte nicht weiter darüber nach, ich war sicher, ihn umgebracht zu haben, und damit ging es mir gut. Ich hatte keine Gewissensbisse, ich war nur grenzenlos erleichtert.

Noch etwas war zu tun. Ich zog aus meiner Tasche den Finger Gottes, also das Rehbein, das ich im Haus von Bigfoot gefunden hatte. Den Kopf und drei Beine hatte ich begraben, und das vierte behalten, keine Ahnung warum. Jetzt holte ich es hervor und tupfte damit Spuren in den Schnee, viele und chaotische. Ich dachte, sie müssten bis zum Morgen sichtbar bleiben und sie seien ein Hinweis darauf, dass hier Rehe waren. Aber nur du, Dyzio, hast diese Spuren gesehen. Es hat geregnet, und sie wurden ausgelöscht. Auch das war ein Zeichen.

Ich bin dann heimgefahren und habe uns Abendessen gekocht.

Mir war klar, dass ich großes Glück gehabt hatte, deshalb hatte ich auch so kühn sein können. Das heißt wohl, dass ich einen guten Moment erwischt hatte, einen Moment, in dem die Planeten auf meiner Seite waren. Wie kann es passieren, dass kein Mensch sich bemüßigt fühlt, angesichts des Bösen, das immer weiter um sich greift, einzuschreiten? Ist es so wie mit meinen Briefen an die Behörden? Sie sollten beantwortet werden, doch das geschieht nicht. Haben wir nicht überzeugend genug ein solches Eingreifen verlangt? Man kann sich mit Belanglosigkeiten abfinden, die lediglich etwas Unbehagen auslösen, aber nicht mit derart sinnlosen, allgegenwärtigen Grausamkeiten. Es ist doch ganz einfach: Glück ist übertragbar, ein Glücklicher kann auch uns glücklich machen. Die simpelste Ökonomie der Welt. Als ich mit der kalten Faust zur Fuchsfarm fuhr, stellte ich mir vor, ich setzte einen Prozess in Gang, der alles Böse umkehrte. In dieser Nacht würde die Sonne in den Widder eingehen, und es begann ein neues Jahr. Wenn also das Böse die Welt erschaffen hat, dann musste das Gute sie vernichten.

Daher knöpfte ich mir diesen Wnętrzak mit Bedacht vor. Erst rief ich ihn an und bat ihn um ein Treffen. Ich hätte den Kommissar kurz vor seinem Tod getroffen und er habe mir aufgetragen, ihm etwas zu übermitteln. Er war sofort einverstanden, damals wusste ich noch nicht, dass der Kommissar Geld bei sich gehabt hatte, aber heute ist mir klar, dass Wnętrzak sich erhoffte, an dieses Geld zu kommen. Ich sagte, ich wolle zur Fuchsfarm kommen, wenn er allein sei. Er war einverstanden. Der Tod des Kommissars hatte ihn in Panik versetzt.

Am Nachmittag dieses Tages hatte ich die Falle vorbereitet, ich hatte einfach aus Bigfoots Schuppen Drahtschlingen geholt. Solche Dinger hatte ich schon oft entfernt oder entschärft, ich wusste genau, wie sie funktionierten. Man sucht sich einen jungen, elastischen Baum und biegt ihn bis zur Erde, und so gebogen wird er mit einem starken Ast fixiert. An diesem befestigt man die Drahtschlinge. Wenn das Tier in eine solche Schlinge tritt, zieht sie sich zusammen, das Tier zerrt daran, um freizukommen, bewegt den Ast, der den Baum freigibt, der Baum schnellt nach oben und reißt das Tier mit sich. Das Tier ist erhängt.

Ich legte die Schlinge unter den Farnen aus, und mit großer Mühe bog ich eine mittelgroße Birke bis zur Erde.

In der Nacht waren nie Arbeiter auf der Farm, das Licht wurde gelöscht, das Tor verschlossen. Jetzt stand das Tor offen. Für mich. Wir trafen uns drinnen, in seinem Büro. Er lächelte, als er mich sah.

»Irgendwoher kenne ich Sie«, sagte er. Doch an unser Treffen auf der Brücke konnte er sich nicht erinnern. Begegnungen mit alten Weiblein wie mir vergisst man leicht.

Ich sagte, wir müssten nach draußen gehen, ich hätte die Sache vom Kommissar im Wald versteckt. Er nahm die Schlüssel und ging mit mir hinaus. Als ich ihn durch die nassen Farne führte, wurde er ungeduldig, aber ich spielte meine Rolle perfekt. Auf sein penetrantes Fragen murmelte ich etwas Unverständliches.

»Da. Hier ist es.« Endlich waren wir da.

Er blickte unsicher um sich und sah mich an, als verstünde er erst jetzt.

Doch dann fragte er: »Was ist hier? Hier ist ja nichts.«

»Hier.« Ich zeigte mit dem Finger in eine Richtung,

und er tat diesen einen Schritt, und schon befand sich sein Fuß in der Schlinge. Ich glaube, von außen hat es komisch ausgesehen. Er hörte mir zu wie ein Vorschüler. Mein Wunsch war, dass die Falle ihm das Genick bräche wie einem Reh. Dafür, dass er mit dem Fleisch meiner Mädchen seine Füchse gefüttert hatte. Dafür, dass er jagte. Dafür, dass er Tieren das Fell abzog. Ich denke, es wäre eine gerechte Strafe gewesen.

Leider bin ich nicht besonders talentiert, was das Morden betrifft. Der Draht schlang sich um seinen Knöchel, und der Baum, der sich aufrichtete, warf ihn nur um. Er fiel und heulte vor Schmerz auf. Sicher hatte ihm der Draht die Haut durchschnitten, vielleicht auch einen Muskel. Ich hatte aber noch meinen Notfallplan, den mit der Plastiktüte. Diesmal hatte ich sie extra präpariert, in der Tiefkühltruhe. Ein ideales Mordinstrument für eine alte Frau. Weiber wie ich laufen immer mit irgendeiner Plastiktüte herum, nicht wahr? Es ging so leicht. Als er versuchte aufzustehen, schlug ich mit voller Kraft zu, ein, zwei Mal, vielleicht auch öfter. Nach jedem Schlag wartete ich einen Moment, ob sein Atem noch zu hören war. Schließlich blieb es still. Ich stand neben dem toten Körper in Stille und Dunkelheit, ohne einen Gedanken zu haben. Wieder fühlte ich nichts als Erleichterung. Ich zog ihm die Schlüssel und den Pass aus der Tasche, und seine Leiche stieß ich nach unten in den Lehm und bedeckte sie mit Ästen. Still ging ich zurück zur Farm. Alles war offen, und ich ging hinein.

Ich würde gerne vergessen, was ich dort sah. Weinend versuchte ich die Käfige zu öffnen und die Füchse hinauszujagen, doch es stellte sich heraus, dass Wnętrzaks Schlüssel nur für den ersten Raum passten, durch den man zu den anderen ging. Lange suchte ich verzweifelt nach den restlichen Schlüsseln, ich durchwühlte den Inhalt aller Schränke und Schubladen, bis ich sie endlich fand. Ich wollte diesen Ort nicht verlassen, solange nicht alle Tiere befreit waren. Es dauerte lange, bis ich endlich alle Käfige geöffnet hatte. Die Füchse waren verblödet, aggressiv, schmutzig und krank, manche hatten verwundete Läufe. Sie wollten nicht hinausgehen, sie kannten die Freiheit nicht. Wenn ich die Arme schwang, knurrten sie. Schließlich kam ich auf den Gedanken, die Außentür weit zu öffnen und mich selbst in mein Auto zurückzuziehen. Wie sich später herausstellte, konnten so alle fliehen.

Die Schlüssel warf ich auf dem Heimweg fort, und den Pass verbrannte ich im Heizkeller, nachdem ich mir Geburtsdatum und -ort dieses Dämonen notiert hatte. Auch die leere Plastiktüte steckte ich in den Ofen, obwohl ich sonst keinen Plastikmüll verbrenne.

Niemand bemerkte meine Rückkehr. Bereits im Auto hatte ich alles vergessen. Ich war müde, meine Knochen schmerzten, und ich erbrach den ganzen Abend.

Doch manchmal fiel mir alles wieder ein. Dann staunte ich, dass noch niemand Wnętrzaks Leiche gefunden hatte. Ich stellte mir vor, dass die Füchse ihn gefressen und die abgenagten Knochen im ganzen Wald verstreut hatten. Aber sogar die Füchse machten einen großen Bogen um ihn. Er verschimmelte – für mich ein untrügliches Zeichen dafür, dass er kein menschliches Wesen war.

Seit dieser Zeit führte ich immer alle möglichen Instrumente in meinem Samurai mit mir. Eine Tüte mit Eis in der tragbaren Kühlbox, eine Spitzhacke, einen Hammer, Nägel, und sogar meine Injektionsnadeln und meine Glukose. Ich war aktionsbereit, jeden Moment. Es war keine Lüge, wenn ich immer wieder versuchte, euch weiszumachen, dass die Tiere sich an den Menschen rächen. Es war ja tatsächlich so – ich war bloß ihr Instrument.

Aber werdet ihr mir glauben, dass ich bei dem Ganzen nicht im vollen Bewusstsein gehandelt habe? Dass ich sofort vergaß, was passiert war, als würde ich von mächtigen Abwehrmechanismen geschützt? Soll ich das Ganze meinem Leiden zuschreiben, der Tatsache, dass ich ganz einfach von Zeit zu Zeit nicht Janina bin, sondern Bożygniewa oder Nawoja?

Ich weiß nicht einmal mehr, wann und wie ich Boros das Fläschchen mit den Pheromonen geklaut habe. Er hat mich deswegen sogar einmal angerufen, aber ich habe es nicht zugegeben. Ich sagte, er hätte es sicher verloren, und äußerte mein Bedauern über seine Zerstreutheit.

Aber ich wusste bereits in dem Moment, als ich zusagte, den Vorstand nach Hause zu bringen, was geschehen würde. Die Sterne standen Spalier, und ich funktionierte wie am Schnürchen.

Er saß mit ausdrucklosem Blick an die Wand gelehnt. Als ich vor ihm auftauchte, schien er mich zunächst nicht wahrzunehmen, aber dann hustete er und sagte mit Grabesstimme: »O Gott, mir ist übel.«

Es war ein leidender Mensch. Übel – das hing nicht nur mit seinem durch eine Überdosis hervorgerufenen Zustand zusammen. Ihm ging es ganz allgemein schlecht, und dadurch fühlte ich mich ihm nahe. »Sie sollten es mit dem Alkohol nicht übertreiben.«

Ich war bereit, mein Urteil zu vollstrecken, aber noch war ich nicht gänzlich dazu entschlossen. Ich dachte, wenn ich im Recht bin, dann wird sich schon alles so ergeben, dass ich genau weiß, wann ich was zu tun habe.

»Du musst mir helfen«, krächzte er. »Bring mich nach Hause.«

Das klang traurig. Er tat mir leid. Ja, ich sollte ihn nach Hause bringen, er hatte Recht. Ihn von sich selbst befreien, von diesem vermurksten, grausamen Leben, das er führte. Was er sagte, war ein Zeichen, ich habe es sofort verstanden.

»Warten Sie einen Moment, ich komme gleich zurück.«

Ich ging zum Auto und zog aus der Kühlbox die Plastiktüte mit dem Eis. Ein zufälliger Zeuge hätte vielleicht gedacht, ich wolle ihm einen kalten Umschlag gegen Migräne machen. Aber es gab sowieso keine Zeugen. Die meisten Autos waren schon weg. Beim Eingang brüllte noch jemand herum, man hörte erhobene Stimmen.

Ich tastete in der Tasche nach dem Fläschchen, das ich Boros geklaut hatte.

Als ich zurückkam, saß er mit zurückgelehntem Kopf da und heulte.

»Wenn Sie so viel trinken, dann bekommen Sie bald einen Herzinfarkt«, sagte ich. »Gehen wir.«

Ich griff ihn unter eine Achsel und zog, damit er aufstand.

»Warum heulst du?«, fragte ich.

»Sie sind so gut zu mir …«

»Ich weiß«, unterbrach ich ihn.

»Und Sie? Warum weinen Sie?«

Das konnte ich nicht sagen.

Wir gingen in den Wald, ich zog ihn immer tiefer hinein, und erst als die Lichter der Remise kaum mehr sichtbar waren, ließ ich seinen Arm los.

»Versuch zu kotzen, dann wird's dir gleich besser gehen«, sagte ich. »Und dann schicke ich dich nach Hause.«

Er sah mich glasig an. »Was heißt, du schickst mich?«

Ich klopfte ihm beruhigend auf die Schulter. »Na los, kotz dich aus.«

Er lehnte sich vornübergebeugt an einen Baum. Aus seinem Mund lief ein Speichelfaden.

»Du willst mich ermorden, nicht wahr?«, röchelte er.

Er hustete und rülpste, dann gluckerte es, und der Vorstand kotzte wirklich.

»Oh«, sagte er verschämt.

Da reichte ich ihm die Boros'schen Pheromone zum Trinken.

»Da, nimm, trink das aus, es wird dir guttun.« Er trank, ohne mit der Wimper zu zucken, und begann zu schluchzen.

»Hast du mich vergiftet?«

»Ja«, sagte ich.

Seine Zeit war gekommen. Ich wickelte die Schlaufen der Plastiktüte um meine Hand, machte eine Drehung, um zum größtmöglichen Schwung auszuholen. Dann schlug ich zu. Ich traf Rücken und Nacken, er war ein gutes Stück größer als ich, aber der Schlag war so stark, dass er in die Knie ging. Wieder dachte ich, dass alles von alleine so geschieht, wie es geschehen soll. Ich schlug ein zweites Mal zu, diesmal mit Erfolg. Etwas knackte, er stöhnte und fiel zu Boden. Ich hatte das Gefühl, er sei mir dankbar. Im Finstern drehte ich ihm den Kopf so, dass sein Mund offen stand. In und um diesen Mund tröpfelte ich den Rest der Pheromone, auch auf seinen Hals und seine Kleidung. Auf dem Heimweg warf ich das Eis fort, nah bei der Remise, die Tüte steckte ich in meine Tasche.

Ja, so war das …

Sie saßen wie versteinert da. Die Senfsuppe war schon lange kalt. Keiner sagte ein Wort, also zog ich meine Fleecejacke über, ging hinaus und lief in Richtung Steilpass.

Vom Dorf her hörte ich das Heulen von Sirenen, und der Wind trug den klagenden, jammernden Ton über das ganze Hochplateau. Dann war alles wieder ruhig, ich sah nur noch die Rücklichter von Dyzios Auto, als sie wegfuhren.

17
Die Göttliche

»Jede Träne, die entrinnt,
Wird in der Ewigkeit zum Kind,
Das eine Göttliche auffängt
Und seinem eignen Glücke schenkt.«

Dyzio war wahrscheinlich frühmorgens bei mir vorbeigekommen, als ich noch im Tiefschlaf lag. Ohne meine Schlaftabletten hätte ich nach diesem Erlebnis wahrscheinlich kein Auge zugetan. Aber so hörte ich ihn nicht klopfen, ich wollte auch gar nichts hören. Warum hatte er es nicht länger versucht, warum hatte er kein Fenster eingeschlagen? Er wollte mir bestimmt etwas Wichtiges sagen, und zwar schnell.

Ich stand verwirrt im Flur, und da fiel mein Blick auf das Buch mit den Schriften von Blake. Es lag auf der Fußmatte, genau der Band, den wir in Tschechien gekauft hatten. Warum hatte er mir den gebracht? Was wollte er mir damit sagen? Ich schlug ihn auf und blätterte gedankenlos darin herum, fand aber weder einen Papierschnipsel noch sonst eine Nachricht.

Der Tag war dunkel und feucht, und das Gehen bereitete mir große Mühe. Ich schleppte mich in die Küche, um mir einen starken Tee zu machen, und erst jetzt sah ich, dass zwischen zwei Seiten ein Grashalm lag. Ich las einen Text, an dem wir bisher noch nicht gearbeitet hatten, es war der Abschnitt eines Briefs von William Blake an Richard Philips, dünn mit Bleistift unterstrichen (Dyzio mochte es überhaupt nicht, wenn man in Büchern herumkritzelte):

»… Ich las im Oracle & True Briton vom 13. Oktober 1807, dass ein Mister Blair, ein Chirurg, mit der kalten Wut eines (hier hatte Dyzio mit Bleistift dazugeschrieben: ›Mister Black Coat‹) Robespierre die Polizei veranlasst habe, einen Astrologen festzunehmen, ihn ins Gefängnis zu werfen und sein Hab und Gut zu beschlagnahmen. Dem Mann, der aus den Sternen lesen kann, wird deren Einfluss oft zur Last, ebenso wie dem Newtonianer, der nicht liest & nicht lesen kann, seine eigenen Schlüsse und Experimente zur Last werden. Wir alle unterliegen Irrtümern: Wer, außer den religiösen Eiferern der Nation, würde leugnen, dass wir alle in Wahrheit verkappte Verbrecher sind?«

Es dauerte einige Sekunden, bis ich das verstand, und dann wurde mir schlecht. Meine Leber meldete sich mit einem dumpfen, sich ständig verstärkenden Schmerz.

Ich packte meine Sachen in einen Rucksack und nahm meinen Computer, als ich die Motoren von mindestens zwei Autos hörte. Ohne zu überlegen, riss ich alles an mich und lief hinunter in den Heizkeller. Einen Moment fürchtete ich, meine Mama und meine Oma könnten dort wieder auf mich warten. Und meine Mädchen. Vielleicht wäre es für mich die beste Lösung gewesen, mich ihnen anzuschließen. Doch da unten war niemand.

Zwischen Heizkeller und Garage ist ein kleines Geheimfach für Wasserzähler, Kabel und Mopps. Jedes Haus sollte so ein Versteck haben, für Verfolgungen und Kriege. Jedes Haus. Ich zwängte mich mit meinem Rucksack und dem Laptop unter dem Arm dort hinein, in Pyjama und Pantoffeln. Meine Leibschmerzen wurden stärker.

Zuerst hörte ich ein Klopfen und dann das Quietschen der Eingangstür. Daraufhin Schritte im Flur. Ich konnte hören, wie sie die Treppe betraten und wie sie alle Türen öffneten. Ich hörte die Stimme des Schwarzmantels und des jungen Polizisten, der mit dem Kommissar zusammengearbeitet und mich später verhört hatte. Aber es waren auch andere dabei, die ich nicht kannte. Sie gingen im ganzen Haus herum und riefen nach mir: »Frau Duszejko! Frau Janina!« Schon allein aus diesem Grund wollte ich mich nicht zeigen.

Sie waren nun oben, sicher hatten sie viel Dreck hereingebracht und verteilten ihn nun trampelnd in sämtlichen Zimmern. Plötzlich kam einer die Treppe hinunter und öffnete die Tür zum Heizkeller. Er trat ein, sah sich aufmerksam um, warf auch in die Speisekammer einen Blick und ging dann zur Garage. Ich fühlte die Luftbewegung, als er nur wenige Zentimeter entfernt an mir vorbeiging, und hielt den Atem an.

»Adam, wo bist du?«, rief jemand von oben. »Hier!«, brüllte dieser zurück, direkt neben meinem Ohr. »Hier ist niemand!«

Oben fluchte jemand. Hässlich.

»Brrr, wie grausig es hier ist.« Der Mann sprach im Heizkeller zu sich selbst und ging dann nach oben. Das Licht ließ er brennen.

Ich hörte sie im Flur reden. Sie berieten sich.

»Sie muss einfach aus dem Haus gegangen sein …«

»Aber das Auto hat sie stehen lassen. Das ist doch komisch. Ist sie zu Fuß gelaufen?«

Jetzt war es Matogas Stimme, außer Atem, als sei er der Polizei hinterhergelaufen.

»Mir hat sie gesagt, dass sie zu einer Freundin nach Szczecin fährt.«

Komisch, wie kam er nur auf Szczecin?

»Szczecin? Warum hast du mir denn nie etwas von Szczecin gesagt?«

Keine Antwort.

»Kennt sie dort jemanden? Papa? Was weißt du?«, fragte der Schwarzmantel lauernd. Matoga war es offenbar sehr unangenehm, dass sein Sohn ihn so eindringlich befragte.

»Wie kann sie dort hinkommen?« Die Diskussion begann von neuem. Ich hörte die Stimme des jungen Polizisten: »Wir sind einfach zu spät gekommen, fast hätten wir sie gehabt. Es hat nicht viel gefehlt. Uns so an der Nase herumzuführen! Das darf doch nicht wahr sein, wie oft hatten wir sie schon so gut wie geschnappt.«

Jetzt standen alle im Flur, ich konnte riechen, dass einer rauchte.

»Wir hätten sofort in Szczecin anrufen sollen und herausfinden, wie sie dorthinkommen wollte. Mit dem Zug, mit dem Bus, per Anhalter? Man müsste einen Steckbrief herumschicken.« Das war der Schwarzmantel. Und der junge Polizist meinte: »Wir werden sie ja doch wohl nicht mit der Terrorismus-Einheit suchen. Das ist eine alte, schrullige Frau. Die hat einen massiven Sprung in der Schüssel, das ist alles.«

»Sie ist gefährlich.« Das war wieder der Schwarzmantel. Es hörte sich an, als wollten sie endlich aufbrechen.

»Die Tür müssen wir noch plombieren.«

»Und die unten auch.« »Okay.« »Gib her.« »Los, mach schon.«

Plötzlich hörte ich Matoga rufen: »Wenn sie aus dem Gefängnis kommt, heirate ich sie.« Und gleich darauf die ärgerliche Stimme des Schwarzmantels: »Jetzt bist du wohl vollends übergeschnappt, in dieser Einöde hier?«

Ich stand noch lange nachdem sie wieder draußen waren in den Winkel gedrückt in völliger Dunkelheit da. Erst hörte ich das Brummen ihrer Autos, und danach wartete ich noch etwa eine Stunde, in der ich nichts als meinen eigenen Atem hörte. Ich musste nichts mehr träumen. Ich war im Heizkeller wie in meinen Träumen, an dem Ort, wo die Toten hinkommen. Mir schien, als hörte ich ihre Stimmen irgendwo unter der Garage, in der Tiefe des Hügels, ein riesiger unterirdischer Umzug. Doch das war schon wieder der Wind, wie immer auf dem Hochplateau hier. Ich stahl mich nach oben wie ein Dieb und machte mich rasch reisefertig. Ich nahm nur zwei kleine Taschen, das hätte Ali gefallen. Natürlich gab es noch einen dritten Eingang zum Haus, durch die Abstellkammer, und durch diese verschwand ich und überließ den Toten das Haus. Im Schuppen bei Herrn und Frau Professor wartete ich, bis es dunkel wurde. Ich hatte nur die wichtigsten Dinge bei mir – meine Notizen, meinen Blake, meine Arzneien und den Laptop mit meiner Astrologie. Und die *Ephemeriden* natürlich, für den Fall, dass ich auf einer unbewohnten Insel landen sollte. Je weiter ich mich durch den dünnen, nassen Schnee vom Haus entfernte, desto leichter wurde mir ums Herz. Ich blickte von der Grenze auf mein Hochplateau zurück und erinnerte mich an den Tag, als ich es das erste Mal gesehen hatte – ich war entzückt gewesen, ohne zu ahnen, dass ich einmal hier wohnen werde. Die Unkenntnis dessen, was passieren wird, ist ein schrecklicher Fehler im Weltprogramm. Er sollte bei der allernächsten Gelegenheit ausgemerzt werden.

In den Tälern hinter dem Hochplateau lag dichte Finsternis, und von hier oben sah ich die Lichter der Großstädte, von Lewin und Frankenstein, und ganz hinten, am nördlichen Horizont, von Glatz. Die Luft war sauber und die Lichter flimmerten. Hier oben war es noch nicht zur Gänze Nacht geworden, der Himmel im Westen war noch immer orangebraun und verdunkelte sich zusehends. Die Finsternis machte mir keine Angst. Ich ging einfach weiter in Richtung der Tafelberge und stolperte über die schon gefrorenen Erdschollen und über trockene Grasbüschel. Mir war heiß in meiner Fleecejacke, mit der Mütze und dem Schal, ich wusste, dass ich die Sachen kurz nach der Grenze nicht mehr brauchen würde. In Tschechien ist es immer wärmer, es gibt dort nur Südhänge.

Und genau in dem Moment, als ich die tschechische Seite betrat, leuchtete am Horizont die Venus auf. Von Minute zu Minute wurde sie heller wie ein Lächeln auf dem dunklen Gesicht des Himmels. Also konnte ich sicher sein, dass die von mir eingeschlagene Richtung stimmte. Sie leuchtete am Himmel, als ich durch den Wald ging und als ich unbemerkt die Grenze überschritten hatte. Sie führte mich. Ich ging nun auf tschechischen Wegen, die ganze Zeit ihr entgegen. Sie sank immer tiefer, und es sah aus, als ermutige sie mich, ihr bis zum Horizont zu folgen.

Sie führte mich bis zur Landstraße, von wo ich schon die Stadt Náchod sah. Als ich die Straße entlanglief, war mir leicht und froh zumute – was auch immer jetzt geschehen würde, es würde richtig und gut sein. Ich fürchtete mich vor nichts, obwohl die Straßen dieser Stadt schon leer waren. Kann man sich denn in Tschechien vor irgendetwas fürchten?

Auch als ich vor dem Schaufenster der Buchhandlung stand und nicht wusste, was weiter werden könnte, war die Venus weiter bei mir, wenn auch schon fast hinter den Dächern der Häuser verschwunden. Tatsächlich war trotz der späten Stunde noch jemand auf. Honza öffnete auf mein Klopfen hin, er war kein bisschen verwundert. Ich sagte, dass ich eine Übernachtungsmöglichkeit brauche.

»Ano«, sagte er nur und ließ mich ein, ohne etwas zu fragen.

Einige Tage später besuchte mich Boros, er brachte mir Kleidung und Perücken mit, die Buena Noticia gut ausgewählt hatte. Jetzt sahen wir wie ein älteres Paar aus, das zu einer Beerdigung fährt, und so war es ja in gewissem Sinne auch – wir fuhren zu meiner Beerdigung. Boros hatte sogar einen schönen Kranz besorgt. Diesmal hatte er ein Auto, auch wenn es von Studenten geborgt war. Er fuhr sicher und schnell, aber wir hielten oft auf Parkplätzen an, mir war wirklich übel. Die Reise war lang und anstrengend. Als wir in der Stadt ankamen, konnte ich nicht auf den Beinen stehen, und Boros musste mich über die Schwelle tragen.

Ich wohne jetzt in der Entomologie-Station am Rande des Urwalds von Białowieza, und seitdem es mir wieder etwas besser geht, versuche ich täglich einen kleinen

Rundgang zu machen. Aber das Gehen fällt mir schon schwer. Außerdem gibt es hier nicht viel zu beaufsichtigen, der Wald ist undurchdringlich. Manchmal, wenn die Temperatur steigt und um Null oszilliert, tauchen auf dem Schnee verschlafene Zweiflügler auf, Springschwänze und Eichengallwespen, ihre Namen habe ich gelernt. Auch Spinnen gibt es schon. Doch ich habe gelernt, dass die meisten Insekten Winterschlaf halten. Die Ameisen kuscheln sich tief in ihren Ameisenhaufen zu einem dichten Klumpen aneinander und schlafen so bis zum Frühling. Ich wünschte, auch die Menschen hätten ein derartiges Vertrauen zueinander. Entweder infolge der Luftveränderung oder infolge der durchgemachten Erlebnisse verschlimmerte sich mein Leiden. So sitze ich jetzt meistens einfach da und schaue durchs Fenster.

Wenn Boros auftaucht, hat er immer eine interessante Suppe in einer Thermosflasche dabei. Allein schaffe ich es nicht zu kochen. Er bringt mir auch Zeitungen und ermuntert mich, sie zu lesen, doch es ekelt mich davor. Zeitungen haben nichts anderes im Sinn, als uns immer wieder Angst zu machen, um unsere Emotionen von allem abzulenken, was wirklich von Belang ist. Warum sollte ich mich ihrer Macht unterordnen und so denken, wie sie es mir vorschreiben? Ich gehe um das Haus herum und trampele mir meine Pfade, mal in diese, mal in jene Richtung. Es kommt vor, dass ich meine eigenen Spuren im Schnee nicht erkenne, und dann frage ich: Wer ist hier gegangen? Wer hat diese Schritte gemacht? Wahrscheinlich ist es ein gutes Zeichen, sich selbst nicht zu erkennen. Ich bemühe mich aber trotzdem, meine Untersuchungen zu Ende zu führen. Mein eigenes Horoskop ist das tausendste, und ich sitze oft darüber und versuche, es zu begreifen. Wer bin ich? Eines ist sicher – ich kenne das Datum meines Todes.

Ich denke an Matoga, dass er diesen Winter allein auf dem Hochplateau sein wird. Ich denke auch an die Betonplatte, ob sie wohl dem Frost standhält. Wie alle wohl den nächsten Winter überstehen. Die Fledermäuse im Keller von Herrn und Frau Professor. Die Rehe und die Füchse. Buena Noticia studiert in Wrocław und wohnt in meiner Wohnung. Auch Dyzio wohnt dort, weil es sich zu zweit leichter lebt. Es tut mir leid, dass ich ihn nicht von der Astrologie überzeugen konnte. Ich schreibe ihm oft, Boros führt mir die Hand. Gestern habe ich Dyzio eine kleine Geschichte geschickt. Er wird wissen, was es damit auf sich hat.

Es war einmal im Mittelalter, also in einer Zeit, als der Heilige Augustin noch nicht untersagt hatte, die Zukunft aus den Sternen zu lesen. Da gab es einen Mönch, der Astrologe war und aus dem Horoskop seinen eigenen Tod voraussah. Er sollte durch einen Stein umkommen, der ihm auf den Kopf fiel. So trug er unter der Mönchskapuze immer eine Eisenhaube. Nur einmal, am Karfreitag, nahm er die Haube samt Kapuze ab – eher weil er unter den in der Kirche versammelten Menschen nicht auffallen wollte als aus Liebe zu Gott. Und da fiel ihm ein kleiner Stein auf den Kopf, der ihn aber nur ganz leicht verletzte. Der Mönch war jedoch sicher, dass sich damit die Vorhersage erfüllen werde, also brachte er seine Dinge in Ordnung, und einen Monat später verstarb er.

Ja, so kann's kommen, Dyzio. Aber ich weiß, dass ich noch eine Menge Zeit habe.

Nachweis

Die zitierten Fragmente und Motti stammen aus den *Proverbs of Hell* sowie den *Auguries of the Innocence* von William Blake. Die Übersetzung für die deutsche Ausgabe stammt von Thomas Eichhorn: William Blake: *Zwischen Feuer und Feuer* © 1996 dtv Verlagsgesellschaft, München. Nur für das Motto zu Kap. 17 wurde auf Wunsch der Autorin in Eichhorns Übersetzung eine Änderung vorgenommen.

Die Predigt von Pfarrer Raschel ist eine Kompilation aus authentischen Predigten von Jagdpriestern aus dem Internet.

Die Autorin dankt dem Netherlands Institute for Advanced Study (NIAS) für die Möglichkeit zu ruhiger und kreativer Arbeit.

Literaturnobelpreisträgerin

OLGA TOKARCZUK

Ihr Werk im Kampa Verlag

Die grünen Kinder

Bizarre Geschichten

Deutsch von Lisa Palmes und Lothar Quinkenstein

»Olga Tokarczuks Werk zeigt in exemplarischer Weise, welch innovative Formen künstlerisches Erzählen im 21. Jahrhundert annehmen kann. Damit setzt sie Maßstäbe für die Weltliteratur.«

Gerhard Gnauck / Neue Zürcher Zeitung

Die Jakobsbücher

Roman

Deutsch von Lisa Palmes und Lothar Quinkenstein

»Tokarczuks Bücher reißen Fenster zur Welt weit auf. 1000 sensible, zärtliche, trauererfüllte Seiten sind denkbar größte Literatur.«

Fabian Wolff / Süddeutsche Zeitung

Unrast

Roman

Deutsch von Esther Kinsky

»Rührend, großzügig, klug und zutiefst beglückend.«

Carolin Emcke

Letzte Geschichten

Roman

Deutsch von Esther Kinsky

»Weil *Letzte Geschichten* vom Sterben handelt, ist es auch ein Buch über das Leben. Dem Verschwinden der Dinge und der Erfahrungen setzt Olga Tokarczuk ihre poetische Imaginationskraft entgegen.«

Jörg Magenau / Falter, Wien

Taghaus, Nachthaus
Roman
Deutsch von Esther Kinsky

»Ein Roman, der die Welt der Träume und des Wachens auf einzigartige Weise verbindet, und zwar so, wie es sonst nur das Leben kann.«
Süddeutsche Zeitung

Ur und andere Zeiten
Roman
Deutsch von Esther Kinsky

»Eine grandiose Parabel.«
Ilma Rakusa / Neue Zürcher Zeitung

Gesang der Fledermäuse
Roman
Deutsch von Doreen Daume

»Tokarczuk zeigt erneut ihr ganzes stilistisches Können.«
Marta Kijowska / Frankfurter Allgemeine Zeitung

Der Schrank
Erzählungen
Deutsch von Esther Kinsky

»Olga Tokarczuk ist eine Meisterin im Schaffen von Welten, innerhalb derer sie viele weitere Welten ineinander verschachtelt oder miteinander verknüpft.«
Doreen Daume / Die Presse, Wien

Die verlorene Seele
Mit Illustrationen von Joanna Concejo
Deutsch von Lothar Quinkenstein

»Ein nachdenkliches, stilles und schönes Buch.«
Stephanie von Oppen / Deutschlandfunk Kultur

KAMPA POCKET

Lucia Berlin
Abend im Paradies

Erzählungen
Deutsch von Antje Rávik Strubel

»Keine andere tote Autorin ist auf dem Papier lebendiger als Lucia Berlin: komisch, düster, so verliebt in das Leben.«
New York Times

Sie kennt sie alle. Die Höhen und Tiefen des Alltags, die Momente des Glücks, der Verzweiflung, die Gefühle dazwischen: Lucia Berlin, deren Erzählungen seit ihrer Wiederentdeckung 2015 auf den Bestsellerlisten stehen. In 22 weiteren Storys begegnen wir ihnen wieder, den Ex-Frauen und alleinerziehenden Müttern, den Männern, die sie verlassen haben, den Süchtigen, den Kranken, den Liebenden. Zwischen Texas und Chile, New Mexico und New York ziehen sie hin und her, suchen, wie die Autorin selbst, nach einem Ort, an dem sie zu Hause sein können. Immer wieder entfaltet Lucia Berlin ihre einzigartige Fähigkeit, ehrlich und unsentimental, voller Melancholie und dunklem Humor davon zu erzählen, wie sich das Leben anfühlt.

»Berlins Texte leben von einer atmosphärischen Dichte, die Innen- und Außenwelt miteinander verbindet, sowie von der Lebendigkeit einer Sprache, deren Feinheiten und Besonderheiten wie Slang oder spanische Einsprengsel Antje Rávik Strubel in ihrer Übertragung hervorragend gemeistert hat.«
Angela Gutzeit / Deutschlandfunk, Köln

»Sie kann eine Handvoll Staub aufnehmen und ihm pralles Leben einhauchen.«
Angela Schader / Neue Zürcher Zeitung

KAMPA POCKET

Żanna Słoniowska
Das Licht der Frauen

Roman
Deutsch von Olaf Kühl

Die eigentlichen Revolutionen werden nicht auf der Straße ausgefochten, sondern in unseren Herzen.

In einem Haus mitten in Lemberg leben vier Frauen, die einander ebenso lieben, wie sie sich hassen. Sie einen ihren Freiheitsdrang, ihre Aufsässigkeit – und ihre unglücklichen Lieben. Bis zu dem Tag, der alles verändert: Marianna wird auf offener Straße erschossen. Vom Fenster aus beobachtet ihre Tochter, wie sich der Trauerzug zu einer Demonstration auswächst. Marianna war nicht nur eine gefeierte Sängerin, sondern auch Aktivistin im Kampf für eine unabhängige Ukraine. Unter demselben Fenster steht Jahre später ein Mann, der Mariannas Tochter ihre Heimatstadt näherbringt – und die viel zu früh verstorbene Mutter. Vor dem Hintergrund der bewegten Geschichte Lembergs erzählt Żanna Słoniowska von Müttern und Töchtern, von privaten und gesellschaftlichen Revolten, dem unbedingten Glauben an Freiheit, Emanzipation und an die Liebe.

»Ein eindrucksvoller Roman, der auf subtile Weise den Einfluss der Geschichte auf das Leben des Einzelnen zeigt: Egal, wie lange man daran glaubt, sich der eigenen Herkunft entziehen zu können – irgendwann holt sie einen doch ein.«
Marta Kijowska / Deutschlandfunk, Köln

»Nur wenige Romane bewegen so sehr gleichermaßen Herz und Verstand.«
The Financial Times, London

KAMPA POCKET

Deborah Levy
Heiße Milch

Roman

Deutsch von Barbara Schaden

Manch eine Mutter-Tochter-Beziehung ist wie ein Quallenbiss: Es brennt und wirkt noch lange nach.

Sofia begleitet ihre Mutter nach Andalusien, wo diese in einer Spezialklinik behandelt werden soll, da die Beine ihr den Dienst versagen. Doch ist das Leiden der Mutter wirklich physischer Natur, oder versucht sie, ihre Tochter an sich zu binden? Dr. Gomez gilt als Koryphäe auf seinem Gebiet. Sofia, deren griechischer Vater die Familie vor Jahren verließ, versucht zu ergründen, woran ihre Mutter erkrankt ist und wo sie selbst steht. Beim Schwimmen im Meer, von Medusen umringt, in Gesprächen mit Dr. Gomez oder dessen Tochter wird ihr allmählich klar, dass sie sich von ihrer Mutter befreien muss. Als sie die Deutsche Ingrid kennenlernt, die selbstbewusst und unkonventionell ihr Leben lebt, trifft Sofia Entscheidungen. Ein Roman über eine allzu enge Mutter-Tochter-Beziehung, über Abhängigkeit und Emanzipation und über die Suche nach Identität.

»Ein Roman, der in seiner Klarheit an Virginia Woolf erinnert.«
The Guardian, London

»Ein Roman voller starker, sinnlicher Bilder und durchsetzt von poetischen Fragezeichen. Vieles von dem, was beschrieben wird, hat eine tagtraumhafte, fast surreale Anmutung und wird nie zur Gänze aufgeschlüsselt. Das ist mitnichten ein Mangel, sondern trägt unmittelbar zum Zauber des Romans bei.«
Carolin Courts / WDR, Köln

»Deborah Levys scharfer Blick auf die Welt wird ihre Leser noch sehr lange nicht loslassen.«
Britta Heidemann / WAZ, Essen

KAMPA POCKET

Kathleen Collins

Nur einmal

Storys

Deutsch von Brigitte Jakobeit und Volker Oldenburg

Sommer 1963. New York ist voller Liebender, Träumer und Kämpfer.

»Sexy, radikal und intim.«
Miranda July

In der hitzigen Atmosphäre der Bürgerrechtsbewegung ziehen Studenten und Aktivisten durch New York. Schwarze und Weiße, die glauben, dass eine bessere Zukunft möglich ist, wenn man nur bereit ist, sich dafür einzusetzen. Junge schwarze Frauen fahren in den Süden, um gegen die Segregation zu kämpfen, für Gleichheit und Emanzipation. Sie entdecken neue Freiheiten, ihren Vätern gegenüber und ihren Liebhabern. So vieles scheint möglich in diesem Sommer. Alle träumen von einer Welt, in der das Leben nicht entweder schwarz oder weiß ist. Und die Liebe? Kennt sie wirklich keine Farben? Kann sie der Wirklichkeit standhalten?

»Eine ungeheure Wucht, eine schroffe Eleganz und kühne Beweglichkeit.«
Meike Feßmann / Süddeutsche Zeitung, München

»Ein Buch für unsere Zeit.«
The Financial Times, London

»Wäre ich Amazon, würde ich jetzt sagen: Wenn Ihnen James Baldwin gefällt, dann gefällt Ihnen auch Kathleen Collins.«
Christoph Amend / Zeit Magazin, Hamburg

KAMPA POCKET

Astrid Rosenfeld
Kinder des Zufalls
Roman

»Ich traf sie auf den Straßen von Myrthel Springs.
Etwas Fremdes färbte ihre Worte.«

Wie viel Unglück verträgt das Glück? Was tun, wenn sich das Leben immerzu im Kreis dreht? Die halbe Welt liegt zwischen Maxwell und Elisabeth. Der Zufall führt sie zusammen und an einen mystischen Ort in der texanischen Wüste. Sie wissen nichts voneinander und erkennen sich sofort. Der amerikanische Cowboy, der kein Cowboy mehr ist, und die deutsche Tänzerin, die nicht mehr tanzen kann. In sich tragen sie die Geschichten ihrer Mütter, Geschichten, die vom Streben nach Liebe, Wahrheit und Geld erzählen, von kleinen und großen Wundern, von Verlusten in Zeiten des Krieges und des Friedens. Wie ein unsichtbares Band verbinden all diese Geschichten Maxwell und Elisabeth miteinander.

»Astrid Rosenfelds witzige Volten, ironische Charakterbeschreibungen sind wahrhaftig, wie aus dem Leben gegriffen.«
Johannes Kaiser / Deutschlandfunk, Köln

»Im steten erzählerischen Wechsel zwischen Kontinenten und Generationen baut Astrid Rosenfeld ein immer dichteres Netz an mitreißenden Erzählsträngen auf.«
Anna Schneider / Cicero, Berlin

»Ein Roman voller Lebens- und Liebesgeschichten.«
Christine Westermann / WDR, Köln